EINE KLEINE LANDESBIBLIOTHEK

Herausgegeben von
Wolfgang Alber, Hermann Bausinger,
Friedemann Schmoll, Monique Cantré
und Werner Witt

Band 21

Friedrich Hölderlin

Dokumente seines Lebens

Tagebuchblätter, Aufzeichnungen, Briefe

Herausgegeben von Hermann Hesse und Karl Isenberg

Neu eingerichtet und eingeleitet von Volker Michels

Klöpfer & Meyer

Die Texte folgen der Insel-Taschenbuchausgabe, 1976.
Der Abdruck erfolgt mit freundlicher Genehmigung
des Suhrkamp Verlags, Berlin.

ISBN 978-3-940086-72-3

Umschlaggestaltung: Christiane Hemmerich
Konzeption und Gestaltung, Tübingen.
Reihengestaltung: Tilman Niemeyer, Tübingen.
Herstellung: Horst Schmid, Mössingen.
Satz: CompArt, Mössingen.
Druck und Einband: Pustet, Regensburg.

Mehr über das Verlagsprogramm von Klöpfer & Meyer
finden Sie unter *www.kloepfer-meyer.de*

Inhalt

Wo die Melodie die Vernunft überdauert

Einführung von Volker Michels

Neben den etwa dreitausend Buchbesprechungen und Empfehlungen lesenswerter Neuerscheinungen, die Hermann Hesse im Lauf seines Lebens in sechzig verschiedenen in- und ausländischen Zeitungen und Zeitschriften veröffentlichte, hat er sich immer wieder auch als Herausgeber von Werken zu unrecht vernachlässigter Autoren der Gegenwart und Vergangenheit eingesetzt. Viele dieser annähernd siebzig, von 1909 bis 1938 erschienenen Editionen sind bis auf den heutigen Tag mehrfach nachgedruckt worden und haben erheblich dazu beigetragen, dass ihre Verfasser nicht in Vergessenheit geraten sind. Bereits 1904 in einer Besprechung »Neuer Erzählungsliteratur« formuliert er seine Motivation, auch für das angeblich Unmoderne zu werben: »Ist nicht vor allem der ein Künstler und Dichter, dem es gelingt, uns das lieben zu lehren, was ihm lieb ist?«

Zu den Autoren, die ihn selbst zum Dichter werden ließen, zählte bereits für den Zwölfjährigen sein schwäbischer Landsmann Friedrich Hölderlin. Im Lesebuch der Calwer Lateinschule ist er zwischen Anekdoten über Friedrich den Großen und Eberhard im Barte auf das sprachlich Schönste gestoßen, was ihm bisher begegnet war, auf Hölderlins lyrisches Fragment »Die Nacht«:

»Die Nacht kommt / Voll von Sternen, und wohl wenig bekümmert um uns / Glänzt die Erstaunende dort, die Fremdlingin unter den Menschen, / Über Gebirgeshöhen traurig und prächtig herauf.«

Noch Jahrzehnte später erinnert sich Hesse: »Diese wenigen Verse, wie oft habe ich sie damals gelesen, und wie wunderbar und heimlich Glut und Bangigkeit weckend war dies Gefühl: das ist Dichtung ... wie schlug aus diesen Versen, die für mich Knaben ohne eigentlichen Inhalt waren, die Magie des Sehertums, das Geheimnis der Dichtung mir entgegen! Nie mehr, so viel und so begeistert ich auch als Jüngling las, haben Dichterworte mich so völlig bezaubert, wie diese damals den Knaben.«

Drei Jahre später, im September 1891 kam der 14jährige Hesse, wie vor ihm auch der junge Hölderlin, in das ehemalige Zisterzienserkloster von Maulbronn, um im dortigen evangelisch-theologischen Seminar auf Staatskosten auf das Theologiestudium vorbereitet zu werden. Doch im Gegensatz zu Hölderlin, der es dort immerhin zwei Jahre aushielt, um am Tübinger Stift das Magisterexamen zu absolvieren, ist Hesse bereits nach einem halben Jahr aus Maulbronn fortgelaufen, weil er »entweder ein Dichter, oder gar nichts werden wollte.« Denn schon damals war er sich darüber klar, dass er auf keinen Fall ein Staatsbeamter oder Pfarrer werden wollte, auch wenn er damit gegen die theologische Tradition seiner Familie und die Erwartungen der Behörden verstieß. Hölderlin dagegen scheint sich der Verfänglichkeit dieser Weichenstellung erst einige Jahre später bewusst geworden zu sein. Den Erwartungen seiner auf Sicherheit bedachten Mutter folgend, bestand er im Alter von 23 Jahren in Stuttgart das theologische Examen, übte sich als Prediger in mehreren

Pfarreien und scheint tatsächlich an eine Zukunft als Seelsorger geglaubt zu haben. Doch bald schon ist auch ihm die Unverträglichkeit eines solchen Amtes mit seiner Berufung zum Dichter klar geworden. Und noch im selben Jahr bemühte er sich, um »nicht länger an der Galeere der Theologie seufzen« zu müssen und seinen Drang zu dichten mit einem Lebensunterhalt verbinden zu können, um die erste von seinen insgesamt drei Anstellungen als Erzieher, Hauslehrer und Hofmeister bei wohlhabenden Gönnern.

Was Hölderlin im Januar 1799 seiner Mutter verständlich zu machen versuchte, sollte bald zu seinem Schicksal werden: »Es hat mancher, der wohl stärker war als ich, versucht, ein großer Geschäftsmann oder Gelehrter im Amt, und dabei Dichter zu sein. Aber immer hat er am Ende eines dem andern aufgeopfert ... wenn er sein Amt aufopferte, so handelte er unehrlich an anderen, und wenn er seine Kunst aufopferte, so sündigte er gegen seine von Gott gegebene natürliche Gabe.« Dass jede Kunst ein ganzes Menschenleben erfordert und sich das »heilige Feuer der Berufung« nicht zur Herdflamme domestizieren lässt, hat Hölderlin von nun an schmerzlich erfahren müssen. Dass er dies, selbst um den Preis, darüber aus dem Lot zu geraten, durchgehalten hat, macht die Wertbeständigkeit seines Schaffens und die Tragik seines Schicksals aus. Das riskante Experiment, ein Leben in Idealität zu führen, hat ihn das Leben gekostet.

Exemplarische Schicksale wie dieses haben wahlverwandte Autoren schon immer interessiert. Doch statt mehr oder weniger fiktionale Biographien, Essays oder Dramen darüber zu schreiben, wie Stefan Zweig, Peter Härtling, Peter Weiss oder Gerhard Wolf es unternahmen, fand Hermann Hesse es angemessener, ihr Leben in authentischen Selbstzeugnissen und Augenzeugenberichten der Zeitgenossen zu überliefern. So konzipierte er 1924 mit seinem Neffen, dem Philologen und Musikwissenschaftler Karl Isenberg (1901–1945), dem er später im »Glasperlenspiel« als »Carlo Ferromonte« ein Denkmal gesetzt hat, eine Buchreihe unter dem Titel »Merkwürdige Geschichten und Menschen«, welche u.a. die Lebensgeschichten der Dichter Novalis, Hölderlin, der Geschwister Brentano und Ch.F. Daniel Schubart dokumentierte. Die damals noch nicht illustrierten Bändchen erschienen von 1925 bis 1927 in einheitlicher Ausstattung im Berliner Verlag von Samuel Fischer, der seit 1904 auch Hesses Gesamtwerk betreute. Doch die Jahre der Inflation waren diesem Projekt nicht günstig, sodass die in jeweils viertausend Exemplaren gedruckten Monographien keine weiteren Auflagen erreichten und der Verlag auf eine Fortsetzung der Reihe verzichtet hat. Geplant war u.a. das Projekt einer von Hesse konzipierten 12bändigen Buchreihe »Das klassische Jahrhundert deutschen Geistes 1750–1850« und einer von ihm bereits abgeschlossenen Dokumentation der wichtigsten Schriften der deutschen Romantik (unter dem Titel »Geist der Romantik«). Die Manuskripte dazu, die Hesse danach auch anderen Verlagen wie der Deutschen Verlags-Anstalt in Stuttgart angeboten hat, sind offenbar verloren gegangen. Nur aus der Korrespondenz mit seinem Neffen Isenberg, lässt sich heute noch halbwegs rekonstruieren, welche Texte dafür vorgesehen waren.

Erst ab 1976, fast anderthalb Jahrzehnte nach Hesses Tod, sind seine Monographien über Novalis und Hölderlin sowie einige der damals von ihm konzipierten und unveröffentlicht gebliebenen Auswahleditionen (mit Friedrich Schlegels »Romantischen Sagen des Mittelalters«, Berichten von Justinus Kerner, Erzählungen von Friedrich Hebbel, Eduard Mörike, Achim von Arnim, Ludwig Tieck, Adalbert Stifter, Clemens Brentano) erneut, bzw. erstmals im Frankfurter Insel Verlag erschienen. Die von mir mit zeitgenössischen Illustrationen, den wichtigsten Daten zu den Biographien von Novalis und Hölderlin versehenen und um Hesses Äußerungen über die beiden Autoren erweiterten Neuausgaben haben daraufhin mehrere Auflagen erreicht.

Auch die hier in der Buchreihe der »Kleinen Landesbibliothek« vorgelegte Neuausgabe des Lebensbildes von Friedrich Hölderlin folgt der 1976 um Hesses briefliche und publizistischen Aussagen über den Dichter ergänzten Edition des Insel Verlages. Diese Stellungnahmen stehen im Anhang des Bandes und überliefern in chronologischer Folge eine Auswahl dessen, was Hesse im Verlauf von fast fünf Jahrzehnten über Hölderlin gesagt und in Zeitungen und Zeitschriften über die Rezeption des Dichters veröffentlicht hat. Nicht fehlen durfte auch seine 1913 In Bern entstandene »Ode an Hölderlin« mit der Klage: »Freund meiner Jugend, zu dir kehr ich voll Dankbarkeit / Manchen Abend zurück… / Keiner kennt dich, weit hat die neuere Zeit / Sich von Griechenlands stillen Zaubern entfernt, / Ohne Gebet und entgöttert / Wandelt nüchtern das Volk im Staub. / Aber der heimlichen Schar innig Versunkener, / Denen ein Gott die Seele mit Sehnsucht schlug, / Ihr erklingen die Lieder / Deiner göttlichen Harfe noch heut.«

Noch aufschlussreicher für Hesses Beschäftigung mit diesem Dichter ist seine im selben Jahr entstandene Erzählung »Im Presselschen Gartenhaus«. Sie spielt im

Tübingen des Jahres 1823 und schildert ein Zusammentreffen der damals am Tübinger Stift studierenden jungen Dichter Wilhelm Waiblinger (1804–1830) und Eduard Mörike (1804–1875) mit dem bereits seit 1806 in partieller geistiger Umnachtung unter der Obhut des Schreiners Ernst Zimmer und seiner Tochter Lotte im Erker eines Turms am Ufer des Neckars lebenden Hölderlin. Da Hesse selbst seit seinem 18. Lebensjahr fast fünf Jahre in Tübingen verbracht hat, glückt es ihm mit anschaulicher Kenntnis der lokalen Verhältnisse und mit kongenialem Einfühlungsvermögen in die ganz unterschiedlichen Naturelle der drei Dichter ein stimmiges und bewegendes Szenarium zu entwerfen.

An einem prächtigen Sommertag beschließen die damals 19jährigen Theologiestudenten Eduard Mörike und Wilhelm Waiblinger, der noch im selben Jahr einen Briefroman über Hölderlin veröffentlichte (»Phaeton«, Stuttgart, 1823), den kranken Dichter zu besuchen und mit ihm einen Ausflug auf den Österberg zu unternehmen. Dort hatte Waiblinger, um dann und wann der strengen Zucht im Stift zu entkommen, das von Weinreben umgebene Gartenhäuschen des Oberhelfers Johann Gottfried Pressel gemietet. Drei Welten und Schicksale stoßen aufeinander: das des Exzentrikers Waiblinger, der ungestüm, leicht reizbar und mit dem Herz auf der Zunge, schon bald aus dem Stift entlassen, in Italien ein frühes Ende finden sollte; das des schüchtern-schwermütigen Mörike, den Hesse als einen »Frühvollendeten, der zu spät gestorben ist« charakterisiert, und das Los des 34 Jahre älteren Hölderlin, dem es bestimmt war, sich vor den Zumutungen des Lebens, sobald es unerträglich wurde, mit einer Isolierschicht von Wahnsinn schützen zu müssen. Es ist die Zeit der Restauration. Der Wiener Kongress hatte versucht, die Folgen der Französischen Revolution und Napoleons Französisierung Europas rückgängig zu machen. Aber so rasch lassen sich drei Jahrzehnte der Fremdbestimmung nicht auslöschen. So begrüßt der einstige Republikaner Hölderlin jeden, der sich ihm nähert in zeremonieller Unterwürfigkeit wie einen Vertreter des Hochadels, mit Wendungen, die von französischen Ergebenheitsfloskeln durchsetzt sind. Nur einmal erwacht er aus seiner freundlichen Apathie, als Waiblinger den Namen Goethes ins Gespräch wirft, der für Hölderlin mit so einschneidenden Verletzungen verbunden war, dass sie sogar die Schutzhülle seiner Krankheit durchdrangen.

Auch andere Details dieser Schilderung, wie der von Waiblinger angebrachte griechische Schriftzug »Ein und All« an der Wand des Gartenhäuschens, oder die Szene mit der Tabakspfeife korrespondieren genau mit Waiblingers Tagebuchnotizen vom 9.6.1823.

Weniger authentisch, doch kenntnisreich erfunden, ist das drollige Rollenspiel, mit dem Mörike Waiblinger von seinen schlimmen Zukunftsahnungen abzulenken versucht. Mit Mörike, der sich berufen fühlt »ein verklärender Spiegel für die Schönheit der Welt zu sein«, kann Hesses sich offensichtlich am meisten identifizieren, doch ist ihm auch Waiblingers aufbrausender Freiheitsdrang nicht fremd, ebenso wie Hölderlins Abwehr gegen die aufdringliche Welt.

Dass Hesse, wenige Jahre nach der Niederschrift dieser Erzählung den Namen von Hölderlins nächstem Freund und anhänglichstem Gönner (Isaak von) Sinclair als Pseudonym für seine politischen Mahnrufe gegen den Ersten Weltkrieg und 1917 für seinen Roman »Demian« wählte, ist gewiss kein Zufall. Denn wie Schiller, der Hölderlin als seinen »liebsten Schwaben«

bezeichnet hat, waren auch Sinclair (1775–1815) und Hölderlin Gegner des despotischen Württembergischen Herzogs Karl Eugen und kämpften für die Errichtung einer »Schwäbischen Republik«, ein Plan, der Sinclair 1805 in einen Hochverratsprozess verwickelt hat.

Wie Hölderlin machte es auch Hesse zu schaffen, sich der »normalen« Welt anzupassen. In der Luft des gemeinen Lebens mussten sie ersticken. Auffallend sind die Gemeinsamkeiten zwischen Hesses eigenen, mit dem Titel »Weg nach Innen« überschriebenen Versen und Hölderlins Spruchgedicht »Höhere Menschheit« aus den Jahren der angeblichen Umnachtung:

»Den Menschen ist der Sinn ins Innere gegeben, / Daß sie als anerkannt das Beßre wählen, / Es gilt als Ziel, es ist das wahre Leben, / Von dem sich geistiger des Lebens Jahre zählen.«

Verglichen mit den zahlreichen in freien Rhythmen geschriebenen Hymnen, Oden und Elegien aus den Jahren vor Hölderlins Erkrankung, fällt auf, dass er im Verlauf seiner Krankheit wieder zur Reimform seiner Frühzeit zurückfindet und dass auch in den zuweilen schwer verständlichen, mit Namen wie Scardanelli, Buonarotti oder Rosetti unterzeichneten Versen die Melodie die Vernunft überdauert hat.

»Werk und Schicksal«, so betont Hesse, sind bei Hölderlin »nicht zu trennen, wie denn auch der tiefe, göttliche Strom sprachlicher Schöpferkraft zuweilen noch in den späten Gedichten des längst Umnachteten herrlich aufrauscht.«

IM KLOSTER MAULBRONN

An Immanuel Nast

Kl. Maulbronn, den . . Januar 1787

Bester! *Morgens 4 Uhr*

DAS IST SCHÖN, DASS DU FÜR DIE NATUR SO VIEL Empfindung hast / ich schmeichelte mir immer, unsre Herzen schlügen gleich / aber jetzt glaub ichs ganz gewiß. Aber Du mußt Dir nicht vorstellen, wie wann Du Dein Herz so ganz abgedruckt bei mir finden könntest; o nein! Lieber! Du darfst Dich auch nicht wundern / wann bei mir alles so verstümmelt / so widersprechend aussieht. / Ich will Dir sagen, ich habe einen Ansatz von meinen Knabenjahren / von meinem damaligen Herzen / und der ist mir noch der liebste / das war so eine wächserne Weichheit, und darin ist der Grund, daß ich in gewissen Launen ob allem weinen kann / aber eben dieser Teil meines Herzens wurde am ärgsten mißhandelt, so lang ich im Kloster bin / selbst der gute lustige

Johann Christoph Friedrich Hölderlin wurde am 20. März 1770 zu Lauffen am Neckar geboren. Sein Vater, Klosterhofmeister und geistlicher Verwalter in Lauffen, starb schon im Jahre 1772. Der Bürgermeister von Nürtingen, Kammerrat Gock, vermählte sich 1774 mit der Witwe, doch verlor Hölderlin auch diesen zweiten Vater im Jahre 1779. Im Herbst 1784 trat er in das niedere Klosterseminar zu Denkendorf, zwei Jahre später in das höhere Seminar zu Maulbronn ein.

Das Kloster Maulbronn, wo Hölderlin 1786-1788 auf das Studium der ev. Theologie vorbereitet wurde.

Bilfinger kann mich ob einer wenig schwärmerischen Rede geradehin einen Narren schelten / und daher hab ich nebenher einen traurigen Ansatz von Roheit / daß ich oft in Wut gerate / ohne zu wissen, warum, und gegen meinen Bruder auffahre / wann kaum ein Schein von Beleidigung da ist. O es schlägt nicht dem Deinen gleich / mein Herz / es ist so bös / ich habe ehmalen ein bessers gehabt / aber das haben sie mir genommen / und ich muß mich oft wundern, wie Du drauf kamst / mich Deinen Freund zu heißen. Hier mag mich keine Seele / jetzt fang ich an, bei den Kindern Freundschaft zu suchen / aber die ist freilich auch sehr unbefriedigend.

Bilfinger ist wohl mein Freund / aber es geht ihm zu

Hölderlin, sechzehnjährig.

glücklich, als daß er sich nach mir umsehen möchte. Du wirst mich schon verstehen / er ist immer lustig / ich hänge immer den Kopf / da wirst Du wohl sehen / daß wenig raus kommt. Ich kann Dir sagen / ich bin der einzige / der außer dem Namen nach kein Frauenzimmer / keinen Schreiber / oder was sonst zu den Gesellschaften der Maulbronner Welt gehört, hier kennt.

Meine Flöte wäre noch mein einziger Trost, aber auch diese ist mir entleidet worden. Wann sich Efferenn und Bilfinger etc. bei einer Privatmusik zusammen freuen wollen, so läßt man lieber eine Lücke, als daß man den Hölderlin rufen sollte. Du darfst nicht glauben, als wann ich mir selbst alle Freude vergällte, oder gar keine annehme; ich lief neulich aus lauter Verdruß unsrer Frau Baas Famulussin in ihren Garten nach / beschwerlich mag ich ihr auch genug gewesen sein / da redeten mich die Mädchen aus der Verwaltung zum allerersten mal im Vorbeigehen dort an; Du solltests gesehen haben / ich habe mich gefreut wie ein Kind / daß mich nur auch jemand angeredet hat / und das war doch keine so wichtige Sache zum freuen.

Noch eins muß ich Dir sagen / wann Dir einmal wieder der Gedanke käme, aufs Kap zu gehn, so sollst Du mich zum Gesellschafter haben. Auf mein Ehrenwort! Leb inzwischen wohl, lieber Bruder, leb wohl! Das war ein trauriger Morgen!

Dein Hölderlin

An Immanuel Nast

[*Nach der Herbstvakanz 1787*]

. . . Aber jetzt / Lieber / was meinst Du wohl? Soll ich aufhören? / Nein! nein! Ich kann nicht, Du mußts wissen / lange genug trug ich vor diesem Winkel meines Herzens eine Larve / Du solltest zürnen, Bruder / aber die Ursachen weißt Du ja, und verzeihst.

Sie ists / Du hasts erraten / solltests gleich beim ersten Wort von Liebe erraten haben / dann / konnte sonst eine Seele hier sein, die ich liebte! und wären noch tausend hier / ich schwörs Dir, Bruder / so treu / so zärtlich / so ganz für mich und sonst für alles nichts / Du fändest keine / außer / Du weißts! Du würdest zürnen, und ich ungerecht sein / wann dieses außer nicht dastände. Aber wo soll ich anfangen? Soll ich Dir all unsre freudige und leidensvolle Tage hererzählen? Ich wills tun / werde aber sobald nimmer aufhören können.

Ich kam hierher / sah sie / sie mich. / Beide fragten wir jedes nach dem Charakter des andern / wies oft geht / bloß aus Zufall tats vielleicht Luise / beide fragten Deinen guten Vetter, des Famulus Sohn / der damals hier war / den Gang unsrer Liebe will ich Dir nicht beschreiben / Dein lieber guter Vetter bracht uns schon im ersten Monat meines Hierseins zusammen. Wies da in meinem Herzen tobte / wie ich beinah kein Wort reden konnte / wie ich zitternd kaum das Wort Luise hervorstammelte, das weißt Du / Bruder / das hast Du selbst gefühlt. Dein Vetter kam bald fort / und / schreckliche Tage kamen. Ich hatte das liebe Mädchen an einem Orte gesprochen / wo ich, ohne vorhergehende Abrede sie nie sprechen konnte / keiner Seele konnten wir uns vertrauen / kein Ort war sonst möglich / wir blieben also auf die etlich Augenblicke / auf die etlich herausgestammelten Worte / beinah über einen Monat geschieden. O Bruder! Bruder! das waren schreckliche Tage / namenlose Leiden / noch nie gefühlte Raserei zerriß mir das Herz. / B. dann / es hatte sich Eifersucht ins Spiel gemischt / und der Gegenstand dieser war / Bilfinger / er war, unwissend von allem / auch ein Anbeter von Luisen. Ich erfuhrs / schrieb ihre Entfernung von mir einer geflissentlichen Vermeidung zu / fand endlich Gelegenheit / ihr fürchterlichen Unsinn, wie ich mich noch erinnre / zu schreiben / raste stündlich mit Bilfingern / und weder B. wußte, woher die unbegreifliche Feindschaft komme, noch die gute L., was der Unsinn zu bedeuten habe. Endlich / in der Stunde des äußersten Grimms sagt ich alles vor B. heraus / er entsagt ihr freiwillig / dann er hatte noch kein Wort mit ihr gesprochen / und so entstand unsre

Louise Nast (1768-1839),
jüngste Tochter des Maulbronner Klosterverwalters.
1890 löste Hölderlin das Verlöbnis mit ihr.

Freundschaft. L. sprach ich bald auch an dem Plätzchen unsrer ersten Zusammenkunft / sie fragte mich voller Angst / was ich dann mit dem Brief wolle? Ich ward verwirrter / sie noch verwirrter / und doch wars ein seliges Stündchen / doch schieden wir herzlich vergnügt. Um diese Zeit wars, daß Du hierher kamst / daß ich Dein Freund wurde, von Deiner Seite sprang ich einmal zu ihr. Immer noch plagten mich grimmige Launen / und manche Träne floß / über der Ungewißheit / ob sie mich auch wirklich liebe. Nur selten kam ich zu ihr / immer verstohlen / und das machte dem lieben Mädchen oft bange. Sie war sehr zurückhaltend vor mir / weil sie mich nicht kannte / und ist das nicht schon ein bewunderungswürdiger Zug in ihrer schönen Seele? / Der Sommer kam / und mit ihm Leiden über meine Luise und mich / Gott im Himmel! Ich mag mich nimmer in die Tage versetzen / Bruder! Bruder! Tage, wo Zweifel gegen den Lenker meines Schicksals in meiner Seele aufstiegen / die ich Dir nicht nennen mag. Er hat sie mir vergeben, der Allbarmherzige / ich habe mit mancher Träne, manchem nächtlichen Gebet bereuet. / Man bemerkte den Kummer meiner Seele bald / und im ganzen Kloster wurd ich als gefährlich melancholisch ausgesagt. Luise hört es, und ihr Kummer glich dem meinigen. Der Schlaf floh mich bei Nacht / und bei Tag alle Tätigkeit / ich erstickte meine Empfindungen meist / wann ich an Dich schrieb / dann ich dachte / Du werdest vielleicht über mich lachen / so weit ging mein Mißtrauen gegen jedermann. Um die Ursachen unsrer Leiden frage mich, wann Du willst / Du sollst sie all erfahren / sie werden Dir gering vorkommen / wann ichs überdenke / kann ichs auch nicht begreifen. Jetzt stille von den traurigen Tagen! Ich hatte für einen Jammermonat eine selige Stunde, wo ich mit meiner Luise weinte / und für diese dankte ich Gott! Dankt ihm endlich für alles / für all die Leiden / all die Verfolgungen / all die Tränen. Die Zweifel / das Murren gegen den Ewigen mußt Du nur in die ersten Wochen meiner Trauertage rechnen, wo ich noch nicht gewohnt war, zu tragen. Weißt Du noch, Lieber! wie mirs so tobte in der Brust / als Du vorigen Sommer schiedest / ich sah Dirs an, Du wundertest Dich / ich schied von Dir, wie wanns auf ewig wäre / lieber guter Bruder! ich sah, wie Du wieder Deinem Leonberg entgegeneiltest / hörte, wie Du so entzückt von freudigen

Der achtzehnjährige Hölderlin in Maulbronn.
Bleistiftzeichnung von J. G. Nast.

Tagen, von wonnevollen Stunden redetest / und / ich / wußte damals in der ganzen weiten Welt keinen Ort, wo ich Zufriedenheit hätte finden können, und ich war jetzt wieder ohne Dich, bei dem ich meine Leiden so vergessen hatte / und ich / sahe, wie mein Schicksal immer schwärzer, meine Seele immer schwächer, mein Körper immer kränklicher wurde / (Du wirst Dich noch erinnern, daß ich etlichemal Blut auswarf) / und dies war die Ursache meines Dir vermutlich so unerklärlichen Scheidens. Weißt Du noch, Bruder, wie ich so ausgelassen lustig war, als wir miteinander nach Ölbronn gingen? Damals war ich bei ihr gewesen. / Ich sahe sie hinter uns in den Garten gehen / sprang von der Straße über die Mauer / und wie mirs bei ihr gewesen sei, kannst Du schließen, da ich so / bei Euch war / und deswegen ließ ich Euch so lange noch auf mich warten. Endlich wurd ich ganz zufrieden / außer daß das Andenken an die Leiden mein Auge zuweilen noch trübte. / Und jetzt, Bester, jetzt bin ich der Glücklichste auf Erden. / Geh es wie's will / ich liebe meine Luise ewig / ewig / und ewig / ewig / liebt mich meine Luise. O, Du kennst sie noch nicht ganz, Bruder / ich sah sie schon in Gesellschaften / sah sie schon, ohne von ihr bemerkt zu werden, unter ihren Freundinnen / o! wie ganz anders ist sie bei mir! Wann sie mit mir Gott um glückliche Zukunft bittet / Bruder! Bruder / wann sie so träumend meine Hand angreift / »wann ich Dich einmal so lange nimmer sehe!« Ich zittre vor Freude, wann ich so die seligen Augenblicke denke. Sie gestand mir einmal, die liebe Seele, sie sei einst so leichtsinnig gewesen / und daß sie jetzt so anders / so fromm, so treu, so zärtlich ist / ich möchte Nacht und Tag fortschreiben / wann ich mein volles Herz / Dir hinschreiben wollte. / 'S ist wirklich tief in der Mitternacht! Du wirst also wohl glauben, daß der Schlaf sich einstellt . .

Hölderlin an Luise Nast

[*Maulbronn, etwa im Frühling 1788*]

Was wir doch für Menschen sind / Liebe! Ich meine, dieser Augenblick, da ich bei Dir war, sei seliger gewesen, als alle, alle Stunden, da ich bei Dir. Unaussprechlich wohl war mirs, als ich so oben am Berg ging, und Deinen Kuß noch auf meinen Lippen fühlte. / Ich blickte so heiß in die Gegend, ich hätte die ganze Welt umarmen mögen / und noch, noch ists mir so! Deine

Der junge Hölderlin.

Veilchen stehen vor mir, Luise! Ich will sie aufbewahren, so lang ich kann.

Weil Du den Don Carlos liest, will ich ihn auch lesen, auf den Abend, wann ich ausgeschafft habe.

Ich mache wirklich über Hals und Kopf Verse / ich soll dem braven Schubart ein Paket schicken.

Auf meinen Spaziergängen reim ich allemal in meine Schreibtafel / und was meinst Du? / an Dich! an Dich! und dann lösch ichs wieder aus. Dies hatt ich eben getan, als ich vom Berg herab Dich kommen sah.

O Liebe! an Gott und an mich denkst Du in Deinem Stübchen? Bleibe Du so, wann Du schon vielleicht die einzige unter Hunderten bist . . .

Wann ich nur immer so zufrieden bliebe, wie ich jetzt

bin. Doch / ich liebe Dich ja unter jeder Laune fort / mein Zustand ist also doch nicht der schlechteste. Denke recht oft an mich. Du weißts / ich bleibe unzertrennlich

Dein Hölderlin

Hölderlin an Luise Nast

Laß sie drohen die Stürme, die Leiden,
Laß trennen / der Trennung Jahre
Sie trennen uns nicht!
Sie trennen uns nicht!
Denn mein bist Du! Und über das Grab hinaus
Soll sie dauren, die unzertrennbare Liebe.
O! wenns einst da ist
Das große selige Jenseits,
Wo die Krone dem leidenden Pilger,
Die Palme dem Sieger blinkt,
Dann Freundin / lohnet auch Freundschaft /
Auch Freundschaft / der Ewige.

Abschiedsgruß Louise Nasts an Hölderlin.

Luise Nast an Hölderlin
[*Abschied von Maulbronn, Herbst 1788*]

Es wechsle wie sie will die Zeit!
Es mögen ihre Jahre schwinden!
Nie wird sie unsre Zärtlichkeit,
O bester Freund, verändert finden!
Drum keine Wünsch und Schwüre heit,
Dann unser Bund ist für die Ewigkeit!
Von
Deiner Luise

IM TÜBINGER STIFT

An Luise Nast

[*Tübingen, Anfang 1790*]

DANK! TAUSEND DANK, LIEBE LUISE, FÜR DEInen zärtlichen tröstenden Brief! Er hat mich wieder froh gemacht. Ich glaube wieder an Menschenglück. Die Blumen machten mir unbeschreibliche Freude. Ich schicke Dir den Ring und die Briefe hier wieder zurück. Behalt sie, Luise! wenigstens als Andenken jener seligen Tage, wo wir so ganz für uns lebten, daß uns kein Gedanke an die Zukunft trübte, keine Besorgnis unsere Liebe störte. Und weiß Gott! Luise! ich muß offenherzig sein / es ist und bleibt mein unerschütterlicher Vorsatz, Dich nicht um Deine Hand zu bitten, bis ich einen Deiner würdigen Stand erlangt habe. Unterdessen bitte ich Dich, so hoch ich kann, gute, teure Luise! Dich nicht durch Dein gegebenes Wort, bloß durch die Wahl Deines Herzens binden zu lassen. Du wirst es für unmöglich halten, gute Seele, einen andern zu lieben, wie Du mir schon so oft bezeugt hast / aber so mancher liebenswerte Jüngling wird indessen Dein Herz zu gewinnen suchen, so mancher achtungswürdige Mann um Deine Hand Dich bitten, ich will heiter Dir Glück wünschen, wenn Du einen Würdigen wählst, und Du wirst dann erst einsehen, daß Du mit Deinem mürri-

Tübingen um 1800, wo Hölderlin von 1788-1793 studierte.

schen, mißmutigen, kränkelnden Freunde nie hättest glücklich werden können. Sieh! Luise! ich will Dir meine Schwachheit gestehen. Der unüberwindliche Trübsinn in mir / aber lache mich nicht aus / ist wohl nicht ganz, doch meist / unbefriedigter Ehrgeiz. Hat dieser einmal, was er will, dann und bälder nicht, werd ich ganz heiter, ganz froh und gesund sein. Du siehst jetzt den eigentlichen Grund, warum ich den freilich zu raschen Vorsatz faßte, unser Verhältnis äußerlich anders stimmen zu wollen. Ich wollte Dich nicht binden, weil es ungewiß ist, ob jener mein ewiger Wunsch jemals erfüllt, ob jemals dieser / eben menschliche / Ehrgeiz befriedigt wird, ob ich also jemals ganz heiter, ganz froh und gesund werden kann. Und ohne dies würdest Du nie ganz glücklich mit mir sein. Unsre Liebe könnte die nämliche bleiben, aber desto mehr müßten Dich meine bösen Launen, meine Klagen über

Das Tübinger Stift, wo Hölderlin 1790 das Magisterexamen absolvierte.

die Welt, und was der Torheiten mehr sind, die mir zur andern Natur geworden sind, diese würden Dich desto mehr schmerzen, je stärker Du mich liebtest, und je stärker sonst in guten Stunden meine Liebe zu Dir wäre. Aber treulos kann ich nie werden. Und wirst auch Du nie. Denn das ist nicht treulos, wenn Du auf Bitten Deines Geliebten, der aus Überzeugung, daß er Dich nie so glücklich hätte machen können, als der Würdigere / Dich bittet! wenn Du alsdann den Würdigern wählst! Das ist nicht treulos! Du würdest immer noch, als beglückende Gattin eines andern, an den Freund Deiner Jugend denken, und Deine vorherige Liebe zu ihm würde bloß durch den Gedanken eingeschränkt werden, wegen s. unbezwinglichen drückenden Schwachheiten würdest Du nie ganz glücklich mit ihm haben sein können. Und so würdest Du gewiß nie treulos! Und ich würde denken, meine Liebe ist nicht für diese Welt! und mich Deines Glückes freuen, wollte mir sogar getrauen, Dich an der Seite Deines Gatten zu sehen / und Euer beider Freund zu sein.

Ich weiß schon, Liebe, was Du mir darauf antworten wirst. Ich hätte vielleicht auch gar nichts davon geschrieben, wenn ich Dir gern nur einen einzigen Zug in meinem Charakter verbergen möchte. Lebe wohl, teures, einziggebliebtes Mädchen! Ewig

Dein
Hölderlin

Stammbucheintrag Hölderlins für Hegel

Goethe.
Lust und Liebe sind
die Fittiche zu großen Taten.

Tüb. Schriebs zum Andenken
d. 12. Febr. Dein Freund
1791 M. Hölderlin
S(ymbolum) Ev ϰαι παν

Aus der Biographie von Chr. Th. Schwab

... Die Freundschaft mit Hölderlin gewann schon durch seine körperliche Schönheit etwas Idealisches: seine Studiengenossen haben erzählt, wenn er vor Tische auf- und abgegangen, sei es gewesen, als schritte Apollo durch den Saal, und diesem Äußeren entsprach der zarte, im Zusammenstoße mit der gemeinen Wirklichkeit zur Melancholie werdende Schwung der Seele, der sich die Gattung der Hymne zum Ausdruck seiner begeisterten Empfindung wählte. In jener Harmonie des innern und äußern Wesens lag eine ungemeine An-

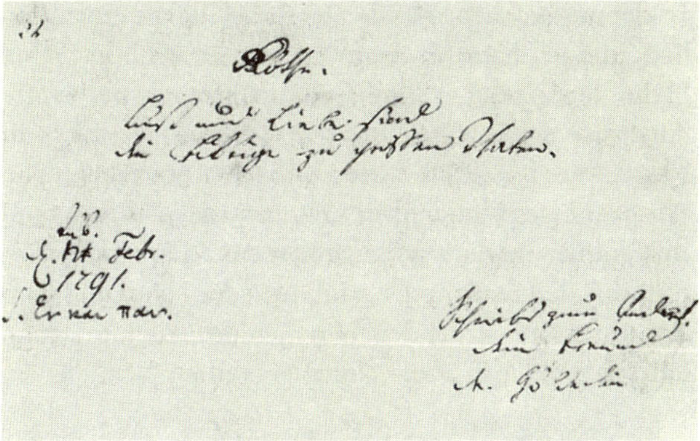

Eintrag Hölderlins in Hegels Stammbuch am 12. 2. 1791.

ziehungskraft, und Neuffer besang daher Hölderlin am ersten Geburtstag, den dieser in Tübingen feierte, als einen Engel vom Himmel, der ihm zur Begleitung auf dem rauhen Lebenswege gesandt worden sei . . .

Eine ihn überall empfehlende Lieblingsbeschäftigung Hölderlins blieb die Musik. Als der damals berühmte blinde Flötenspieler Dülon sich einige Zeit in Tübingen aufhielt, nahm er Unterricht bei demselben, und bald erklärte der Meister, daß der Schüler bei ihm nichts mehr zu lernen habe. Die Ausübung dieses musikalischen Talentes, welche jetzt der Neigung des Jünglings zur Zurückgezogenheit und Melancholie reichliche Nahrung gewährte, sollte später die trostlosen Tage seines schattenhaften Greisenlebens erheitern . . .

Aus den Erinnerungen von Ph. I. von Rehfues

. . . Merkwürdigerweise ist mir von diesen Musikaufführungen im Stift niemand im Gedächtnis geblieben als der unglückliche Hölderlin. Er spielte die erste Violine, und ich hatte als erster Sopran neben ihm meine Stelle. Seine regelmäßige Gesichtsbildung, der sanfte Ausdruck seines Gesichts, sein schöner Wuchs, sein sorgfältiger reinlicher Anzug und jener unverkennbare Ausdruck des Höheren in seinem ganzen Wesen sind mir immer gegenwärtig geblieben. In meinem Gedächtnis steht er, mit der Violine in der Hand und dem Ausdruck der nickenden Hinwendung zu mir, wenn ich mit meiner Stimme einhalten sollte . . .

An die Schwester

[*Sommer 1791*]

Liebe Rike!

Das freut mich, daß Dir mein Brief gefallen hat. Ich sprach, wie ich dachte. Und das ist eben nicht das sicherste Mittel, Deinem Geschlechte zu gefallen. Und sieh liebe Rike! hätt ich ein Reich zu errichten, und Mut und Kraft in mir, der Menschen Köpfe und Herzen zu lenken, so wäre das eins meiner ersten Gesetze. / Jeder sei, wie er wirklich ist. Keiner rede, handle anders, als er denkt, und ihms ums Herz ist. Da würdest Du keinen Komplimentenschnack mehr sehen, die Leute würden immer halbe Tage zusammensitzen, ohne ein herzliches Wort zu reden / man würde gut und edel sein, weil man nimmer gut und edel scheinen möchte, und dann würd es erst Freunde geben, die sich liebten bis in den Tod, und / ich glaube auch bessere Ehen und bessere Kinder. Wahrhaftigkeit! Gottlob! Schwester! daß wir Geschwister Anlage genug zu dieser herrlichen Tugend von unserer teuren Mutter geerbt haben . . .

Um mich werd ich immer weniger besorgt, wenn

Hölderlin als Magister, zwanzigjährig.

ich der Zukunft denke, denn täglich werd ich mehr überzeugt, daß kein Mensch leicht durch gute Tage übermütiger, durch schmale Kost aus der Hand des Glücks hingegen bräver wird, als ich. Und da ist mein höchster Wunsch / in Ruhe und Eingezogenheit einmal zu leben / und Bücher schreiben zu können, ohne dabei zu hungern.

Lach mich nicht aus, Schwesterlein! Die Brüder Josefs / ohne Dich im geringsten damit zu vergleichen / ich sage, weiland die Brüder Josefs nannten ihn einen Träumer / und der Knabe wurde doch ein rechter Mann! Also um mich bin ich in Ansehung einstiger Bedienstungen / und einstigen Heiratens und Haushaltens wenig besorgt, wenns nur Euch gut geht, Ihr Lieben! Die l. Mama gesund und froh unter uns lebt, und Du einen braven Mann und wenig Hauskreuz dazu kriegst, und der gute Karl so glücklich wird, wie ers verdient und verdienen kann!

Adieu, Schwesterlein! Komm bald hierher!

Dein
zärtlicher Bruder Fritz

An Ludwig Neuffer

Tübingen, d. 28. Nov. 91

. . . Bruder! mir ist, seit ich wieder hier bin, als hätten meine Lieben meine beste Kraft mit sich fort, ich bin unbeschreiblich dumm und indolent. Selten gibts lucida intervalla. Und wann ich denke, wie ihr jetzt aufwacht, Du und unser Magenau, und so stark werdet durch Freude und Liebe, wie ich so voll Stolzes und Muts war in den Götterstunden, die ich drunten feierte bei Dir, daß ich ein ganz andrer Mensch sein könnte, wenn meine Lage nicht wäre, die eben gerade für mich am wenigsten ist, dann möcht ich freilich weit weg aus dieser Lage.

Aber so ist's nun einmal! ganz will ich doch nicht erlahmen. Mein Herzensmädchen* hält mich eben immer noch in süßen Banden, entfernt sie mich schon von ihr. Aber königlich wird's mir vergütet, wenn ich 14 Tage und länger darben mußte. So war's gestern. Ich bin des täglich gewisser, daß Lieb und Freundschaft die Fittiche sind, auf denen wir jedes Ziel erschwingen.

Mit dem Hymnus an die Menschheit bin ich bald zu Ende. Aber er ist eben ein Werk der hellen Intervalle, und diese sind noch lange nicht klarer Himmel! Sonst hab ich noch wenig getan: Vom großen Jean Jacques

* Elise Lebret, die Tochter des Kanzlers der Universität

Ludwig Neuffer (1769-1839),
neben I. v. Sinclair der vertrauteste Freund Hölderlins
(Ölgemälde von W. Moosbrugger aus späterer Zeit).

mich ein wenig über Menschenrecht belehren lassen, und in hellen Nächten mich an Orion und Sirius, und dem Götterpaar Kastor und Pollux geweidet, das ists all! Im Ernst, Lieber! ich ärgere mich, daß ich nicht bälder auf die Astronomie geraten bin. Diesen Winter solls mein angelegentlichstes sein . . .

Daß ich noch im Kloster bin, ist Ursache die Bitte meiner Mutter. Ihr zu lieb kann man wohl ein paar Jahre versauren.

Schicke mir bald Gedichte von Dir! Da genießen sich doch unsre Seelen noch besser, als in Briefen. Gelt, Lieber?

Dein Hölderlin

An Ludwig Neuffer

[*Tübingen, Herbst 1792*]

Da hast Du den Brief. Noch ists mir wunderbar im Kopf und Herzen von den verschiedenen Empfindungen, die mich unter dem Schreiben zufälligerweise heimsuchten. Schön ists nicht, daß Du jetzt gerade Rache nimmst, und nicht schreibst! Ich las neulich im Propheten Nahum; der sagte von den Assyrischen Burgen und Vesten, sie seien wie überreife Feigenbäume, so daß einem die Früchte ins Maul fallen, wenn man sie schüttle. Und ich war scherzhaft genug, es so ganz für mich auch auf mich anzuwenden. Meiner Treu, o lieber Bruder! ich glaube, man dürfte nimmer viel schütteln, so stünde der junge Baum nackt da mit dürren Zweigen. Ich habe hier schlechterdings keine Freude. Da sitz ich fast jede Nacht auf unsrer alten Zelle und denk an den mancherlei Verlust des Tages, und bin froh, daß er vorüber ist! Weil ich mich nicht in die Narren schicke, schicken sie sich auch nicht in mich. Wie gut ists dem braven Autenrieth gegangen. Freilich ists für die Lebenden traurig, wenn so eine gute Seele in der Hälfte der Jahre dahin muß! Das Stipendium ekelt mich nur noch mehr an, seit ich die hirn- und herzlosen Äußerungen wieder hörte über seinen Tod und über die andern Neuigkeiten in der Welt. Man trägt sich hier mit einer fürchterlichen Sage über Schubart im Grabe. Du magst es wahrscheinlich wissen. Schreibe mir doch davon. Du glaubst nicht, wie ich so sehnlich immer einem Briefe von Dir entgegen sehe. Es wäre doch auch einmal wieder eine Freude. Du kannst Dir denken, daß es unter solchen Umständen mir schwer wird, so selten an das sanfte schöne Wesen zu denken, als ich mir vor-

Hölderlin, zweiundzwanzigjährig. Gouachebild von F. K. Hiemer, das Hochzeitsgeschenk Hölderlins für seine Schwester.

nahm. Ich habe sie nur ganz leise um ihre Freundschaft gebeten. Weiter kann ich nichts wollen. Meine liebe Rike schrieb mir heute auch, daß sie recht lustig in Stuttgart gewesen sei. Das gute Kind ist ganz unvermutet Braut geworden. Wir wollen uns recht freuen, lieber Bruder, wenns ihr gut geht . . .

Du wirst lachen, daß mir in diesem Pflanzenleben neulich der Gedanke kam, einen Hymnus an die Kühnheit zu machen. In der Tat, ein psychologisch Rätsel. / Es ist schon tiefe Nacht. Schlaf wohl, lieber Bruder! Du träumst wahrscheinlich schon. So wünsch ich Dir heiterers Erwachen, als ich gewöhnlich habe. Schreibe doch bald, Lieber . . .

Dein Hölderlin

An Ludwig Neuffer

[*Ende Juli 1793*]

Du hast recht, Herzensbruder! Dein Genius war mir sehr nahe diese Tage her. In der Tat, ich fühlte das Ewige Deiner Liebe zu mir selten mit solcher Gewißheit und stillen Freude. Sogar Dein Wesen hat mir Dein Genius seit einiger Zeit mitgeteilt, wie ich glaube. Ich schrieb unserm Stäudlin von manchem seligen Stündchen, das ich jetzt habe. Sieh! das wars, daß Deine Seele in mir lebte. Deine Ruhe, Deine schöne Zufriedenheit, mit der Du auf Gegenwart und Zukunft, auf Natur und Menschen blickst, diese fühlt ich. Auch Deine kühnen Hoffnungen, womit Du auf unser herrliches Ziel blickst, leben in mir. Zwar schrieb ich an Stäudlin: Neuffers stille Flamme wird immer herrlicher leuchten, wenn vielleicht mein Strohfeuer längst verraucht ist; aber dieses vielleicht schreckt mich eben nicht immer, am wenigsten in den Götterstunden, wo ich aus dem Schoße der beseligenden Natur, oder aus dem Platanenhaine am Ilissus zurückkehre, wo ich, unter Schülern Platons hingelagert, dem Fluge des Herrlichen nachsah, wie er die dunkeln Fernen der Urwelt durchstreift, oder schwindelnd ihm folgte in die Tiefe der Tiefen, in die entlegensten Enden des Geisterlandes, wo die Seele der Welt ihr Leben versendet in die tausend Pulse der Natur, wohin die ausgeströmten Kräfte zurückkehren nach ihrem unermeßlichen Kreislauf, oder wenn ich trunken vom sokratischen Becher, und sokratischer geselliger Freundschaft am Gastmahle den begeisterten Jünglingen lauschte, wie sie der heiligen Liebe huldigen mit süßer feuriger Rede, und der Schäker Aristophanes drunter hineinwitzelt, und endlich

Tübingen zu Hölderlins Zeit.

der Meister, der göttliche Sokrates selbst mit seiner himmlischen Weisheit sie alle lehrt, was Liebe sei / da, Freund meines Herzens, bin ich dann freilich nicht so verzagt, und meine manchmal, ich müßte doch einen Funken der süßen Flamme, die in solchen Augenblikken mich wärmt, und erleuchtet, meinem Werkchen, in dem ich wirklich lebe und webe, meinem Hyperion mitteilen können, und sonst auch noch, zur Freude der Menschen zuweilen etwas ans Licht bringen.

Ich fand bald, daß meine Hymnen mir doch selten in dem Geschlechte, wo doch die Herzen schöner sind, ein Herz gewinnen werden, und dies bestärkte mich in meinem Entwurfe eines griechischen Romans. Laß Deine edlen Freudinnen urteilen aus dem Fragmente, das ich unserm Stäudlin heute schicke, ob mein Hyperion nicht vielleicht einmal ein Plätzchen ausfüllen dürfte unter den Helden, die uns doch ein wenig besser unterhalten, als die wort- und abenteuerreichen Ritter . . .

Was Du so schön von der terra incognita im Reiche der Poesie sagst, trifft ganz genau besonders bei einem Romane zu. Vorgänger genug, wenige, die auf neues schönes Land gerieten, und noch eine Unermeßheit zur Entdeckung und Bearbeitung! Das versprech ich Dir heilig, wenn das ganze meines Hyperions nicht dreimal besser wird als dieses Fragment, so muß er ohne Gnade ins Feuer. Überhaupt, wenn nicht die Nachwelt meine Richterin wird, wenn ich das mir nicht bald mit prophetischer Gewißheit sagen kann, so reiß ich, wie Du, jede Saite von meiner Leier, und begrabe sie in den Schutt der Zeit. Dein Lied hat mir sehr, sehr wohl getan, besonders die letzte Strophe. Nicht wahr, lieber Bruder! Diese letzte Strophe gehört zu denen, wo man den verhüllten Gottheiten der Philosophie den Schleier lüpft? Um was ich Dich am meisten beneide, ist, wie ich Dir glaub ich schon oft sagte, Deine lichtvolle Darstellung. Ich ringe danach mit allen Kräften. Aber noch ein freundlicher Gesicht hätte der liebe Gast, Dein Lied, bekommen, wär es in Gesellschaft Deines Hymnus gekommen. Ich möchte fast glauben, Du machest es mit diesem Hymnus, wie mancher Schalk in den Kampfspielen getan haben mag. Er ließ sich nicht sehen, bis der Gegner recht sicher in die Bahn trat, und demütigte den armen Buben mit seinem unerwarteten Siege dann um so mehr. Komme nur! Ich bin auf alles gefaßt. Ich schickte meinen Hymnus unserm Stäudlin. Das zauberische Licht, in dem ich ihn ansah, da ich mit ihm zu Ende war, und noch mehr, da ich ihn euch mitgeteilt hatte an dem unvergeßlichen Nachmittage, ist nun so

G. F. Stäudlin (1758-1796), der »Oberpriester der schwäbischen Musen«, der in den Almanachen von 1792/3 die ersten Gedichte Hölderlins publizierte und die Bekanntschaft mit Schiller vermittelt hat.

ganz verschwunden, daß ich mich nur mit der Hoffnung eines baldigen bessern Gesangs über seine Mängel trösten kann . . .

[*Tübingen 1793*]

An den Bruder (Bruchstück)

Glaube mir, es ist nicht so arg, an dem Frohnkarren der löblichen Schreiberei gespannt zu sein, als an der Galeere der Theologie zu seufzen . . . Ich konnt es wohl denken, daß Dir Hemsterhuis gefallen werde. Das nächstemal schick ich Dir den zweiten Teil.

Willst Du nicht auch den furchtbaren Lehrer der Despoten, Macchiavell, lesen? Seine ganze Schrift beschäftigt sich mit dem Problem, wie ein Volk am leichtesten zu unterjochen sei. Ich traue Dirs zu, daß seine fürchterlichen Grundsätze Dich nicht verderben würden.

WALTERSHAUSEN
UND JENA

An die Mutter

[*Waltershausen, 1794*]

ENDLICH, LIEBE MUTTER! KANN ICH DEN Wunsch, mich mit Ihnen zu unterhalten, einmal wieder befriedigen. Ich bin glücklich, wenn es Ihnen und den lieben Meinigen allen so gut geht, wie mir. Ich bin gesünder als je, tue, was ich zu tun habe, mit Lust, und finde für das Wenige, was ich tun kann, eine Dankbarkeit, die ich nie erwarten konnte. Meine Lage ist in der Tat sehr günstig; im freundschaftlichen Umgange mit guten, geistreichen Menschen, bei ungestörter Tätigkeit, bei wohltätigen Freuden des Geistes und Herzens, bei der zuvorkommenden Gefälligkeit, womit man die kleinste Bequemlichkeit, die ich wünsche, mir verschafft, bei den Aussichten auf eine meiner Bildung noch günstigere Lage müßte ich wirklich großen Geschmack am Klagen finden, wenn ich jetzt nicht Sie versicherte, daß ich sehr zufrieden sei.

Meine Zeit ist geteilt in meinen Unterricht, in die Gesellschaft mit meinem Hause, und in eigene Arbeiten. Mein Unterricht hat den besten Erfolg. Es ist gar keine Rede davon, daß ich auch nur einmal die gewaltsame Methode zu brauchen nötig hätte; eine unzufriedene Miene sagt meinem lieben Fritz genug, und nur

Charlotte von Kalb (1761-1843),
bei der Hölderlin von Dez. 1793 - Jan. 1795 als Hofmeister
und Hauslehrer ihres 10-jährigen Sohnes Fritz tätig war.

selten braucht er mit einem ernsten Worte bestraft zu werden. Wenn wir in Gesellschaft zusammen sind, wird meist vorgelesen, abwechslungsweise bald von Herrn, bald von der Frau von Kalb, bald von mir; und über Tische oder auf Spaziergängen oft in Ernst und Scherze, wenn es jedem gelegen ist, davon gesprochen. Wenn ich aber über einer eignen Arbeit etwas zerstreut bin und Gesichter schneide, so weiß man schon, wies gemeint ist, und ich brauche nicht unterhaltend zu sein, wenn ich nicht in der Laune bin. Daß dies ganz nach meinem Sinne ist, können Sie sich denken. Die Zeit, die mir zu meiner eignen Beschäftigung übrigbleibt, ist mir jetzt teurer als je. Ich werde wahrscheinlich nächsten Winter in Weimar, im Zirkel der großen Männer, die diese Stadt in sich hat, zubringen. Ich werde da außer meinem Zöglinge noch einen Sohn von dem Konsistorialpräsident Herder unterrichten, und in dessen Hause logieren. Auch mit Goethe und Wieland will mich die Frau von Kalb, die von allen diesen die vertrauteste Freundin ist, bekannt machen . . .

An Friedrich Hegel

Waltershausen bei Meiningen,
d. 10. Jul. 1794

Lieber Bruder!
Ich bin gewiß, daß Du indessen zuweilen meiner gedachtest, seit wir mit der Losung – Reich Gottes! von einander schieden. An dieser Losung würden wir uns nach jeder Metamorphose, wie ich glaube, wieder erkennen. Ich bin gewiß, es mag mit Dir werden, wie es will, jenen Zug wird nie die Zeit in Dir verwischen. Ich denke, das soll auch der Fall sein mit mir. Jener Zug ists doch vorzüglich, was wir an einander lieben. Und so sind wir der Ewigkeit unserer Freundschaft gewiß. Übrigens wünscht ich Dich oft in meiner Nähe. Du warst so oft mein Genius. Ich danke Dir sehr viel. Das fühl ich erst seit unserer Trennung ganz. Ich möchte Dir wohl noch manches ablernen, auch zuweilen etwas von dem meinigen mitteilen.

Das Briefschreiben ist zwar immer nur Notbehelf, aber doch etwas. Deswegen sollten wir es doch nicht ganz unterlassen. Wir müssen uns zuweilen mahnen, daß wir große Rechte auf einander haben . . .

Waltershausen in Thüringen.

An Ludwig Neuffer

Waltershausen bei Meiningen,
d. 10. Okt. 94

Ich war Dir schon um einige Tagereisen näher als gewöhnlich, auf einem Kalbischen Gute auf dem Steigerwalde, in der Gegend von Bamberg, und ich erwartete da Deinen letzten Brief, der mich trotz aller Protestationen bestimmt hätte, zu Dir zu eilen und Dir zu zeigen, daß Du noch etwas Treues in der Welt hättest, wenn dieser Brief nicht so fröhlich und herrlich gelautet hätte. Ich bekam ihn sehr bald, ich hatte vor meiner Abreise von hier überall dafür gesorgt, daß er mir eilends nachgeschickt wurde. Das Opfer war also nicht groß, lieber Bruder, da ich beinahe schon halbwegs war und mich die Natur mit ein paar rüstigen Beinen versehen hat. Aber da kam der Brief, und das weiß nur ich, wie sehr mich das freute, daß Du mich nicht brauchtest. Es war eine von den Stunden, worin uns die Freude auf Monate stärkt. Der Wunsch liegt tief und ewig in meiner Seele, daß diese schöne Liebe bestehen möge, mit allen Seligkeiten und allen Tugenden, die sie gibt, mit all ihren Blüten und Früchten. Sie kömmt mir immer vor, wenn ich das Zeitalter dagegen halte, wie eine Nachtigall im Herbste. / Das kannst Du mir glauben, lieber guter Bruder! daß die Ungleichheit, in der ich von dieser Seite mehr durch Schicksal, als durch mein eignes Wesen gegen Dir stehe, mich gar nicht hindert, die ganze Schönheit und den ganzen Wert dieses Verhältnisses mit Freude und Achtung zu erkennen. Ich sage nicht umsonst mit Achtung, denn ohne das, dem Achtung gebührt, ohne Adel und Festigkeit des sittlichen Menschen könnte sicher ein solches Verhältnis nicht bestehen. Etwas hab ich doch auch; den Bund mit Dir: Er wird bestehen, mit seinen Blüten und Früchten, wie der Bund Deiner Liebe. Es ist mir damit sehr ernst, lieber Neuffer! Ich bin zu sehr überzeugt, ich werde alle Tage in meiner Überzeugung zu sehr bestätigt, daß man eine solche Freundschaft nicht auf jeder Straße findet, als daß ich die unsrige nicht ewig festhalten sollte. Es ist beinahe mein einziger Trost, wenn ich Trost bedarf, daß doch mein Herz mit Einem Wesen in einem dauernden Verhältnisse steht, daß ich doch Ein Gemüt kenne, worauf ich trauen kann. Daß ich dieses Trostes bedarf, wirst Du mir gerne glauben, weil Du wie ich weißt, wie die meisten es recht gut mit sich meinen, mit andern hingegen, wenn sie könnten, es größtenteils ungefähr halten möchten, wie mit ihren Töpfen und Stühlen, man hütet sich wohl, sie zu zerbrechen, so lange man sie braucht; oder so lange sie nicht aus der Mode sind; und daß ich mich nicht zerbrechen lasse, versteht sich; daß ich nur so lange mich brauchen lasse,

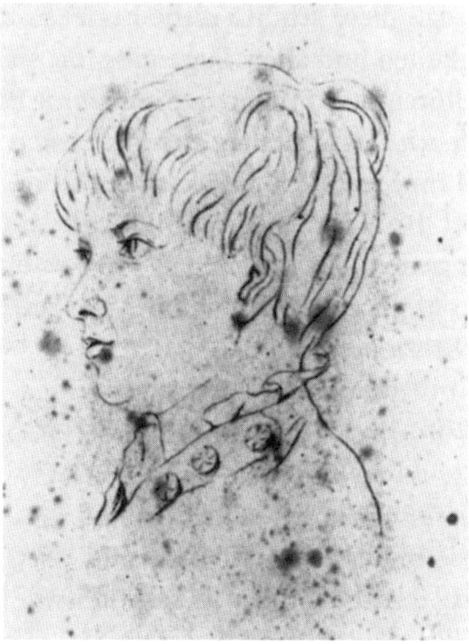

Fritz von Stein.

bis ich mich selbst besser brauchen kann, versteht sich auch; aber das ist doch sehr wenig.

Mein jetziger äußerer Beruf wird mir oft sehr schwer. Dir kann ich es wohl sagen. Ich schwieg indes auch gegen Dich, weil ich besonders Dir nur zu viel Veranlassung gab, in mir einen Unmut über alles zu vermuten, das nicht versilbert und vergoldet ist, einen ewigen Jammer darüber, daß die Welt kein Arkadien ist. Über diese kindische Feigheit bin ich aber so ziemlich weg. Aber ich bin ein Mensch. Ich muß doch wohl gewissenhaften, oft sehr angestrengten Bemühungen Erfolg wünschen. Es muß mir also wehe tun, wenn dieser Erfolg beinahe gänzlich mangelt durch die sehr mittelmäßigen Talente meines Zöglings und durch eine äußerst fehlerhafte Behandlung in seiner frühern Jugend und andere Dinge, womit ich Dich verschonen will. Daß mir das wehe tut, wäre an sich nicht sehr bedeutend, aber daß mich das unvermeidlich in meinen andern Beschäftigungen stört, scheint mir nicht so unbedeutend. Es wäre Dir wohl auch sehr unangenehm, wenn Dir eine Hälfte des Tages über einem Unterrichte verginge, wobei Du nichts gewännest als etwas Geduld, und die andere Hälfte sehr oft durch die Erfahrung, daß der andere nichts dabei gewinnt, beinahe unnütz für Dich gemacht würde. Übrigens such ich mich emporzuhalten, so gut es geht, und wenn mir nur die Sonne in meine Fenster scheint, steh ich meist heiter auf, und benütze dann, so gut ich kann, ein paar Morgenstunden, die einzigen, wo ich eigentlich Ruhe habe. Die meisten vergingen mir diesen Sommer über meinem Roman, wovon Du die fünf ersten Briefe diesen Winter in der Thalia finden wirst. Ich bin nun mit dem ersten Teile beinahe ganz zu Ende. Fast keine Zeile blieb von meinen alten Papieren. Der große Übergang aus der Jugend in das Wesen des Mannes, vom Affekte zur Vernunft, aus dem Reiche der Phantasie ins Reich der Wahrheit und Freiheit scheint mir immer einer solchen langsamen Behandlung wert zu sein. Ich freue mich übrigens doch auf den Tag, wo ich mit dem ganzen im reinen sein werde, weil ich dann unverzüglich einen andern Plan, der mir beinahe noch mehr am Herzen liegt, den Tod des Sokrates, nach den Idealen der griechischen Dramen zu bearbeiten versuchen werde . . .

Jena, wo Hölderlin von 1794-1795 lebte und Fichte, Herder, Schiller und Goethe kennenlernte.

An Ludwig Neuffer

Jena, den . . Nov. 1794

Ich bin nun hier, wie Du siehst, lieber Bruder! und ich habe Ursache, mich hierüber zu freuen, nicht so wohl, weil ich hier bin, als weil mich mein Hiersein in dem Glauben bestätiget, daß es nun leicht wird, etwas durchzusetzen, sobald wir nur nicht ans Ziel getragen sein, sondern mit eignen Füßen gehen wollen, und es nicht achten, wenn zuweilen ein hartes Steinchen die Sohle drückt. Ich weiß es gar wohl, daß es ein größer Ziel gibt, und größere Mühe, mehr Arbeit und mehr Gewinn; aber zu großen Dingen hat man in dieser Welt auch selten mehr als kleine Beispiele.

Ich habe jetzt den Kopf und das Herz voll von dem, was ich durch Denken und Dichten, auch von dem, was ich pflichtmäßig, durch Handeln, hinausführen möchte, letzteres natürlich nicht allein. Die Nähe der wahrhaft großen Geister, und auch die Nähe wahrhaft großer, selbsttätiger mutiger Herzen schlägt mich nieder und erhebt mich wechselsweise, ich muß mir heraushelfen aus Dämmerung und Schlummer, halbentwickelte, halberstorbene Kräfte sanft und mit Gewalt wecken und bilden, wenn ich nicht am Ende zu einer traurigen Resignation meine Zuflucht nehmen soll, wo man sich mit andern Unmündigen und Unmächtigen tröstet, die Welt gehen läßt wie sie geht, dem Untergange und Aufgange der Wahrheit und des Rechts, dem Blühen und Welken der Kunst, dem Tod und Leben von allem, was den Menschen als Menschen interessiert, wo man dem allem aus seinem Winkel mit Ruhe zusieht, und wenns hoch kömmt den Forderungen der Menschheit seine negative Tugend entgegenstellt. Lieber das Grab, als diesen Zustand! Und doch hab ich oft beinahe nichts anders im Prospekt. Lieber alter Herzensfreund! in solchen Augenblicken vermiß ich oft recht Deine Nähe, Deinen Trost, und das sichtbare Beispiel Deiner Festigkeit. Ich weiß, daß auch Dich zuweilen der Mut verläßt, ich weiß, daß es allgemeines Schicksal der Seelen ist, die mehr als tierische Bedürfnisse haben. Nur sind die Grade verschieden. Eine Stelle, die ich heute in dem Vorberichte zu den Wielandschen sämtlichen Werken zufällig ansah, brennt mir noch im Herzen. Es heißt da: die Muse Wielands habe mit dem Anfange der deutschen Dichtkunst angefangen, und ende mit ihrem Untergang! allerliebst! Nenne mich einen Kindskopf! aber so was kann mir eine Woche verderben. Seis auch! Wenns sein muß, so zerbrechen wir unsre unglücklichen Saitenspiele und tun, was die Künstler träumten! Das ist mein Trost. / Nun auch was von hier. Fichte ist jetzt die Seele von

J. G. Fichte (1762-1814) »Fichte ist jetzt die Seele von Weimar. . . . Einen Mann von solcher Tiefe und Energie des Geistes kenn ich sonst nicht.« Hölderlin.

Jena. Und gottlob! daß ers ist. Einen Mann von solcher Tiefe und Energie des Geistes kenn ich sonst nicht. In den entlegensten Gebieten des menschlichen Wissens die Prinzipien dieses Wissens, und mit ihnen die des Rechts aufzusuchen und zu bestimmen, und mit gleicher Kraft des Geistes die entlegensten kühnsten Folgerungen aus diesen Prinzipien zu denken und trotz der Gewalt der Finsternis sie zu schreiben und vorzutragen, mit einem Feuer und einer Bestimmtheit, deren Vereinigung mir Armem ohne dies Beispiel vielleicht ein unauflösliches Problem geschienen hätte / dies lieber Neuffer! ist doch gewiß viel, und ist gewiß nicht zu viel gesagt von diesem Manne. Ich hör ihn alle Tage.

Sprech ihn zuweilen. Auch bei Schiller war ich schon einigemale, das erstemal eben nicht mit Glück. Ich trat hinein, wurde freundlich begrüßt, und bemerkte kaum im Hintergrunde einen Fremden, bei dem keine Miene, auch nachher lange kein Laut etwas Besonders ahnden ließ. Schiller nannte mich ihm, nannt ihn auch mir, aber ich verstand seinen Namen nicht. Kalt, fast ohne einen Blick auf ihn begrüßt ich ihn, und war einzig im Innern und Äußern mit Schillern beschäftigt. Der Fremde sprach lange kein Wort. Schiller brachte die Thalia, wo ein Fragment von meinem Hyperion und mein Gedicht an das Schicksal gedruckt ist, und gab es mir. Da Schiller sich einen Augenblick darauf entfernte, nahm der Fremde das Journal vom Tische, wo ich stand, blätterte neben mir in dem Fragmente und sprach kein Wort. Ich fühlt es, daß ich über und über rot wurde. Hätt ich gewußt, was ich jetzt weiß, ich wäre leichenblaß geworden. Er wandte sich drauf zu mir, erkundigte sich nach der Frau von Kalb, nach der Gegend und den Nachbarn unseres Dorfs; und ich beantwortete das alles so einsilbig, als ich vielleicht selten gewohnt bin. Aber ich hatte einmal meine Unglücksstunde. Schiller kam wieder, wir sprachen über das Theater in Weimar, der Fremde ließ ein paar Worte fallen, die gewichtig genug waren, um mich etwas ahnden zu lassen. Aber ich ahndete nichts. Der Maler Meyer aus Weimar kam auch noch. Der Fremde unterhielt sich über manches mit ihm. Aber ich ahndete nichts. Ich ging und erfuhr an demselben Tage im Klub der Professoren, was meinst Du? daß Goethe diesen Mittag bei Schiller gewesen sei. Der Himmel helfe mir, mein Unglück und meine dummen Streiche gut zu machen, wenn ich nach Weimar komme. Nachher speist ich bei Schiller zu Nacht, wo dieser mich so viel möglich tröstete, auch durch seine Heiterkeit und seine Unterhaltung, worin sein ganzer kolossalischer Geist erschien, mich das Unglück, das mir das erstemal begegnete, vergessen ließ. Auch bei Niethammer bin ich zuweilen. Das nächstemal mehr von Jena. Schreibe mir jetzt auch bald, lieber Bruder!

Dein
Hölderlin

Meine Adresse ist an . . . im Vogtischen Garten.

An Ludwig Neuffer

Jena, den 19. Januar 1795

Ich habe Dir viel zu schreiben, lieber Bruder! / Ich habe Dir vorerst zu sagen, daß ich mein bisheriges Verhältnis verlassen habe und nun als unabhängiger Mensch hier lebe. Du fühlst wohl mit mir, daß ich meinen Mut zu diesem Schritte ziemlich zusammennehmen mußte. Du gibst mir Deinen Segen dazu, das weiß ich. Ich hätt ihn schwerlich getan, wenn zu dem gerechten Wunsche, einmal einen ernstlichen Versuch mit mir zu machen, nicht die besondern Umstände meiner bisherigen Lage gekommen wären. Ich schrieb Dir noch vor meiner Abreise von Waltershausen, wie sehr ich durch mein Erziehergeschäft in meiner Selbstbildung gestört würde. Ich litt mehr, lieber Neuffer! als ich schreiben mochte. Ich sah, wie sich das Kind mit jedem Tage mehr verdarb, und konnte nicht helfen, wahrscheinlich hätt es auch ein vollkommnerer Erzieher nicht gekonnt. Wir kamen hierher, ich verleugnete beinahe meine Wünsche, den hiesigen Aufenthalt zu benützen, ganz, nur um das Äußerste an meinem Zöglinge zu versuchen; ich wagte meine Gesundheit durch fortgesetztes Nachtwachen, denn das machte sein Übel nötig, und ich wollte auch so den verlornen Tag zum Teil ersetzen, oft schien es mir zu gelingen, aber es folgten nur traurigere Rezidive, und ich fing auch an, auf eine gefährliche Art an meinem Kopfe zu leiden, durch das öftere Wachen, wohl auch durch den Verdruß. In diesen trüben Tagen überraschte mich Dein Brief, und er tat mir unaussprechlich wohl, so sehr Deine Glückwünsche zu meiner damaligen Empfindung kontrastierten. Schillers Umgang hielt mich auch noch empor. Zu Ausgange des Dezembers kam die Majorin hieher, uns abzuholen, weil sie unvermutet sich entschlossen hatte, in eine Stadt zu ziehen und so unsern hiesigen Aufenthalt nimmer notwendig fand. Wir reisten nach Weimar ab, und ich hätte da manche goldne Stunde besser genossen, wenn nicht meine Gesundheit und mein Gemüt so hart angegriffen gewesen wäre.

Ich kam zu Herdern, und die Herzlichkeit, womit mir der edle Mann begegnete, machte auf mich einen unvergeßlichen Eindruck. Seine Darstellungsart verleugnet sich auch in seinem Gespräche nicht. Doch glaubt ich auch eine Simplizität an ihm zu bemerken, und eine Leichtigkeit, die man im Verfasser der Geschichte der Menschheit nicht vermuten sollte, wie mich dünkt. Ich werde wohl noch öfter zu ihm kommen. Auch mit Goethen wurd ich bekannt. Mit Herzpochen ging ich über seine Schwelle. Das kannst Du Dir denken. Ich traf ihn zwar nicht zu Hause; aber nachher bei der Majorin. Ruhig, viel Majestät im Blikke, und auch Liebe, äußerst einfach im Gespräche, das aber doch hie und da mit einem bittern Hiebe auf die

J. G. Herder (1744-1803).

Torheit um ihn, und eben so bittern Zuge im Gesichte / und dann wieder von einem Funken seines noch lange nicht erloschnen Genies gewürzt wird / so fand ich ihn. Man sagte sonst, er sei stolz; wenn man aber darunter das Niederdrückende und Zurückstoßende im Benehmen gegen unsereinen verstand, so log man. Man glaubt oft einen recht herzguten Vater vor sich zu haben. Noch gestern sprach ich ihn hier im Klub. Auch mit Maler Meyer, seinem beständigen Gesellschafter, einem einfachen ehrlichen Schweizer, aber strengen Künstler, unterhielt ich mich in Weimar und hier recht fröhlich. / Hast Du Goethens neuen Roman, Wilhelm Meister, gelesen? Nur Goethe konnt ihn schreiben. Besonders wirst Du Dich über das Ständchen vor Mariannens Hause und das Gespräch über die Dichter freuen. / Aber ich vergesse meine eigne Geschichte. Ich hatte schon bei unserer Abreise von hier der Majorin erklärt, und diese hatte es Schillern gesagt, daß ich Lust hätte, zu bleiben. Die Majorin und Schiller baten mich zu dringend, die Probe noch einmal zu machen, da jetzt Ärzte mitwirkten, als daß ich nicht hätte dadurch bestimmt werden sollen. Da aber die Sache in Weimar nicht besser wurde, und da ein Hofmeister für den Kleinen auch nicht so sehr Bedürfnis ist, weil er da sonst Unterricht haben kann, und im übrigen ohnedies meine Hilfe und Aufsicht lange nicht hinreichend ist bei den jetzigen Umständen, so erbot sich die Majorin von selbst, meinem Jammer ein Ende zu machen, ich nahm sie beim Worte, sie wollte aber nicht, daß ich so plötzlich ginge, ich stellte ihr vor, daß ich meiner Gesundheit so bald möglich Ruhe schaffen, auch mein unterbrochnes Kollegium bei Fichte noch hören möchte, und sie gab endlich nach, versah mich noch mit Gelde auf ein Vierteljahr, will sonst alles tun, um mir einen längern Aufenthalt hier möglich zu machen, bat mich, ja alle Monate ein paarmal hinüber zu kommen / und zeigte noch beim Abschiede ihren ganzen edlen Sinn, und ihre, wie ich doch glauben muß, herzliche Freundschaft für mich. / Ich wollte Dir Rechenschaft von meinem Schritte geben, und war darum so umständlich. Ich arbeite jetzt den ganzen Tag für mich. Gehe nur abends in Fichtes Kollegium, und so oft ich kann, zu Schillern. Er nimmt sich meiner recht treulich an. Wie es ferner werden wird, weiß ich selbst nicht. Es fehlt mir hier nichts, als Du, mein Bruder! Wann werden wir uns wiedersehn? Glaube mir, ich fühle oft, daß ich an nichts so unveränderlich hänge, wie an Dir. Ich finde das nirgends, was Du mir bist. Und hab ich in meinem Leben wahr aus dem Grunde des Herzens gesprochen, so ist es jetzt. Ich möcht auch oft bei Dir sein, um Dich, so viel ich könnte, zu erheitern. Daß diese edle Liebe so trübe Tage haben soll! Grüße Dein Röschen, sag ihr, daß ich ein recht fröhliches Fest feiern wolle, wenn ich ihre völlige Genesung erfahre. Auch sonst solltest Du Deinen alten Mut nicht fahren lassen, lieber Bruder . . .

Du fragst mich, wie es sich mit meiner Tübinger Geschichte verhalte? Wie immer. Ich sagte Dir noch vor meiner Abreise, wenn ich mich recht erinnere, daß ich mit dem guten Kinde manche frohe Stunde gehabt, auch freilich manche bittre, daß ich aber, sowie ich sie näher hätte kennen lernen, eine engere Verbindung nie hätte wünschen können. Ich hab ihr vor kurzem noch geschrieben, sowie man aber in der Welt manche Briefe schreibt. Guter Gott! es waren selige Tage, da ich, ohne sie zu kennen, mein Ideal in sie übertrug, und über meine Unwürdigkeit trauerte. Könnten wir doch ewig jugendlich bleiben. Schreibe mir doch die Gründe, die Dich zu der Frage bestimmten. Hier lassen mich die Mädchen und Weiber eiskalt . . .

Noch eine Bitte! Könntest Du nicht meine Mutter besuchen, und wenn Du finden solltest, daß sie mit der Veränderung meiner Lage nicht ganz zufrieden wäre, sie beruhigen. Ich will alles tun, um ihr nicht lästig zu werden, und lebe deswegen auch sehr sparsam, esse des Tags nur einmal ziemlich mittelmäßig, und denke bei einem Kruge Bier an unsern Neckarwein, und die schönen Stunden, die ihn heiligten. Leb wohl, Lieber!

F. W. J. Schelling (1775-1854).
Er und Hegel waren zeitweise Hölderlins Stubengenossen im Tübinger Stift.

Hegel an Schelling

[*Ende Januar 1795*]

... Hölderlin schreibt mir zuweilen aus Jena, ich werde ihm wegen Deiner Vorwürfe machen; er hört Fichten und spricht mit Begeisterung von ihm als einem Titanen, der für die Menschheit kämpfe und dessen Wirkungskreis gewiß nicht innerhalb der Wände des Auditoriums bleiben werde. Daraus, daß er Dir nicht schreibt, darfst Du nicht auf Kälte in der Freundschaft schließen, denn diese hat bei ihm gewiß nicht abgenommen, und sein Interesse für weltbürgerliche Ideen nimmt, wie mirs scheint, immer mehr zu. Das Reich Gottes komme und unsere Hände seien nicht müßig im Schoße!

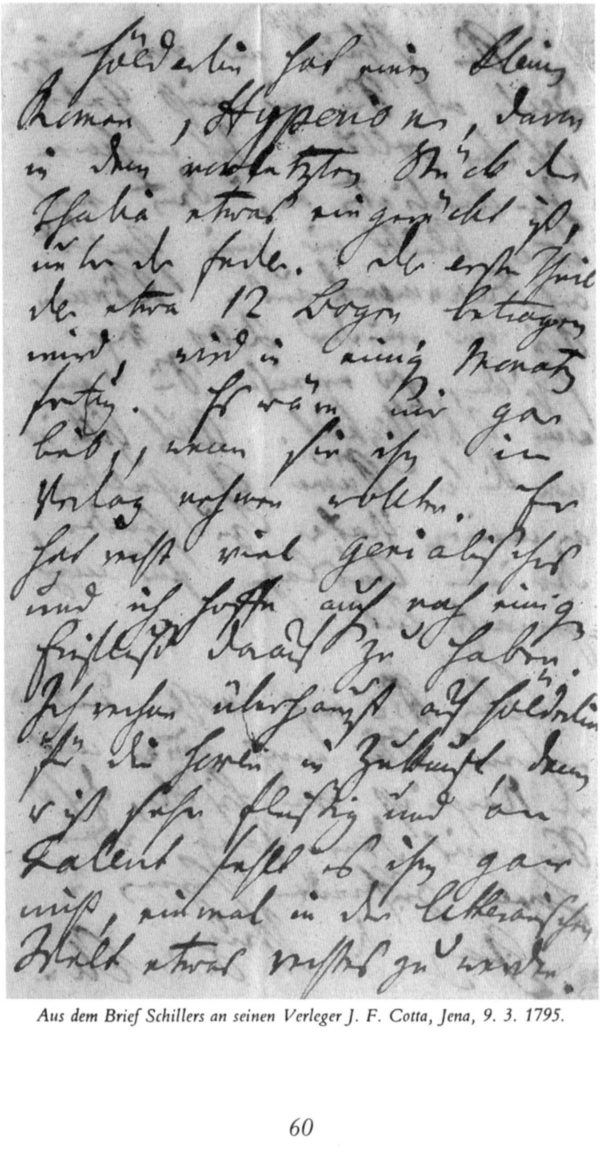
Hölderlin hat einen kleinen
Roman, Hyperion, davon
in dem vorletzten Stück der
Thalia etwas eingerückt ist,
unter der Feder. Der erste Theil
der etwa 12 Bogen betragen
wird, wird in einem Monath
fertig. Es wäre mir gar
lieb, wenn Sie ihn in
Verlag nehmen wollten. Er
hat recht viel genialisches
und ich hoffe auch noch einigen
Einfluß darauf zu haben.
Ich rechne überhaupt auf Hölderlin
für die Horen in Zukunft, denn
er ist sehr fleißig und an
Talent fehlt es ihm gar
nicht, einmal in der litterarischen
Welt etwas rechtes zu werden.

Aus dem Brief Schillers an seinen Verleger J. F. Cotta, Jena, 9. 3. 1795.

Schiller an Cotta

[*9. März 1795*]

. . . Hölderlin hat einen kleinen Roman, Hyperion, davon in dem vorletzten Stück der Thalia etwas eingerückt ist, unter der Feder. Der erste Teil, der etwa 12 Bogen betragen wird, wird in einigen Monaten fertig. Es wäre mir gar lieb, wenn Sie ihn in Verlag nehmen wollten. Er hat recht viel Genialisches, und ich hoffe auch noch einigen Einfluß darauf zu haben. Ich rechne überhaupt auf Hölderlin für die Horen in Zukunft, denn er ist sehr fleißig und an Talent fehlt es ihm gar nicht, einmal in der literarischen Welt etwas Rechtes zu werden.

FRANKFURT

An Ludwig Neuffer

Lieber Bruder! *Frankfurt am Main, d. 15. Jan. 96*

ICH HÄTTE DIR NICHT WOHL OHNE ZERSTREUung schreiben können, wenn ich nicht bis jetzt gewartet hätte, auch jetzt noch wirst Du die Folgen des Umherirrens, des unsteten geteilten Interesses, das einem so eine Lage unwillkürlich gibt, an mir finden. Ich weiß wohl, daß es einmal Zeit wäre, mich weniger durch Neuheit beunruhigen zu lassen; aber ich mußte wieder finden, daß, bei aller Vorsicht, das Unbekannte für mich sehr leicht mehr wird, als es wirklich für mich sein kann, daß ich bei jeder neuen Bekanntschaft von irgend einer Täuschung ausgehe, daß ich die Menschen nie verstehen lerne, ohne einige goldne kindische Ahndungen aufzuopfern.

Ich weiß, daß ich in Deinen Augen nichts verliere durch dieses demütigende Geständnis.

Glaube übrigens deswegen nicht, als wäre meine neue Lage nicht so, daß man nicht gewissermaßen damit zufrieden sein könnte.

Ich lebe, wie es scheint, unter sehr guten und wirklich, nach Verhältnis, seltnen Menschen; sie könnten wohl noch mehr sein, ohne daß ich das Obige zurücknehmen müßte.

Du verstehst mich gewiß, wenn ich dir sage, daß un-

Frankfurt a. Main, wo Hölderlin von 1796-1798 als Hauslehrer der Familie Gontard lebte.

ser Herz auf einen gewissen Grad immer arm bleiben muß. Ich werde mich auch wohl noch mehr daran gewöhnen, mit Wenigem fürlieb zu nehmen, und mein Herz mehr darauf zu richten, daß ich der ewigen Schönheit mehr durch eignes Streben und Wirken mich zu nähern suche, als daß ich etwas, was ihr gliche, vom Schicksal erwartete. Du hast wohl recht, mit Deiner treuen Lehre, die Du mir manchmal gabst, daß man deswegen die fröhlichen Stunden des Lebens nicht von sich weisen soll, daß auch das Lachen, was doch sicher kein hohes Glück ist, gut sei für den Menschen; aber Du fühlst wohl auch, daß sich das nicht leicht lernt; es ist Naturgabe, die ich gewiß nicht verwerfen würde, wenn ich sie hätte. / Es war für mich Bedürfnis, Lieber! Dir das mitzuteilen, was gerade mein Gemüt beschäftigte, und so wirst Du nicht zürnen, daß ich nicht von was anderem sprach.

Der Römer in Frankfurt a. Main, 1818.

Die Bedingungen, unter denen ich mein Verhältnis einging, sind vorteilhaft genug. Ich kann mit durchgängiger Ungebundenheit leben, brauche meinem Zögling, der schon mein ganzes Herz gewonnen hat, durch seine reine freie Unbefangenheit, nur den Vormittag zu widmen, und bekomme jährlich 400 fl, bei dem, daß ich alles frei habe . . .

An Ludwig Neuffer

Frankfurt, im März 96

Lieber Bruder!

Ich wunderte mich nicht, daß Du so lange nicht schriebst. Ich weiß ja, wie das geht; man möchte gerne dem Freunde etwas sagen, was man nicht gerade eine Woche später zurücknehmen muß, und doch wiegt sich die ewige Ebb und Flut hin und her, und was in der einen Stunde wahr ist, können wir ehrlicherweise in der nächsten Stunde nicht mehr von uns sagen, und indes der Brief ankommt, den wir geschrieben, hat sich das Leid, das wir klagten, in Freude, oder die Freude, die wir mitteilten, in Leid verwandelt, und so ists mehr oder weniger mit den meisten Äußerungen unsers Gemüts und Geistes. Die Augenblicke, wo wir Unvergängliches in uns finden, sind so bald zerstört, der unvergängliche wird selbst zum Schatten und kehrt nur, zu seiner Zeit, wie Frühling und Herbst, lebendig in uns zurück. Das ists, warum ich wenigstens nicht gerne schreibe.

Du willst Rat für Dein Herz von mir, Lieber! Du mußtest beinahe voraussehen, daß ich dazu nicht der Mann war. Wär ich weise genug, um die mächtige Stimme der Natur nicht zu achten, so könnt ich Dir wohl eine gutgemeinte altkluge Predigt schicken, wär ich töricht genug, um dem unbedachtsamen Zuge des Herzens das Wort zu reden, so würd ich Dir vielleicht noch einen größern Gefallen tun. Aber ich bin, leider oder gottlob! keines von beiden.

Ich kann Dir nichts sagen, als was ich Dir schon einmal sagte; findest Du, daß das liebliche Geschöpf für Dich und nur für Dich gemacht, das heißt, unter allem was lieben kann, Deinem Wesen am nächsten ist, dann lache der Klugheit ins Angesicht und wags im Namen der heiligen Natur, vor der das Menschenwerk, die bürgerlichen Verhältnisse so wenig gelten, als unsre Regeln von Schicklichkeit und Anstand vor den Kindern.

Ist es aber bloß ein Behelf Deines verlassenen Herzens, ist es bloß die Armut des Lebens, die das Schicksal Dich fühlen ließ, daß Du so hohen Wert in dieses Wesen legst, ist es mehr ein Kind der Not, mehr von zufälligen Umständen Dir abgedrungen, als die reine unvermischte Äußerung Deines Innersten, dann freilich würd ich um Dich trauern, wenn Du durch Dich die künftigen Blüten und Früchte Deines Geistes, Deine ewig jugendliche ruhige Heiterkeit; die häuslichen Freuden, die Dich vielleicht anderswo erwarteten, und vielleicht noch manches andre aufs Spiel setztest.

Laß Dich das nicht irre machen, lieber alter Freund! Denke, daß hierin eigentlich keiner dem andern etwas sagen kann, daß ich also, im Grunde genommen, auch nichts gesagt habe.

Mir geht es so gut wie möglich. Ich lebe sorgenlos, und so leben ja die seligen Götter.

Daß Schiller den Phaëthon nicht aufnahm, daran hat er nicht unrecht getan, und er hätte noch besser getan, wenn er mich gar nie mit dem albernen Probleme geplagt hätte; daß er aber das Gedicht an die Natur nicht aufnahm, daran hat er, meines Bedünkens, nicht recht getan. Übrigens ist es ziemlich unbedeutend, ob ein Gedicht mehr oder weniger von uns in Schillers Almanache steht. Wir werden doch, was wir werden sollen, und so wird dein Unglück so wenig kümmern wie meines.

Sei glücklich, Lieber! und nehm es geduldig an, wenn bei großer Freude großer Schmerz ist. /

Für die Nachricht von der Lebretin dank ich Dir; ich hätt es auch nicht um sie verdient, wenn sie nicht gut von mir gedacht hätte.

Dein
Hölderlin

An den Bruder

Frankfurt a. M., den 2. Juni 1796

Lieber Bruder!

Dein letzter Brief hat mir unendliche Freude gemacht. Goethe sagt irgendwo: »Lust und Liebe sind die Fittiche zu großen Taten.« / So ists auch mit der Wahrheit; wer sie liebt, wird sie finden; wessen Herz sich über den ängstlichen, egoistischen Gesichtskreis erhebt, in dem die meisten heranwachsen und den wir leider auf dem Fleck Erde, der uns zur Ruh und Wanderung gegeben ist, fast überall wieder finden, wessen Gemüt nicht borniert ist, dessen Geist ist es gewiß auch nicht im eigentlichen Sinne.

Dein Streben und Ringen macht Deinen Geist immer stärker und gelenker, lieber Karl! Du scheinst mir tiefer zu gehen und nach mehr als einer Seite Dich zu richten . . .

Daß Dir Dein Schicksal oft schwer aufliegt, das glaub ich Dir gerne, liebes Herz! Sei ein Mann und siege. Die Knechtschaft, die von allen Seiten auf unser Herz und unsern Geist in früher Jugend und im Mannesalter hineindringt, die Mißhandlung und Erstikkung unserer edelsten Kräfte gibt uns auch das herrliche Selbstgefühl, wenn wir dennoch unsere besseren Zwecke durchführen. Ich will auch das Meinige tun. Eine andere Stelle kann und will ich Dir nicht verschaffen. Du brauchst jetzt schlechterdings Muße; Du mußt Dir selbst leben können, ehe Du für andere lebst. Aus dieser Rücksicht schlag ich Dir, gegen meine sonstigen Äußerungen, nach reiferer Überlegung, vor, daß Du eine Universität besuchst. Wenn mich mein wankelmütiges Schicksal in meiner gegenwärtigen Lage er-

Schattenriß von Hölderlin.

hält, kann ich zu Ende des nächsten Winters ganz gut 200 fl. entbehren; die schick ich Dir, und Du gehst nach Jena und kannst, wie ich glaube, jedes Jahr auf dieselbe Summe, wohl auch auf etwas mehr, bei mir rechnen, und den kleinen Zuschuß, dessen Du noch benötigt sein dürftest, wird Dir unsere liebe Mutter nicht versagen. Danke mir nur nicht, meine Überzeugung gebietet es mir, und die Erfüllung eines Gebots läßt ja nicht wohl eine andere Vergeltung zu als die, daß wir unseren Zweck erreichen. Und wie könnten wir daran zweifeln, lieber Bruder!

Von wichtigen Bekanntschaften in dem Sinne, wie Du es meinst, kann ich Dir leider! wenig oder gar nichts schreiben.

Laß die Welt ihren Gang gehn, wenn er nicht aufgehalten werden kann, wir gehn den unsern.

Ich hoffe diesen Sommer mehr zu tun als bisher. Der Trieb, aus unserem Wesen etwas hervorzubringen, was zurückbleibt, wenn wir scheiden, hält uns doch eigentlich einzig ans Leben fest.

Freilich sehnen wir uns oft auch, aus diesem Mittelstand von Leben und Tod überzugehn ins unendliche Sein der schönen Welt, in die Arme der ewig jugendlichen Natur, wovon wir ausgingen. Aber es geht ja alles seinc stete Bahn, warum sollten wir uns zu früh dahinstürzen, wohin wir gelangen.

Die Sonne soll uns doch nicht beschämen. Sie gehet auf über Bösen und Guten! So können ja auch wir eine Weile unter Menschen und ihrem Tun und in unserer eigenen Schranke und Schwachheit verweilen . . .

An den Bruder

Frankfurt a. M., im Juni 1796

Du bist glücklich, mein Karl, durch das, was Du Dir selbst bist, und ich wollte, Du sähest das ein, wie ich. Du würdest weniger den Mangel empfinden, der von außen Dich umgibt. Sieh! Deswegen finden auch die meisten Menschen überall wunderschöne Dinge, wundergroße, wundererfreuliche Dinge, weil sie alles, was begegnet, an ihrer inneren Armut und Beschränktheit messen, weil sie so gar nicht verwöhnt sind durch sich selbst. Weil sie sich selbst zum Sterben Langeweile machen, dünkts ihnen überall so amüsant, und weil sie fühlen, es sei so eigentlich nicht so sehr der Mühe wert, daß sie das Glück begünstige, sind sie auch so äußerst dankbar gegen dieses, und nennen auch höflicherweise das weise und gerechte Schicksal gnädig.

(Bei Gelegenheit! ich möchte doch wissen, was eigentlich Gnade wäre?) – Aber wenn Du schon Dir selbst sehr viel bist, so bedarfst Du deswegen auch der rechten Pflege für Dein Herz und Deinen Geist. Genuß der Wahrheit und der Freundschaft! Könnt ich ihn so voll und stark und rein Dir geben, als Du es wert bist! Aber Einer ist nicht Alles, und ich bin ohnedies wie ein alter Blumenstock, der schon einmal mit Grund und Scherben auf die Straße gestürzt ist, und seine Sprößlinge verloren und seine Wurzel verletzt hat, und nun mit Mühe wieder in frischen Boden gesetzt und kaum durch ausgesuchteste Pflege vom Verdorren gerettet, aber doch hie und da noch immer welk und krüpplig ist und bleibt. Ich werde deswegen ganz gewiß, so lange ich lebe, allem aufbieten, um, soweit es von mir abhängt, und Du meiner bedürfen magst, Dein Leben auch anderwärts Dir angenehm, d. h. den Bedürfnissen Deines edlern Wesens angemessen zu machen.

Ich kann unmöglich glauben, daß unsere teure Mutter den soliden Gründen, die ich ihr vorlegen werde, ihren Beifall versagen und ihren Willen und Segen Dir nicht zu einer Reise nach Jena geben wird.

Du wirst die Wahrheit finden und doch wenigstens einen ganzen Freund, wie ich hoffe! Den Plan zu Deinem Studium möcht ich zuvor von Dir selbst hören, um ganz in Beziehung auf deinen eigentümlichen Wunsch und Charakter meinen Vorschlag zu machen. Es läßt sich im allgemeinen vieles plaudern, aber, um nützlich zu sein, müssen wir einander auch auf das, was jeder besonders ist und hat, aufmerken.

An Aussichten kann es Dir zur rechten Zeit nicht fehlen. Du magst ein Fach ergreifen, welches Du willst, so bin ich gewiß, daß Du es darin nicht bei der Mittel-

Wohnung der Familie Gontard am Großen Hirschgraben in Frankfurt.

mäßigkeit wirst bewenden lassen, und Männern, die im Kameralfach oder in der Rechtspflege und Wissenschaft mehr als mittelmäßig, sind eben ihrer Seltenheit wegen jetzt überall zum Lehrstuhl oder zum Geschäftsleben äußerst gesucht.

In jedem Falle kannst Du Hofmeister werden so gut wie ich, und glücklich sein, und all die Lumpereien des politischen und geistlichen Württembergs und Deutschlands und Europas auslachen so gut wie ich . . .

An Ludwig Neuffer

[*Frankfurt, im Juni 1796*]

Hätt ich Dich doch bei mir, lieber Bruder! daß wir uns einmal wieder Freude machen könnten mit unsern Herzen. Die Buchstaben sind für die Freundschaft, wie trübe Gefäße für goldnen Wein. Zur Not schimmert etwas durch, um ihn vom Wasser zu unterscheiden, aber lieber sieht man ihn doch im kristallnen Glase.

Ich möchte wissen, wie Dirs jetzt gerade geht. Ich wollt, es ginge Dir, wie mir. Ich bin in einer neuen Welt. Ich konnte wohl sonst glauben, ich wisse, was schön und gut sei, aber seit ichs sehe, möcht ich lachen über all mein Wissen. Lieber Freund! Es gibt ein Wesen auf der Welt, woran mein Geist Jahrtausende verweilen kann und wird, und dann noch sehn, wie schülerhaft all unser Denken und Verstehen vor der Natur sich gegenüber findet. Lieblichkeit und Hoheit, und Ruh und Leben, und Geist und Gemüt und Gestalt ist Ein seliges Eins in diesem Wesen. Du kannst mir glauben, auf mein Wort, daß selten so etwas geahndet, und schwerlich wieder gefunden wird in dieser Welt; Du weißt ja, wie ich war, wie mir Gewöhnliches entleidet war, weißt ja, wie ich ohne Glauben lebte, wie ich so karg geworden war mit meinem Herzen, und darum so elend; konnt ich werden, wie ich jetzt bin, froh, wie ein Adler, wenn mir nicht dies, dies Eine erschienen wäre, und mir das Leben, das mir nichts mehr wert war, verjüngt, gestärkt, erheitert, verherrlicht hätte, mit seinem Frühlingslichte? Ich habe Augenblicke, wo all meine alten Sorgen mir so durchaus töricht scheinen, so unbegreiflich, wie den Kindern.

Es ist auch wirklich oft unmöglich, vor ihr an etwas Sterbliches zu denken, und eben deswegen läßt so wenig sich von ihr sagen.

Vielleicht gelingt mirs hie und da, einen Teil ihres Wesens in einem glücklichen Zuge zu bezeichnen, und da soll Dir keiner unbekannt bleiben. Aber es muß eine festliche durchaus ungestörte Stunde sein, wenn ich von ihr schreiben soll.

Susette Gontard (1769-1802), Hölderlins »Diotima«.

Daß ich jetzt lieber dichte als je, kannst Du Dir denken. Du sollst auch bald wieder etwas von mir sehen.

Was Du mir mitteiltest, hat Dir herrlichen Lohn gewonnen. Sie hat es gelesen, hat sich gefreut, hat geweint über Deinen Klagen.

O sei glücklich, lieber Bruder! Ohne Freude kann die ewige Schönheit nicht recht in uns gedeihen. Großer Schmerz und große Lust bildet den Menschen am besten. Aber das Schustersleben, wo man Tag für Tag auf seinem Stuhle sitzt, und treibt, was sich im Schlafe treiben läßt, das bringt den Geist vor der Zeit ins Grab.

Ich kann jetzt nicht schreiben. Ich muß warten, bis ich weniger mich glücklich und jugendlich fühle. Leb wohl, treuer, geprüfter, ewiglieber Freund! Könnt ich ans Herz Dich drücken! Das wäre jetzt die wahre Sprache für Dich und mich!

Dein
Hölderlin

An Schiller

Frankfurt a. M., den 20. November 1796

Verehrungswürdigster!

Es macht mich oft traurig, daß ich Ihnen nimmer, wie ich sonst wohl durfte, ein Wort aus meiner Seele sagen kann, aber Ihr gänzlich Verstummen gegen mich macht mich wirklich blöde, und ich muß immer wenigstens irgend eine Kleinigkeit vorschützen können, wenn ich mich dazu bringen soll, meinen Namen Ihnen wieder zu nennen.

Diese Kleinigkeit ist diesmal die Bitte, daß Sie die unglücklichen Verse, die keinen Platz finden konnten in Ihrem diesjährigen Almanache, mir wieder zur Durchsicht geben möchten, denn das Manuskript, das ich Ihnen im August von Kassel aus zuschickte, war das einzige, das ich hatte.

Möchten Sie es doch nicht für verlorene Mühe halten, Ihr Urteil beizusetzen, denn auch hierin kann ich alles leichter ertragen, als Ihr Stillschweigen.

Ich erinnere mich noch sehr gut jedes kleinsten Zeichens Ihrer Teilnahme an mir. Sie haben mir auch, da ich noch in Franken lebte, einmal ein paar Worte geschrieben, die ich immer wiederhole, so oft ich verkannt bin.

Haben Sie Ihre Meinung von mir geändert? Haben Sie mich aufgegeben?

Verzeihen Sie mir diese Fragen. Eine Anhänglichkeit

Friedrich Schiller (1759-1805).

an Sie, gegen welche ich oft vergebens anging, wenn sie Leidenschaft war, eine Anhänglichkeit, die noch immer mich nicht verlassen hat, nötigt solche Fragen mir ab.

Ich würde mich darüber tadeln, wenn Sie nicht der einzige Mann wären, an den ich meine Freiheit so verloren habe.

Ich weiß, daß ich nicht ruhen werde, bis ich durch irgend etwas Errungenes und Gelungenes wieder einmal ein Zeichen Ihrer Zufriedenheit erbeute.

Glauben Sie nicht, daß ich feire, wenn ich nicht von meinen Beschäftigungen spreche. Aber es ist schwer, gegen die Niedergeschlagenheit auszuhalten, die einem der Verlust einer Gewogenheit gibt, wie diejenige war, die ich besaß oder mir erträumte.

Ich bin verlegen, skrupulös über jedes Wort, das ich Ihnen sage, und doch bin ich sonst so ziemlich, wenn ich andern Menschen gegenüber mich finde, über jugendliche Ängstlichkeit weg.

Sagen Sie mir ein freundlich Wort, und Sie sollen sehen, wie ich verwandelt bin.

Ihr wahrer Verehrer
Hölderlin

Schiller an Hölderlin

Jena, den 24. November 1796

Ich habe Sie keineswegs vergessen, lieber Freund, wie Sie denken: bloß Zerstreuungen und Geschäfte, neben meiner gewöhnlichen Briefscheu, haben die Antwort auf Ihre freundschaftlichen Briefe so lange verzögert.

Ihre neuesten Gedichte kamen für den Almanach um mehrere Wochen zu spät, sonst würde ich von dem einen oder andern gewiß Gebrauch gemacht haben. Dafür, hoffe ich, sollen Sie an dem künftigen desto größern Anteil haben. Da es mir heute an Muße fehlt, diese letzt übersandten Stücke durchzugehen, so behalte ich sie vor der Hand noch da, um meine Bemerkungen beizuschreiben.

Große Freude machte mirs, wenn ich in dem nächsten Almanach einige reife und bleibende Früchte Ihres Talents aufstellen könnte. Nehmen Sie, ich bitte Sie, Ihre ganze Kraft und Ihre ganze Wachsamkeit zusammen, wählen Sie einen glücklichen poetischen Stoff, tragen ihn liebend und sorgfältig pflegend im Herzen, und lassen ihn, in den schönsten Momenten des Daseins, ruhig der Vollendung zureifen; fliehen Sie wo möglich die philosophischen Stoffe, sie sind die undankbarsten, und in fruchtlosem Ringen mit denselben verzehrt sich oft die beste Kraft; bleiben Sie der Sinnenwelt näher, so werden Sie weniger in Gefahr sein, die Nüchternheit in der Begeisterung zu verlieren, oder in einen gekünstelten Ausdruck zu verirren.

Auch vor einem Erbfehler deutscher Dichter möchte ich Sie noch warnen, der Weitschweifigkeit nämlich, die in einer endlosen Ausführung und unter einer Flut von Strophen oft den glücklichsten Gedanken erdrückt. Dieses tut Ihrem Gedicht an Diotima nicht wenig Schaden. Wenige bedeutende Züge, in ein einfaches Ganzes verbunden, würden es zu einem schönen Gedichte gemacht haben. Daher empfehle ich Ihnen vor allem eine weise Sparsamkeit, eine sorgfältige Wahl des Bedeutenden und einen klaren einfachen Ausdruck desselben. Doch wie kann ich alles das spezifizieren, was ich wünschte? Sie haben Moses und die Propheten; halten Sie sich an die schönsten Muster und bilden sich daraus die Regeln selbst, die ohne das nur Worte sein würden.

Verzeihen Sie mir diese Aufforderungen, diese Warnungen, teilnehmende Freundschaft hat beide eingegeben.

Leben Sie recht wohl und lassen mich fleißig von sich hören.

Ihr aufrichtig ergebener Schiller

An Ludwig Neuffer

Frankfurt, d. 16. Febr. 97

Mein Teuerer!

Ich habe eine Welt von Freude umschifft, seit wir uns nicht mehr schrieben. Ich hätte Dir gerne indes von mir

Diotima, Büste von Landolin Ohmacht.

erzählt, wenn ich jemals stille gestanden wäre und zurückgesehen hätte. Die Woge trug mich fort; mein ganzes Wesen war immer zu sehr im Leben, um über sich nachzudenken.

Und noch ist es so! noch bin ich immer glücklich, wie im ersten Moment. Es ist eine ewige fröhliche heilige Freundschaft mit einem Wesen, das sich recht in dies arme geist- und ordnungslose Jahrhundert verirrt hat! Mein Schönheitssinn ist nun vor Störung sicher. Er orientiert sich ewig an diesem Madonnenkopfe. Mein Verstand geht in die Schule bei ihr, und mein uneinig Gemüt besänftiget, erheitert sich täglich in ihrem genügsamen Frieden. Ich sage Dir, lieber Neuffer! ich bin auf dem Wege, ein recht guter Knabe zu werden. Und was mich sonst betrifft, so bin ich auch ein wenig mit mir zufrieden. Ich dichte wenig und philosophiere beinahe gar nicht mehr. Aber was ich dichte, hat mehr Leben und Form; meine Phantasie ist williger, die Gestalten der Welt in sich aufzunehmen, mein Herz ist voll von Lust; und wenn das heilige Schicksal mir mein glücklich Leben erhält, so hoff ich künftig mehr zu tun, als bisher.

Ich denke mir wohl, lieber Bruder, daß Du begierig sein wirst, umständlicher von meinem Glücke mich sprechen zu hören. Aber ich darf nicht! Ich habe schon oft genug geweint und gezürnt über unsere Welt, wo das Beste nicht einmal in einem Papiere, das man einem Freunde schickt, sich nennen darf. Ich lege Dir ein Gedicht an Sie bei, das ich zu Ende des vorigen Winters machte.

Den Sommer über hab ich in Kassel und in einem westfälischen Bade, in der Gegend der alten Hermannsschlacht, gelebt, größtenteils in Gesellschaft von Heinse, den Du als Verfasser des Ardinghello kennst. Er ist ein herrlicher alter Mann. Ich habe noch nie so eine grenzenlose Geistesbildung bei so viel Kindereinfalt gefunden.

Von meinem Hyperion wird der erste Band bis nächste Ostern erscheinen. Zufällige Umstände verzögerten die Herausgabe so lange.

Meine Auswanderung aus Frankfurt und die Zerstreuungen der Reise waren schuld, daß ich nicht zu rechter Zeit in den Schillerschen Almanach etwas schicken konnte. Nächstes Jahr hoff ich auch wieder an Deiner Seite zu erscheinen, Lieber! Das Lied, das ich von Dir darin fand, ist sehr ausgearbeitet. Schreibe mir

Wilhelm Heinse (1749-1803),
»der berühmte Verfasser des Ardinghello«, ein Freund der Familie Gontard (Ölbild von J. F. Eich).

recht viel von Deinen Arbeiten, Deinem Geschmack, Deiner Stimmung! Wir wollen wieder schneller die Briefe wechseln. Hegels Umgang ist sehr wohltätig für mich. Ich liebe die ruhigen Verstandesmenschen, weil man sich so gut bei ihnen orientieren kann, wenn man nicht recht weiß, in welchem Falle man mit sich und der Welt begriffen ist. Ich wollte Dir so viel schreiben, bester Neuffer! aber die armen Momente, die ich habe dazu, sind so sehr wenig, um das Dir mitzuteilen, was in mir waltet und lebt! Es ist auch immer ein Tod für unsre stille Seligkeit, wenn sie zur Sprache werden muß. Ich gehe lieber so hin in fröhlichem, schönem Frieden, wie ein Kind, ohne zu überrechnen, was ich

Diotima, Alabasterrelief von Landolin Ohmacht.

habe und bin, denn was ich habe, faßt ja doch kein Gedanke nicht ganz. Nur ihr Bild möcht ich Dir zeigen, und so brauchte es keiner Worte mehr! Sie ist schön wie Engel. Ein zartes geistiges himmlisch reizendes Gesicht! Ach! ich könnte ein Jahrtausend lang in seliger Betrachtung mich und alles vergessen, bei ihr, so unerschöpflich reich ist diese anspruchslose stille Seele in diesem Bilde!

Majestät und Zärtlichkeit, und Fröhlichkeit und Ernst, und süßes Spiel und hohe Trauer und Leben und Geist, alles ist in und an ihr zu Einem göttlichen Ganzen vereint. Gute Nacht, mein Teurer! »Wen die Götter lieben, dem wird große Freude, großes Leid zu teil.«

Auf dem Bache zu schiffen ist keine Kunst. Aber

Henrike Breunlin, geb. Hölderlin (1772-1850), die Schwester des Dichters.

wenn unser Herz und unser Schicksal in den Meeresgrund hinab und an den Himmel hinauf uns wirft, das bildet den Steuermann.

Dein Hölderlin

An die Schwester

Frankfurt a. M., d. . . . Apr, 97

. . . Was machen Deine lieben Kinder? Ich werde tausend Freude an ihnen haben, wenn ich einmal wieder unter Deinem Dache bin. Schreibe mir nur immer Deine fröhlichen Neuigkeiten. So ist es mir am liebsten, wenn ich wie mit Augen sehen kann, wie Dirs geht. Je mehr Kleinigkeiten, desto besser!

Das Allgemeine ist in Lehrbüchern recht gut, aber in

unsern Briefen wollen wir recht unvernünftig von uns selbst, und unsern unwichtigen und wichtigen Angelegenheiten zu einander sprechen. – Du glaubst nicht, wie mirs Freude macht, an Dein häuslich genügsam Wesen zu denken! Es ist nicht übel, wenn man in der Jugend oben hinaus will; aber das reifere Leben neigt sich wieder zum Menschlichen und Stillen . . .

Chr. Th. Schwab über den Besuch Neuffers bei Hölderlin in Frankfurt

. . . Er wurde auch der Frau des Hauses vorgestellt und bewunderte ihre hohe Schönheit, Hölderlin sandte der sorglich hin und herwandelnden das höchste Lob nach, das sein Mund erteilen konnte, indem er dem Freunde zuflüsterte: »Nicht wahr, eine Griechin«? Solche Besuche wirkten sehr wohltätig auf das Wesen unseres Dichters. Er war von Natur schüchtern und befangen und hatte daher keinen ausgedehnten Umgang, auch war eine kaufmännische Stadt, so vortrefflich eine solche sein mag, das anerkannte Genie zu ehren, nicht der Ort, einen jugendlich strebenden Geist zu heben und zu ermutigen . . .

Schiller an Goethe

Jena, 27. Juni 97

Ich lege hier 2 Gedichte* bei, die gestern für den Almanach eingeschickt worden sind. Sehen Sie sie doch an, und sagen mir in ein paar Worten, wie Ihnen die Arbeit vorkommt, und was Sie sich von dem Verfasser versprechen. Über Produkte in dieser Manier habe ich

* Hölderlins »Der Äther« und »Der Wanderer«.

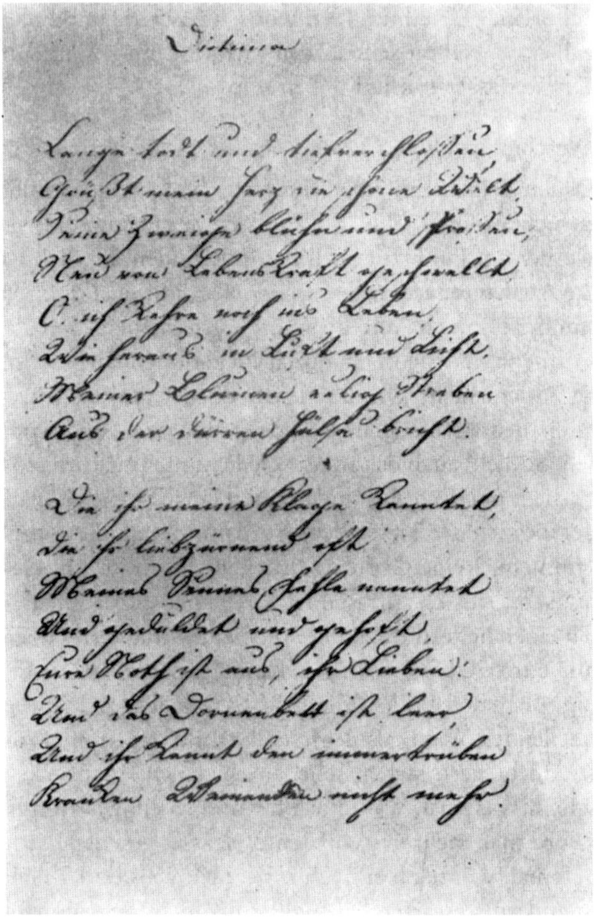

Diotima

Lange todt und tiefverschlossen,
Grüßt mein Herz die schöne Welt,
Seine Zweige blühn und sprossen,
Neu von Lebenskraft geschwellt;
O! ich kehre noch ins Leben,
Wie heraus in Luft und Licht,
Meiner Blumen selig Streben
Aus der dürren Hülse bricht.

Die ihr meine Klagen kanntet,
Die ihr liebzürnend oft
Meines Sinnes Fehle nanntet
Und geduldet und gehofft,
Eure Noth ist aus, ihr Lieben!
Denn das Dornenbett ist leer
Und ihr kennt den immertrüben
Kranken Schwärmer nicht mehr.

Hölderlins Gedicht »Diotima«, in der Abschrift von Susette Gontard.

kein reines Urteil, und ich wünschte gerade in diesem Fall recht klar zu sehen, weil mein Rat und Wink auf den Verfasser Einfluß haben wird . . .

Goethe an Schiller

Denen beiden mir überschickten Gedichten, die hier zurückkommen, bin ich nicht ganz ungünstig, und sie werden im Publico gewiß Freunde finden. Freilich ist die Afrikanische Wüste und der Nordpol weder durch sinnliches noch durch inneres Anschauen gemalt, vielmehr sind sie beide durch Negationen dargestellt, da sie denn nicht, wie die Absicht doch ist, mit dem heiteren deutsch-lieblichen Bilde genugsam kontrastieren. So sieht auch das andere Gedicht mehr naturhistorisch als poetisch aus, und erinnert einen an die Gemälde, wo sich die Tiere alle um Adam im Paradiese versammeln, Beide Gedichte drücken ein sanftes, in Genügsamkeit sich auflösendes Streben aus. Der Dichter hat einen heitern Blick über die Natur, mit der er doch nur durch Überlieferung bekannt zu sein scheint. Einige lebhafte Bilder überraschen, ob ich gleich den quellenden Wald, als negierendes Bild gegen die Wüste, nicht gern stehen sehe. In einzelnen Ausdrücken wie im Versmaß wäre noch hie und da einiges zu tun.

Ehe man mehreres von dem Verfasser gesehen hätte, daß man wüßte ob er noch andere Moyens und Talent in andern Versarten hat, wüßte ich nicht, was ihm zu raten wäre. Ich möchte sagen, in beiden Gedichten sind gute Ingredienzien zu einem Dichter, die aber allein keinen Dichter machen. Vielleicht täte er am besten, wenn er einmal ein ganz einfaches idyllisches Faktum wählte und es darstellte, so könnte man eher sehen, wie

J. W. Goethe (1749-1832), Portrait von J. J. Schmeller.

es ihm mit der Menschenmalerei gelänge, worauf doch am Ende alles ankommt. Ich sollte denken, der *Äther* würde nicht übel im Almanach und der *Wanderer* gelegentlich ganz gut in den Horen stehen*.

Schiller an Goethe

Jena, 30. Jun. 97

Es freut mich, daß Sie meinem Freunde und Schutzbefohlenen nicht ganz ungünstig sind. Das Tadelnswürdige an seiner Arbeit ist mir sehr lebhaft aufgefallen, aber ich wußte nicht recht, ob das Gute auch Stich halten würde, das ich darin zu bemerken glaubte. Aufrich-

* Ersteres erschien nach diesem Vorschlage im Musenalmanach für 1798, der Wanderer im 6. Stück der Horen von 1797.

Schiller 1793

tig, ich fand in diesen Gedichten viel von meiner eigenen sonstigen Gestalt, und es ist nicht das erstemal, daß mich der Verfasser an mich mahnte. Er hat eine heftige Subjektivität und verbindet damit einen gewissen philosophischen Geist und Tiefsinn. Sein Zustand ist gefährlich, da solchen Naturen so gar schwer beizukommen ist. Indessen finde ich in diesen neuern Stücken doch den Anfang einer gewissen Verbesserung, wenn ich sie gegen seine vormaligen Arbeiten halte; denn kurz, es ist Hölderlin, den Sie vor etlich Jahren bei mir gesehen haben. Ich würde ihn nicht aufgeben, wenn ich nur eine Möglichkeit wüßte, ihn aus seiner eignen Gesellschaft zu bringen, und einem wohltätigen und fortdauernden Einfluß von außen zu öffnen. Er lebt jetzt als

Hofmeister in einem Kaufmannshause zu Frankfurt, und ist also in Sachen des Geschmacks und der Poesie bloß auf sich selber eingeschränkt und wird in dieser Lage immer mehr in sich selbst hineingetrieben.

Goethe an Schiller

[Anfang Juli 1797]

... Ich will Ihnen nur auch gestehen, daß mir etwas von Ihrer Art und Weise aus den Gedichten entgegensprach, eine ähnliche Richtung ist wohl nicht zu verkennen; allein sie haben weder die Fülle, noch die Stärke, noch die Tiefe Ihrer Arbeiten. Indessen rekommandiert diese Gedichte, wie ich schon gesagt habe, eine gewisse Lieblichkeit, Innigkeit und Mäßigkeit, und der Verfasser verdient wohl, besonders, da Sie frühere Verhältnisse zu ihm haben, daß Sie das mögliche tun, um ihn zu lenken und zu leiten ...

Schiller an Goethe

Jena, 28. Jul. 97

... Ich habe meinem neuen Friedberger Poeten Schmidt und auch Hölderlin von Ihrer nahen Ankunft in Frankfurt Nachricht gegeben, es kommt nun darauf an, ob die Leutchen sich Mut fassen werden, vor Sie zu kommen. Es wäre mir sehr lieb, und auch Ihnen würden diese poetischen Gestalten in dem prosaischen Frankfurt vielleicht nicht unwillkommen sein ...

Schiller an Goethe

Jena, 17. Aug. 97

... Ich möchte wissen, ob diese Schmidt, diese Richter, diese Hölderlins absolut und unter allen Umständen so subjektivisch, so überspannt, so einseitig geblieben wären, ob es an etwas Primitivem liegt, oder ob nur der Mangel einer ästhetischen Nahrung und Einwirkung von außen und die Opposition der empirischen Welt, in der sie leben, gegen ihren idealischen Hang diese unglückliche Wirkung hervorgebracht hat. Ich bin sehr geneigt, das letztere zu glauben, und wenn gleich ein mächtiges und glückliches Naturell über alles siegt, so däucht mir doch, daß manches brave Talent auf diese Art verloren geht . . .

Goethe an Schiller

Frankfurt, den 23. Aug. 1797

. . . Gestern ist auch Hölderlin bei mir gewesen; er sieht etwas gedrückt und kränklich aus, aber er ist wirklich liebenswürdig und mit Bescheidenheit, ja mit Ängstlichkeit offen. Er ging auf verschiedene Materien auf eine Weise ein, die Ihre Schule verriet, manche Hauptideen hatte er sich recht gut zu eigen gemacht, so daß er manches auch wieder leicht aufnehmen konnte. Ich habe ihm besonders geraten, kleine Gedichte zu machen und sich zu jedem einen menschlich interessanten Gegenstand zu wählen. Er schien noch einige Neigung zu den mittlern Zeiten zu haben, in der ich ihn nicht bestärken konnte . . .

An Ludwig Neuffer

Frankfurt, den 10. Juli 1797

Ich habe Dir lange nicht geschrieben. Es ist auch oft unmöglich. Indes ich Dir sagen will: so ist es! ist es schon anders geworden. Das Schicksal treibt uns vorwärts und im Kreise herum, und wir haben so wenig

Zeit, bei einem Freunde zu verweilen, wie einer, mit dem die Rosse davongegangen sind. Aber der Genuß ist auch um so größer, wenn man wieder stille hält, und dem vertrauten Herzen zu sagen sucht, woran man ist, und so sich selber wieder sagen lernt, woran man ist. / Du fehlst mir oft, mein Bester! Philosophieren, Politisieren usw. läßt es sich mit manchem. Aber die Zahl der Menschen, denen man sein Schwächstes und sein Stärkstes offenbart, die mag man nicht so leicht verdoppeln. Ich hab es auch fast ganz verlernt, so ganz vertrauend einem Freunde mich zu öffnen. Ich möchte bei Dir sitzen, und erst an deiner Treue wieder recht erwarmen / dann sollt es wohl von Herzen gehn! / O Freund! ich schweige und schweige, und so häuft sich eine Last auf mir, die mich am Ende fast erdrücken, die wenigstens den Sinn unwiderstehlich mir verfinstern muß. Und das eben ist mein Unheil, daß mein Auge nimmer klar ist, wie sonst. Ich will es Dir gestehn, daß ich glaube, ich sei besonnener gewesen als jetzt, habe richtiger als jetzt geurteilt von andern und mir in meinem zweiundzwanzigsten Jahre, da ich noch mit Dir lebte, guter Neuffer! O! gib mir meine Jugend wieder, ich bin zerrissen von Liebe und Haß.

Aber ich kann Dir nicht gefallen mit derlei unbestimmten Äußerungen. Deswegen bin ich lieber stille.

Auch Du bist glücklicher gewesen, als Du bist. Doch hast Du Ruhe. Und ohne sie ist alles Leben so gut, wie der Tod. Ich möchte sie auch haben, mein Lieber!

Du hast die Harfe, wie Du schreibst, eine Zeit lang an der Wand hängen gehabt. Das ist auch gut, wenn man ohne Gewissensbisse es tun kann. Dein Selbstgefühl ruht auch noch auf andrer glücklicher Tätigkeit; und so bist Du nicht vernichtet, wenn Du nicht Dichter bist. Mir ist sonst alles Mögliche, was ich allenfalls treiben könnte, verleidet, und die einzige Freude, die ich mir selber gebe, ist die, daß ich mir zuweilen ein paar Zeilen, die ich aus warmer Seele hinschrieb, in dem ersten Augenblicke wohlgefallen lasse; aber wie vergänglich diese Lust ist, weißt Du selber. Meine Amtsgeschäfte haben, ihrer Natur gemäß, ein zu geheimes Resultat, als daß ich meine Kraft in ihnen fühlen könnte . . .

An den Bruder

Frankfurt a. M., [Sommer 1797]

. . . Du fragst mich über meine Gemütsstimmung, über meine Beschäftigungen. Die erste ist aus Licht und Schatten gewebt, wie überall, nur daß die Massen oft stärker, abstechender sind bei mir. Meine Beschäftigungen sind umsomehr sich gleich. Ich dichte, unterrichte meine Kinder, und lese zuweilen ein Buch. Ich verlasse auch meine Tagesordnung sehr ungern. Wer es nie entbehrt hat, wie ich, der weiß nicht, wie viel ein Tag, wo man so hinarbeitet, und ruhigen Gemütes bleibt, wert ist. Den Meisten ist das Leben zu schläfrig. Mir ist es oft zu lebendig, so klein auch der Kreis ist, worin ich mich bewege. Es war mir noch vor wenig Jahren unbegreiflich, daß irgend eine Situation, die unsere Kraft zurückhält, in irgend einer Rücksicht, eine günstige genannt werden könne. Jetzt fühl ich manchmal, welch ein Glück darin liegt, wenn ich sie mit andern vergleiche, die uns oft zu viel aus uns entfernen, die für uns das sind, was der Rübsamen für die Äcker, die zu viel Kraft aus uns ziehen und uns für die Folgezeit unbrauchbar machen.

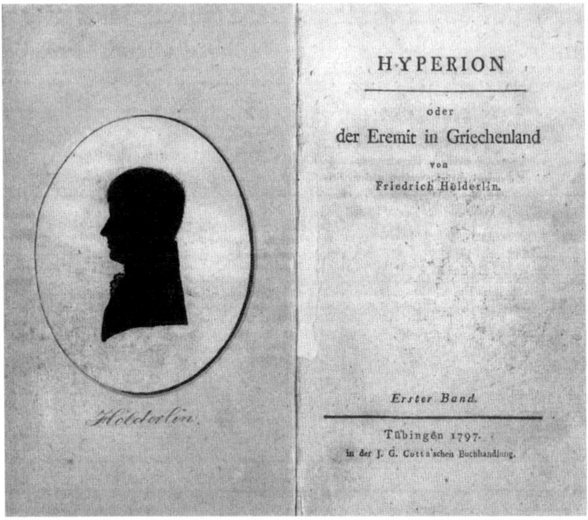

Titelblatt der Erstausgabe von Hölderlins »Hyperion«, Bd. 1.

Laß Dein Leben immerhin so unbedeutend bleiben, wie es ist! Es wird noch Bedeutung genug bekommen. Ich wollte Dir manches vorräsonnieren. Aber die Nacht ist wunderschön. Der Himmel und die Luft umgibt mich, wie ein Wiegenlied, und da schweigt man lieber. Mein Hyperion hat mir schon manches schöne Wort eingetragen. Ich freue mich, bis ich vollends mit ihm zu Ende bin. Ich habe den ganzen detaillierten Plan zu einem Trauerspiele gemacht, dessen Stoff mich hinreißt . . .

An Schiller

[*August 1797*]

Ihr Brief wird mir unvergeßlich sein, edler Mann! Er hat mir ein neues Leben gegeben. Ich fühle tief, wie treffend Sie meine wahrsten Bedürfnisse beurteilt haben, und ich folge um so freiwilliger Ihrem Rat, weil ich wirklich schon eine Richtung nach dem Wege genommen hatte, den Sie mir weisen.

Ich betrachte jetzt die metaphysische Stimmung, wie eine gewisse Jungfräulichkeit des Geistes, und glaube, daß die Scheue vor dem Stoffe, so unnatürlich sie an sich ist, doch als Lebensperiode sehr natürlich und auf eine Zeit so zuträglich ist, wie alle Flucht bestimmter Verhältnisse, weil sie die Kraft in sich zurückhält, weil sie das verschwenderische jugendliche Leben sparsam macht, so lange, bis sein reifer Überfluß es treibt, sich in die mannigfaltigen Objekte zu teilen ...

Sie sagen, ich sollte Ihnen näher sein, so würden Sie mir sich ganz verständlich machen können; von Ihnen bedeutet mir ein solches Wort so viel!

Aber glauben Sie, daß ich denn doch mir sagen muß, daß Ihre Nähe mir nicht erlaubt ist. Wirklich, Sie beleben mich zu sehr, wenn ich um Sie bin. Ich weiß es noch ganz gut, wie Ihre Gegenwart mich immer entzündete, daß ich den ganzen Tag zu keinem Gedanken kommen konnte. So lang ich vor Ihnen war, war mir das Herz fast zu klein, und wenn ich weg war, konnt ich es gar nicht mehr zusammenhalten. Ich bin vor Ihnen wie eine Pflanze, die man erst in den Boden gesetzt hat. Man muß sie zudecken um Mittag. Sie mögen über mich lachen, aber ich spreche Wahrheit.

Hölderlin

An den Bruder

Frankfurt a. M., den 2. November 1797

Mein Teurer!

Es ist mir unendlich viel wert, mein Wesen so wirksam und so freundlich aufgenommen in einer Seele zu finden, wie die Deine ist. Es stillt und besänftiget mich nichts mehr, als ein Tropfen lauterer, unverfälschter Liebe, so wie im Gegenteil die Kälte und geheime Unterjochungssucht der Menschen mich, bei aller Vorsicht, deren ich fähig bin, doch immer überspannt und zu unmäßiger Anstrengung und Bewegung meines innern Lebens aufreizt. Lieber Karl! es ist ein so schönes Gedeihn in allem, was wir treiben, wenn es mit gehaltener Seele geschieht, und uns das stille, stete Feuer belebt, das ich besonders in den alten Meisterwerken aller Art, als herrschenden Charakter, immer mehr zu finden glaube. Aber wer hält in schöner Stellung sich, wenn er sich durch ein Gedränge durcharbeitet, wo ihn alles hin und herstößt? Und wer vermag sein Herz in einer schönen Grenze zu halten, wenn die Welt auf ihn mit Fäusten einschlägt? Je angefochtener wir sind vom Nichts, das, wie ein Abgrund, um uns her uns angähnt, oder auch vom tausendfachen Etwas der Gesellschaft und der Tätigkeit der Menschen, das gestaltlos, seel- und lieblos uns verfolgt, zerstreut, um so leidenschaftlicher und heftiger und gewaltsamer muß der Widerstand von unserer Seite werden. Oder muß er nicht? Das ists ja eben, was Du auch an Dir erfährst, mein Lieber! Die Not und Dürftigkeit von außen macht den Überfluß des Herzens Dir zur Dürftigkeit und Not. Du weißt nicht, wo Du hin mit Deiner Liebe sollst, und mußt um Deines Reichtums willen betteln gehn. Wird

Immanuel Kant (1724-1804).

so nicht unser Reinstes uns verunreinigt durch Schicksal, und müssen wir nicht in aller Unschuld verderben? O, wer nur dafür eine Hilfe wüßte? Kann man nur tätig sein, kann man nur über irgend einem Stoffe sich ermüden, so ist vieles gut. Man stellt dadurch doch immer einen Schatten des Vollkommnen vors Auge, und das Auge weidet sich von einem Tage zum andern daran. Mit dieser Stimmung las ich ehemals Kant. Der Geist des Mannes war noch ferne von mir. Das Ganze war mir fremd, wie irgend einem. Aber jeden Abend hatt ich neue Schwierigkeiten überwunden! das gab mir ein Bewußtsein meiner Freiheit; und das Bewußtsein unserer Freiheit, unserer Tätigkeit, woran sie sich auch äußere, ist recht tief verwandt mit dem Gefühl der höhern göttlichen Freiheit, das zugleich Gefühl des Höchsten, des Vollkommnen ist. Auch im Gegenstande selber, mag er noch so fragmentarisch sein, sobald nur irgend eine Ordnung in ihn gebracht wird, ist ein Schatten des Vollkommnen. Wie fände sonst manch schönes weibliches Gemüt in seiner aufgeräumten Stube seine Welt? . . .

An den Bruder

Frankfurt a. M., d. 12. Febr.
abgegangen d. 14. März 1798

. . . Lieber Karl! Es ist oft wünschenswert, bloß mit der Oberfläche unseres Wesens beschäftigt zu sein, als immer seine ganze Seele, sei es in Liebe oder in Arbeit, der zerstörenden Wirklichkeit auszusetzen. Aber davon überzeugt man sich nicht gerne in den Stunden des jugendlichen Erwachens, wo alle Kräfte hinausstreben nach Taten und Freuden, und es ist auch wohl natürlich, daß wir gerne uns opfern, daß wir unsern ersten Frieden hingeben für das Glück der Welt und für den ungewissen Ruhm der Nachwelt. Aber zu eilig müssen wir nicht sein, wir müssen zu früh nicht unsere schöne, lebendige Natur, die heimatliche Wonne unseres Herzens gegen Kampf und Eifer und Sorge vertauschen, denn der Apfel fällt, wenn er nicht krank ist, erst vom Stamme, wenn er reif ist.

Lieber Karl! Ich spreche wie einer, der Schiffbruch gelitten hat. So einer rät nur gar zu gerne, daß man im Hafen bleiben soll, bis die beste Jahreszeit zu der Fahrt vorhanden sei. Ich habe offenbar zu früh hinausgestrebt, zu früh nach etwas Großem getrachtet, und muß es wohl, so lang ich lebe, büßen; schwerlich wird mir etwas ganz gelingen, weil ich meine Natur nicht in Ruhe und anspruchsloser Sorgenlosigkeit ausreifen ließ.

Ich schreibe das alles mehr um meinetwillen, weil das Herz mir voll davon ist. Du brauchst diese Predigt nicht sehr.

Shakespeare ergreift Dich so ganz; das glaub ich. Du möchtest auch von der Art etwas schreiben, lieber Karl! Ich möcht es auch. Es ist kein kleiner Wunsch. Du möchtest es, weil Du auf Deine Nation mitwirken möchtest; ich möchte es darum auch, doch mehr noch, um in der Erzeugung eines so großen Kunstwerks meine nach Vollendung dürstende Seele zu sättigen . . .

Weißt Du die Wurzel alles meines Übels? Ich möchte der Kunst leben, an der mein Herz hängt, und muß mich herumarbeiten unter den Menschen, daß ich oft so herzlich lebensmüde bin. Und warum das? Weil die Kunst wohl ihre Meister, aber den Schüler nicht nährt. Aber so etwas sag ich nur Dir. Nicht wahr, ich bin ein schwacher Held, daß ich die Freiheit, die mir nötig ist, mir nicht ertrotze. Aber sieh, Lieber, dann leb ich wieder im Krieg, und das ist auch der Kunst nicht günstig. Laß es gut sein! Ist doch schon mancher untergegangen, der zum Dichter gemacht war. Wir leben in dem Dichterklima nicht. Darum gedeiht auch unter zehn solcher Pflanzen kaum eine.

Ich habe unter meinen kleinen Arbeiten noch keine gemacht, während welcher nicht irgend ein tiefes Leiden mich störte. Sagst Du, ich sollt nicht achten, was mich leiden macht, so sag ich Dir, ich müßte einen Leichtsinn haben, der mich bald um alle Liebe der Menschen brächte, unter denen ich lebe . . .

Johanna Christiana Hölderlin (1748-1828), die Mutter des Dichters (Ölgemälde 1767).

An die Mutter

Frankfurt, d. 7. Apr. 1798

... Was meine künftige Versorgung betrifft, dürfen Sie nicht bang sein, liebste Mutter! Ich werde *sicher nie mehr* in den Fall kommen, Ihnen zur Last anheimfallen zu müssen. Nur muß ich Sie bitten, zu bedenken, daß wir jetzt in einer Zeit sind, wo man nicht mehr aus Liebhaberei oder aus zärtlicher Sorge die oder jene Versorgung als ausschließlich ehrenhaft, reell und passend zu betrachten hat. Hätt ich mich zu nichts gebildet, als mein Brot zu verdienen auf der Kanzel, die ich nicht betreten mag, weil sie zu himmelschreiend entweiht wird, hätt ich zu sonst nichts die Jugendkräfte verwandt, so möcht es bald vielleicht ein wenig mißlich stehn, mit meinem Broterwerb. Aber ich denke, es soll so schlimm mit mir nicht werden ...

An Schiller

Frankfurt, d. 30. Juni 1798

Halten Sie es nicht für Unbescheidenheit, daß ich Ihnen wieder einige Gedichte zuschicke, wenn ich schon mich zu der Hoffnung Ihres Beifalls nicht berechtigt finde.

So sehr ich von mancher Seite niedergedrückt bin, so sehr auch mein eignes unparteiisches Urteil mir die Zuversicht nimmt, so kann ich es doch nicht über mich gewinnen, mich aus Furcht des Tadels von dem Manne zu entfernen, dessen Macht mir längst vielleicht den Mut genommen hätte, wenn es nicht eben so große Lust wäre, als es Schmerz ist, Sie zu kennen.

Sie durchschauen den Menschen so ganz. Es wäre deswegen grundlos und unnütz, vor Ihnen nicht wahr zu sein. Sie wissen es selbst, daß jeder große Mann den andern, die es nicht sind, die Ruhe nimmt, und daß nur unter Menschen, die sich gleichen, Gleichgewicht und Unbefangenheit besteht. Deswegen darf ich wohl gestehen, daß ich zuweilen in geheimem Kampfe mit Ihrem Genius bin, um meine Freiheit gegen ihn zu retten, und daß die Furcht, von Ihnen durch und durch beherrscht zu werden, mich schon oft verhindert hat mit Heiterkeit mich Ihnen zu nähern. Aber wie kann ich mich ganz aus Ihrer Sphäre entfernen, ich würde mir solch einen Abfall schwerlich vergeben. Und das ist auch gut; so lang ich noch in einiger Beziehung bin mit Ihnen, ist es mir nicht möglich, ein gemeiner Mensch zu werden, und wenn schon der Übergang vom Gemeinen zum Vortrefflichen noch schlimmer ist, als das Gemeine selbst, so will ich doch in diesem Falle das Schlimmere wählen.

Ihr wahrer Verehrer
Hölderlin

An den Bruder

Frankfurt, d. 4. Juli 1798

Du hast mir die Briefscheue abgelernt, lieber Karl! aber ich will Dir ein gutes Beispiel geben und wieder schreiben, ehe ich eine Antwort von Dir habe auf den Brief, den ich ungefähr um Ostern schrieb. Die liebe Mutter schreibt, Du seist nicht wohl und habest dabei sehr viele Geschäfte. Da kann ich mir sehr gut vorstellen, wie ungern Du ans Briefschreiben kommen magst. Man hat oft bei aller Kraft der Jugend kaum für das Notwendige Gedanken und Geduld genug übrig, so störend und schwächend ist manchmal das Leben, und keine Zeit ist schlimmer in jeder Rücksicht, als der Übergang vom Jüngling zum Mann. Die andern Menschen und die eigene Natur machen einem, glaub ich, in keiner andern Lebensperiode so viel zu schaffen, und diese Zeit ist eigentlich die Zeit des Schweißes und des Zorns und der Schlaflosigkeit und der Bangigkeit und der Gewitter und die bitterste im Leben, so wie die Zeit, die auf den Mai folgt, die unruhigste im Jahr ist.

Aber die Menschen gähren, wie alles andere, was reifen soll, und die Philosophie hat nur dafür zu sorgen, daß die Gärung so unschädlich und so leidlich und so kurz, wie möglich ist, vorbeigeht. Schwimm hindurch, braver Schwimmer, und halte den Kopf nur immer oben! Bruderherz, ich hab auch viel, sehr viel gelitten, und mehr, als ich vor Dir, vor irgend einem Menschen jemals aussprach, weil nicht alles auszusprechen ist, und noch, noch leid ich viel und tief, und dennoch mein ich, das Beste, was an mir ist, sei noch nicht untergegangen. Mein Alabanda sagt im zweiten Bande: »Was lebt, ist unvertilgbar, bleibt in seiner tiefsten Knechtsform frei, bleibt Eins, und wenn Du es zerreißest bis auf den Grund, und wenn Du bis ins Mark es zerschlägst, doch bleibt es eigentlich unverwundet, und sein Wesen entfliegt Dir siegend unter den Händen usw.« Dies läßt sich mehr oder weniger auf jeden Menschen anwenden, und auf die echten am meisten. Und mein Hyperion sagt: »Es bleibt uns überall noch eine Freude. Der echte Schmerz begeistert. Wer auf sein Elend tritt, steht höher. Und das ist herrlich, daß wir erst im Leiden recht der Seele Freiheit fühlen.« Leb wohl, Bester, Teurer! Schreib mir bald! Denke, daß ich Dir treu bin, wie Du mir! O, bleib nur, wer Du bist! dem Vaterlande zu lieb und mir zu lieb.

An Ludwig Neuffer

Frankfurt, im Aug. 1798

Es freut mich, Bester! daß Du so fürlieb genommen hast mit meinen Kleinigkeiten. In einer Zeit, wo mir das Schicksal, das ich auch im Unglück liebe, diese Liebe vielleicht mit Ruh und Heiterkeit vergelten wird, da will ich auch Dir kräftiger dienen. Du mußt es wissen, daß ich Dir, der mich zuerst das Glück der Freundschaft wahr und gründlich lernte, alles geben will und muß, was Männer von sich fordern können, Geist und Tat und herzliche Gefälligkeit. Mein Teurer! ehrst Du denn die Zeiten unserer wechselseitigen Zärtlichkeit auch so, wie ich? / Ich glaube, daß die Menschen, die sich einmal liebten, wie wir uns geliebt, auch eben darum alles Schönen fähig sind und alles Großen, und es werden müssen, wenn sie nur sich recht verstehn, und durch den Plunder, der sie aufhält, mutig sich hindurch arbeiten. Ich weiß es wohl, daß ich noch nichts bin, und vielleicht, ich werde nie nichts werden. Aber hebt das meinen Glauben auf? und ist mein Glaube darum Einbildung und Eitelkeit? Ich denke nicht. Ich werde sagen, daß ich mich nicht recht verstanden habe, wenn hienieden mir nichts Treffliches gelingt. Uns selber zu verstehen! Das ists was uns emporbringt. Lassen wir uns irre machen an uns selbst, an unserm θειον, oder wie Dus nennen willst, dann ist auch alle Kunst und alle Müh umsonst. Drum ists so viel wert, wenn wir fest zusammenhalten, und einander sagen, was in uns ist; drum ist es unser eigner größter Schade, wenn wir uns aus ärmlicher Rivalität usw. trennen und vereinzeln, weil des Freundes Zuruf unentbehrlich ist, um mit uns wieder eins zu werden, wenn unsre eigne Seele, unser bestes Leben uns entleidet worden ist, durch die Albernheiten der gemeinen Menschen und den eigensinnigen Stolz der andern, die schon etwas sind . . .

Carl Jügel über Hölderlins Aufenthalt und Trennung von Frankfurt (nach der Gontardschen Familientradition)

. . . *Susettens* Schmerz über den Verlust der geliebten Mutter war grenzenlos. Die Sorge um sie und ihre Kinder hatte das treue Herz der jungen Frau bis daher vollkommen ausgefüllt, in dem sie nun bald eine um so größere Leere empfand, da ihr geschäftseifriger Gatte

Jacob Friedrich Gontard (1764-1843),
Miniatur um 1790.

den Verlust der Mutter in so vielen Beziehungen nicht zu ersetzen vermochte. Rat und Beistand der letzteren im Hauswesen wurde nun durch eine Haushälterin ersetzt, und die Erziehung der Kinder sollte einem Hauslehrer vertraut werden, womit Herr *Jacob Friedrich* das Seinige getan zu haben vermeinte. –

Es währte lange, bis die Wahl eines passenden Hauslehrers für vier Kinder zur Entscheidung kam. Endlich fiel sie, durch Empfehlung eines Freundes der Familie, auf – *Friedrich Hölderlin* aus Nürtingen im Württembergischen, dessen damals eben aufblühendes Dichtertalent bereits anfing, Aufsehen zu erregen, und der, mit allen erforderlichen Fähigkeiten ausgerüstet, alsbald hier anlangte, um die ihm vertraute Stelle anzutreten.

Wirklich entsprach er auch den gehegten Erwartungen auf das vollkommenste. Er gefiel allen und erfüllte selbst die gespanntesten Anforderungen. Sein Äußeres war höchst einnehmend und hatte sonderbarerweise eine große Ähnlichkeit mit Susettens Bruder, was ihm um so leichter deren Vertrauen gewann. Auch die Kinder des Hauses, obgleich noch sehr jung, hingen bald mit großer Liebe an ihm, und Herr Jacob Friedrich fand sich durch seine Gegenwart um vieles erleichtert, da er sich der Sorge für die Kinder enthoben sah, bei deren Erwähnung er stets zu sagen pflegte: »Den Börsencours verstehe ich aufs Haar, aber wie die Kinder geleitet werden sollen oder was sie lernen müssen, das ist nicht meine Sache; dafür muß die Mutter sorgen«, und das tat sie auch redlich. Hölderlin stand ihr dabei treu zur Seite, und beide unterhielten sich oft über die besten dabei einzuschlagenden Wege, wobei die belesene Frau Susette Gelegenheit hatte, die gründliche Gelehrsamkeit und den biederen Charakter des »lieben Schwaben« . . . näher kennen und schätzen zu lernen.

Aber auch der neuen Haushälterin, einem hübschen, einer guten Familie angehörenden Mädchen, waren Hölderlins Vorzüge nicht unbemerkt geblieben. Sie mochte im stillen den Plan entworfen haben, sich durch ihn möglicherweise zur künftigen Frau Professorin erheben zu lassen, und richtete ihr Benehmen danach ein, diesem Ziele näher zu rücken. Davon ahnte jedoch der gleich einem zweiten Fridolin nur seiner Herrin ergebene junge Mann nichts, dessen ganzes Streben allein dahin ging, durch treue Pflichterfüllung das Vertrauen zu verdienen, mit dem Frau Susette dem Erzieher ihrer Kinder um so bereitwilliger entgegenkam, da ihr selbst

Der Adlerflychthof bei Frankfurt, Sommerwohnung der Familie Gontard, von 1799-1800 heimlicher Treffpunkt von Hölderlin und Diotima.

ein gebildeter, lehrreicher Umgang dringendes Bedürfnis war.

Beide hatten keine Ahnung davon, daß dieser harmlose geistige Verkehr zur Quelle eines verhängnisvollen Geschicks für sie werden sollte; und dennoch war dem so. Herr Jacob Friedrich wußte es und hatte kein Arg dabei, daß Hölderlin seiner Frau Bücher brachte und ihr öfters das Beste der neuesten Erscheinungen vorlas. Er war gewohnt, jeden Abend seine Partie zu machen, und war zufrieden, seine Frau bis zu seiner Heimkehr angenehm unterhalten zu wissen. Nicht so die Haushälterin, die, ohne Aussichten für sich selbst, das stille Glück zu mißgönnen begann, dessen sich Hölderlin im Umgange mit seiner Herrin zu erfreuen hatte. Sie wußte es so einzurichten, daß sie dem Herrn Jacob Friedrich selbst die Tür öffnen mußte, wenn er

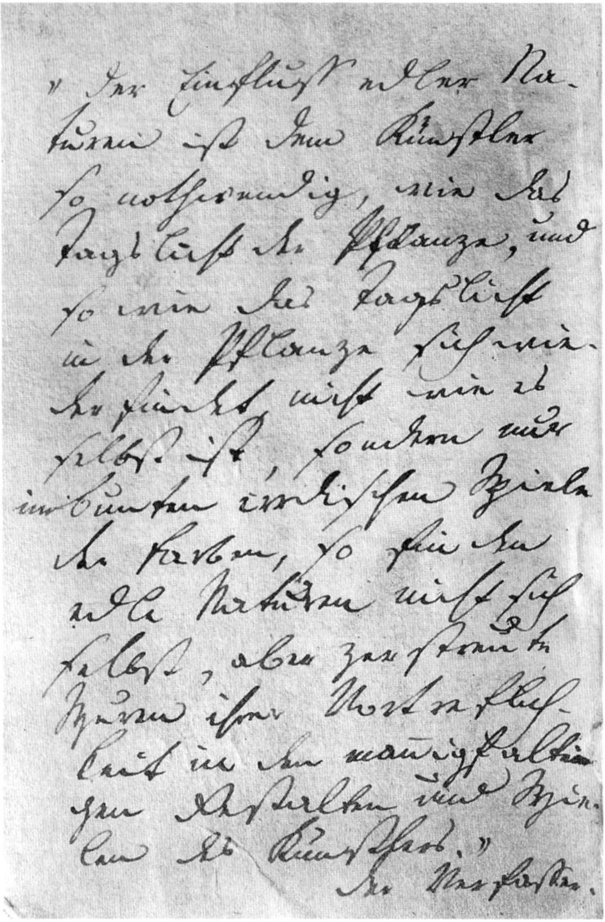

„Der Einfluß edler Naturen ist dem Künstler so nothwendig, wie das Tageslicht der Pflanze, und so wie das Tageslicht in der Pflanze sich wieder findet, nicht wie es selbst ist, sondern nur im bunten irrdischen Spiele der Farben, so finden edle Naturen nicht sich selbst, aber zerstreute Züge ihrer Vortreflichkeit in den mannigfaltigen Gestalten und Spielen des Künstlers."
Der Verfasser.

Widmung Hölderlins für Diotima im ersten Band seines »Hyperion«.

am Abend heimkehrte, und wenn er dann die stereotype Frage: *»Ist meine Frau zu Hause?«* an sie richtete, so wußte sie ihrer sich häufig wiederholenden Antwort: *»Herr Hölderlin liest ihr vor«,* nach und nach eine Betonung zu geben, die endlich in einem Momente übler Geschäftslaune wie ein zündender Funke wirkte.

Mit dem nicht sowohl Eifersucht, als vielmehr beleidigten Stolz verratenden Ausrufe: *»Sitzt denn der Mensch beständig bei meiner Frau!«* stürzte er ins Zimmer und auf Hölderlin zu. Ein jäher Zorn übermannte den jungen, sich schuldlos wissenden Dichter, und es würde zur ärgerlichsten Szene gekommen sein, hätte nicht ein Blick auf die erschrockene Herrin ihm seine ganze Fassung wieder gegeben. Rasch verließ er das Zimmer, packte seinen Koffer und kehrte noch in derselben Nacht einem Hause und damit Verhältnissen den Rücken, die ihn um so höher beglückt hatten, je reiner er sich derselben bewußt sein konnte.

Inzwischen wurde nun auch eben dieses Bewußtsein bei Frau Susette in einer Weise wach, die sich in dem ganzen Übergewichte gekränkter Weiblichkeit geltend machte. Indigniert von dem Vorfalle, bestand sie darauf, Hölderlin zurückzurufen oder sofort nach Hamburg zu ihrem Bruder zurückkehren zu wollen, an welchem letzteren Vorsatze sie nur durch einen, infolge der Aufregung sich zugezogenen Fieberanfall gehindert wurde. Jetzt erkannte Herr Jacob Friedrich seine Übereilung, und er würde jedes von ihm geforderte Opfer gebracht haben, sie wieder gut zu machen, wenn nicht sein Onkel Heinrich einen das Gontard'sche Hochgefühl weniger beugenden Weg erdacht hätte, um die Ausgleichung des gestörten Verhältnisses der Zeit zu überlassen. Er schickte den sich schuldbewußten Neveu in Geschäften nach Wien . . .

Henri Gontard an Hölderlin

27. September 1798

Lieber Holder!

ICH HALTE ES FAST NICHT AUS, DASS DU FORT bist. Ich war heut bei Herrn Hegel, dieser sagte, Du hättest es schon lange im Sinn gehabt; als ich wieder zurückging, begegnete mir Herr Hänisch, welcher den Tag Deiner Abreise zu mir kam und ein Buch suchte; er fand es, ich war gerade bei der Mutter, er fragte die Jette, wo Du wärest, die Jette sagte, Du wärest fortgegangen, er wollte eben auch zu Herrn Hegel gehn, und nach Dir fragen, er begleitete mich, und fragte, warum Du fortgegangen wärest, und sagte, es schmerzte ihn recht sehr. Der Vater fragte bei Tische, wo Du wärst, ich sagte, Du wärst fortgegangen, und Du ließt Dich ihm noch empfehlen. Die Mutter ist gesund und läßt Dich noch vielmals grüßen, und Du möchtest doch recht oft an uns denken. Sie hat mein Bett in die Balkonstube stellen lassen und will alles, was Du uns gelernt hast, wieder mit uns durchgehn. Komm bald wieder bei uns, mein Holder; bei wem sollen wir denn sonst lernen. Hier schicke ich Dir noch Tabak und der Herr Hegel schickt Dir hier das sechste Stück von Posselts Annalen.

Lebe wohl, lieber Holder, ich bin Dein Henri

Homburg vor der Höhe, Heimatstadt Isaak v. Sinclairs, erster Zufluchtsort Hölderlins nach Verlassen der Familie Gontard.

Diotima an Hölderlin

[Um den 1. Oktober 1798]

Ich muß Dir schreiben, Lieber! Mein Herz hält das Schweigen gegen Dich länger nicht aus. Nur noch einmal laß meine Empfindung sprechen vor Dir, dann will ich, wenn Du es besser findest, gerne, gerne still sein. Wie ist nun, seit Du fort bist, um und in mir alles so öde und leer, es ist als hätte mein Leben alle Bedeutung verloren, nur im Schmerz fühl ich es noch. /

Wie lieb ich nun diesen Schmerz; wenn er mich verlassen, und es wieder dumpf in mir wird, wie such ich ihn mit Sehnsucht wieder. Nur meine Tränen über unser Schicksal können mich noch freun./ / Sie fließen auch reichlich, wenn ich abends, schon um neun Uhr,

Hölderlins Widmung für Diotima
im zweiten Band des »Hyperion«.

den Tag zu verkürzen mit den Kindern zur Ruhe mich lege; wenn alles still ist, und niemand mich sehen kann. Wie! dachte ich dann oft, soll künftig diese geliebte reine Liebe wie Rauch verfliegen und sich auflösen, nirgends eine bleibende Spur zurücklassen? / Da kam der Wunsch in mich, noch durch geschriebene Worte, für Dich, ihr ein Monument zu errichten, das unauslöschlich die Zeit doch unverändert schonet. Wie mögte ich mit glühenden Farben bis auf ihre kleinsten Schattierungen sie malen und sie ergründen, die edle Liebe des Herzens, könnte ich nur Einsamkeit und Ruhe finden! So, beständig gestört, zerrissen, kann ich nur stückweise sie fühlen, suche sie beständig, und doch ist sie ganz in mir./

Im offnen, freien Feld ist es mir noch am besten, und ich sehne mich beständig hinaus, wo ich den lieben

Feldberg sehe, der Dich *Böser* wie eine Wand *sanft* aufhält, daß Du mir nicht weiter entfliehest! / Komm ich aber wieder nach Hause, ist es nicht mehr wie sonst, sonst wurde es mir so wohl, wieder in Deine Nähe zu kommen, jetzt ist's als ginge ich in einen großen Kasten mich da einsperren zu lassen; kamen sonst meine Kinder von Dir zu mir herunter, wie stärkte es mein oft traurend Wesen, wenn eine sanfte Röte, ein tieferer Ernst, eine Träne im Aug mir noch den Einfluß von Dir verriet, jetzt haben sie nicht mehr diese Bedeutung für mich, und ich muß oft meine Gefühle für sie zurechte weisen.

So weit hatte ich schon in den 1ten 8 Tagen Deiner Entfernung geschrieben, und mein Herz kämpfte mit meiner Vernunft, ob ich wirklich diese Zeilen Dir schicken sollte, oder nicht. Mein Herz sagte, in dem Fall, daß alle andern Beziehungen mit Dir mir abgeschnitten würden, Gelegenheit zu suchen, Dir wenigstens Rechenschaft davon zu geben. Denn *den* Gedanken, so nah wie wir noch zu leben und nach solcher Innigkeit gar nichts voneinander zu hören und wissen zu wollen, konnte ich nicht fassen; es wäre mir unmöglich, *diese* Enthaltsamkeit mit Zartheit des Gemüts zu reimen, und ich glaube fast, Du mußtest das von mir erwarten, und hättest, wenn ich schwiege, Ursache mich des Gegenteils zu beschuldigen. Du konntest nicht zuerst schreiben, das fühlte ich wohl, weil ich immer dagegen war. Diese Gedanken bestimmten mich (verdenke es mir nicht), daß ich Dir schrieb, und daß ich Dir klage. Wären diese Klagen nicht zugleich Beweise meiner Gefühle, gewiß, Du würdest sie nicht hören.

Jetzt bekam Henry Deinen Brief, welcher mich sehr aufrichtete. Ich hatte immer nur Deine neue Freiheit und Unabhängigkeit vor Augen, Dein häuslich Leben, Deine stillen Zimmer und Deine grünen Bäume am Fenster. Deinen Brief, diesen lieben Trost, behielt ich aber kaum eine Viertelstunde, indem H. ihn mir sehr gewissenhaft zurück forderte, um ihn zu zeigen, und so bekam ich ihn nicht wieder. Ich weiß nicht was H . . bei dieser Gelegenheit alles verboten wurde, ich fand ihn aber nachher sehr verändert, und er scheute sich Deinen Namen zu nennen. Du kamst nach F . . . , und ich sah Dich nicht einmal von weitem, das war mir sehr hart! Ich hatte immer auf den Sonnabend gerechnet, doch mußte ich eine Ahndung von Dir haben, denn ich öffnete, am Abend wie Du vorbei gingest, ungefähr um halb 9 Uhr das Fenster und dachte, wenn ich Dich doch im Schein der großen Laterne erblickte. Einige Zeit nachher, als ich Henry zum Hegel schicken wollte, antwortete er, es sei ihm nicht mehr erlaubt. Ich sagte ihm sehr ernsthaft, daß er ein undankbares Herz hätte, wenn er gegen dieses Verbot gar keine Einwendungen gemacht, und wenn es ihm nicht sehr leid wäre. Es half aber nichts, er sagte, er müsse doch gehorsam sein.

Jetzt wo denn alle Wege der Mitteilung uns abgeschnitten sind, und ich dadurch sehr empört bin, hoffe ich auf den Mann, den Du aus dem Gasthofe uns schicktest.

Du kannst mir, wenn Du es gut findest, und Sinclair einmal hierher kömmt, ihn bitten (wenn es angeht, und Du Dich nicht gegen ihn in ein falsches Licht setzest), mich zu besuchen, und mir durch ihn den Hyperion schicken, wenn Du ihn schon bekommen. Es ist mir nicht möglich, ihn für ein paar Geldstücke zu kaufen. Ich werde dann wieder Nachricht von Dir bekommen, wie sehr wird es mich freuen! wenn es Dir gut gehet!/ /

Man begegnet mir, wie ich vorher sah, sehr höflich, bietet mir alle Tage neue Geschenke, Gefälligkeiten und Lustpartien an; allein von dem, der das *Herz* meines Herzens nicht schonte, muß die kleinste Gefälligkeit anzunehmen mir wie Gift sein, so lange die Empfindlichkeit dieses Herzens dauret. Denn wer könnte wohl auf den Sturz seines Freundes sich sogenannte *gute Tage* machen wollen, noch Selbstgefühl und Zartheit behaupten? Aus diesem Gefühl lebe ich also gerne einfacher wie sonst, schränke aus Neigung meine Bedürfnisse ein. Dieser Stolz und dies Gefühl sind mir lieber als alle Güter der Erde. Gott! meine Liebe! bewahre mich darin. Ich bin fast immer allein mit den Kindern. Suche ihnen so nützlich zu werden, wie ich kann.

Schon oft habe ich es bereut, daß ich Dir beim Abschied den Rat gab, auf der Stelle Dich zu entfernen. Noch habe ich nicht begriffen, aus welchem Gefühl ich so dringend Dich bitten mußte. Ich glaube aber, es war die Furcht vor der ganzen Empfindung unserer Liebe, die zu laut in mir wurde bei diesem gewaltigen Riß, und die Gewalt, welche ich fühlte, machte mich gleich zu nachgiebig. Wie manches, dachte ich nachher, hätten wir noch für die Zukunft ausmachen können, hätte nur unser Auseinandergehen nicht diese feindselige Farbe angenommen, niemand hätte Dir den Zutritt in unser Haus wehren können. Aber jetzt, o! sage mir Du Guter, wie gehet es wohl an, daß wir uns wiedersehen? sei es auch noch so entfernt? / Dem ganz entsagen kann ich nicht! Es bleibt immer meine liebste Hoffnung! / / Sinne darauf. Oft werde ich Dir nicht schreiben können, *dieser* Gelegenheit traue ich höchstens nur einmal. Du wirst durch S. ein paar Zeilen zurückbekommen. Auch glaube ich, daß es künftig mit der Komödie nicht mehr so oft angeht, man würde es bald merken, weil man nicht gewohnt ist, daß ich bei schlechten Stücken hingehe, und *wir* wollen doch keine Zuschauer. Auch würde es mir zu leid tun, Dich bei schlechtem Wetter unterwegends zu wissen. Wir wollen also, wenn Du es gut findest, *diese* Einrichtung machen: Du kömmst alle Monat den 1ten Donnerstag, und wenn es schlecht Wetter ist, den ersten darauf folgenden schönen Komödientag, und ich richte mich danach.

Da habe ich Dir viel Worte machen müssen, und hätte Dir doch gerne so viel gesagt. Das Rechte kann ich aber nicht ausdrücken, es bleibt tief in meinem Herzen begraben. Nur Tränen der Wehmut können das sagen und wieder stillen. Du siehest wohl, ich kann die Worte nicht finden! / / Ich bin so verändert, dieser gewaltige Schlag des Schicksals hat mich ganz in mich selbst gekehrt, ein tiefer heiliger Ernst herrschet durch mein ganzes Wesen. Nur oft ist's mir so dumpf, und ich habe keine Besinnung, will ich dann lesen, stehen meine Gedanken still, und wollen nicht weiter, ich kann nur das Nötigste tun, und bin zum Verwundern geduldig. Meine Gesundheit ist übrigens gut, nur fehlet es mir an Mut und Tätigkeit, ich bin ein wenig gelähmt, und mögte nur immer so hin sitzen. Träumen mögte ich auch! aber meine Phantasie will mir oft nicht dienen. O! es wird gewiß besser, wenn ich nur erst weiß, daß die Nachrichten von Dir mir nicht fehlen

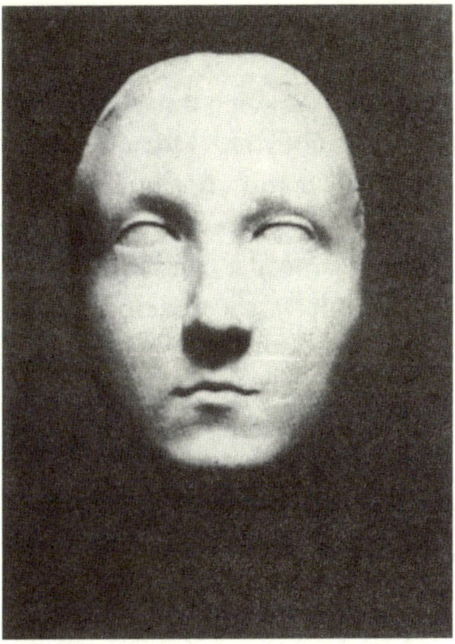

Diotima, Gesichtsmaske von Landolin Ohmacht.

können und ich immer einen Gesichtspunkt, einen Tag der Hoffnung vor mir habe. Denn die Hoffnung hält uns allein im Leben. / / Das bleibt gewiß, daß ich nie ändere. / /

Diotima an Hölderlin

[*Mitte Oktober 1798*]

. . . Ich bin vollkommen gesund und freue mich auf den ruhigen Winter. Meine einsamen Abende werde ich dann zubringen, Deine lieben Schriften, Gedichte und Briefe zu durchlesen. Sie werden viele stärkende liebevolle Tränen in mir hervorlocken, die aus dem Schatze der treuen edelen Liebe allein nur quillen und Segen über das trockne alletag Leben bringen. So will ich fortgehen meinen stillen Gang und immer besser werden.

Handele auch Du für Dich und laß nicht die tägliche Sorge für künftige Existenz Deine besten Kräfte vor der Zeit lähmen und ersticken, ich billige Dich gewiß. / / Es bleibt ewig beim alten. Leb wohl! leb wohl!

Im November kannst Du wieder kommen, dann nach der Abrede oder Umständen.

Tausend süße Namen, und Worte! / / / / / /

Diotima an Hölderlin

Donnerstag, den 8. November 1798, früh

Morgen nach 10 Uhr erwarte ich Dich. Bitte mit mir den Genius unserer Liebe um eine ruhige Stunde. Sollte es nicht möglich sein, kennst Du das Zeichen, dann nach 3 Uhr. Mit Sehnsucht erwarte ich die Stunde. / Schlafe sanft und laß mein Bild Dich umschweben. Habe Mut, ich bin auf alles vorbereitet, und es wird gewiß alles gut gehn. Morgen bekömmst Du auch einen langen Brief von mir, und Du bringst mir gewiß auch etwas Liebes mit, wie freue ich mich schon! / /

Diotima an Hölderlin

[*9. Nov. 1798*]

... Ich habe gut geschlafen, mein Bester, und noch einmal muß ich Dir sagen, wie viel Freude mir Dein Brief machte, und Dir danken für alle die stille Seligkeit, die Du mir bereitet. Ach lies Du meinen Brief nicht mehr, wenn er Dich bekümmert hat, und halte Dich an den vorletzten, der Dir so lieb war. Ich mußte gestern noch viel über Leidenschaft nachdenken. / / / *Die Leidenschaft der höchsten Liebe* findet wohl auf Erden ihre *Befriedigung nie!* / / Fühle es mit mir: *diese* suchen wäre Torheit. / / *Mit einander sterben!* / / Doch still, es klingt wie Schwärmerei und ist doch so wahr / / ist die Befriedigung. / Doch wir haben heilige Pflichten für diese Welt. Es bleibt uns nichts übrig, als der seligste Glaube an einander und an das allmächtige Wesen der Liebe, das uns ewig unsichtbar leiten und immer mehr und mehr verbinden wird. / /

Stille Ergebenheit! Vertrauen auf das *Herz*, auf den Sieg des Wahren und Besten, dem wir uns hingegeben. Und wir könnten untergehen? / / Dann, ja dann müßte alles aus dem Gleichgewichte kommen und die Welt in ein Chaos sich verwandeln, wenn nicht der nämliche Geist der Harmonie und Liebe sie erhielte, der auch uns erhält. Lebt er ewig in der Welt: warum, wie könnte er uns verlassen. Dürfen wir uns wohl mit der Welt vergleichen? Und doch kann es nicht anders in uns sein, wie im Großen so im Kleinen. Und wir sollten nicht vertrauen? Wir, die wir täglich Beweise der herrlichen auch uns belebenden Natur haben, die uns nur *Liebe* zeigt, wir sollten Kampf und Uneinigkeit in unserer Brust hegen, wenn alles uns zur Ruhe der Schönheit ruft? / / / O gewiß nicht, mein Bester! wir können nicht unglücklich werden, weil diese Seele in uns lebt. Und ich weiß es, der Schmerz wird uns nur besser machen und uns inniger verbinden.

Darum gräme Dich auch jetzt nicht, daß Du mich traurig machtest. Sieh, es ist ja alles vorbei, wenn Du wieder ruhig bist, und ich habe mich stark gefühlt. Noch muß ich Dir sagen, daß mein Vertrauen zu Dir ohne Grenzen ist: wie Du bist, wie Du es machst, ist es mir stillschweigend recht, ich frage selbst nicht, war-

Das Homburger Schloß um 1815.

um? Du kamst die vorige Woche nicht, Du sagtest gestern nicht, daß Du noch hier vorbei kommen wolltest, daß Du heute morgen noch einmal kommen wolltest, wenn ich Dir in meinem Brief es gleich vorgeschlagen. Ich kann Dich versichern, daß es mich im geringsten nicht irrte, so glücklich war ich durch Deinen Brief, und ich dachte nur: es *ist gewiß Liebe,* und fragte nicht weiter. Und in dem Glauben an *diese* muß man das Unerklärliche ehren. O mein Bester! Lieber! sei wieder ruhig, sei heiter und bringe mir das einzig selige Gefühl, daß Du zufrieden bist. Und gib auch mir meine Ruhe wieder, dann gewiß, dann werde ich glücklich sein. / /

An Ludwig Neuffer

Homburg vor der Höhe,
d. 12. Nov. 1798

Liebster Neuffer!

Ich habe meine Lage verändert, seit ich Dir das letztemal schrieb, und habe im Sinne, einige Zeit hier in

Homburg zu privatisieren. Es ist etwas über einen Monat, daß ich hier bin, und ich habe indessen ruhig, bei meinem Trauerspiel, im Umgang mit Sinclair, und im Genuß der schönen Herbsttage gelebt. Ich war durch mancherlei Leiden so zerrissen, daß ich das Glück der Ruhe wohl den guten Göttern danken darf . . .

Es sollte mir unendlich lieb sein über alles, was uns gemeinschaftlich interessiert, einmal wieder mit Dir sprechen zu können. / Das Lebendige in der Poesie ist jetzt dasjenige, was am meisten meine Gedanken und Sinne beschäftigt. Ich fühle so tief, wie weit ich noch davon bin, es zu treffen, und dennoch ringt meine ganze Seele danach, und es ergreift mich oft, daß ich weinen muß wie ein Kind, wenn ich um und um fühle, wie es meinen Darstellungen an einem und dem andern fehlt, und ich doch aus den poetischen Irren, in denen ich herumwandle, mich nicht herauswinden kann. Ach! Die Welt hat meinen Geist von früher Jugend an in sich zurückgescheucht, und daran leid ich noch immer. Es gibt zwar ein Hospital, wohin sich jeder auf meine Art verunglückte Poet mit Ehren flüchten kann / die Philosophie. Aber ich kann von meiner ersten Liebe, von den Hoffnungen meiner Jugend nicht lassen, und ich will lieber verdienstlos untergehen, als mich trennen von der süßen Heimat der Musen, aus der mich bloß der Zufall verschlagen hat. Weißt Du mir einen guten Rat, der mich so schnell wie möglich auf das Wahre bringt, so gibt mir ihn. Es fehlt mir weniger an Kraft, als an Leichtigkeit, weniger an Ideen, als an Nüancen, weniger an einem Hauptton, als an mannigfaltig geordneten Tönen, weniger an Licht, wie an Schatten, und das alles aus einem Grunde; ich scheue das Gemeine und Gewöhnliche im wirklichen Leben zu sehr. Ich bin ein rechter Pedant, wenn Du willst. Und doch sind, wenn ich nicht irre, die Pedanten sonst so kalt und lieblos, und mein Herz ist doch so voreilig, mit den Menschen und den Dingen unter dem Monde sich zu verschwistern. Ich glaube fast, ich bin aus lauter Liebe pedantisch, ich bin nicht scheu, weil ich mich fürchte, von der Wirklichkeit in meiner Eigensucht gestört zu werden, aber ich bin es, weil ich mich fürchte, von der Wirklichkeit in der innigen Teilnahme gestört zu werden, mit der ich mich gern an etwas anderes schließe; ich fürchte das warme Leben in mir zu erkälten in der eiskalten Geschichte des Tags, und diese Furcht kommt daher, weil ich alles, was von Jugend auf Zerstörendes mich traf, empfindlicher als andre aufnahm, und diese Empfindlichkeit scheint darin ihren Grund zu haben, daß ich im Verhältnis mit den Erfahrungen, die ich machen mußte, nicht fest und unzerstörbar genug organisiert war. Das sehe ich. Kann es mir helfen, daß ich es sehe? Ich glaube so viel. Weil ich zerstörbarer bin als mancher andre, so muß ich umsomehr den Dingen, die auf mich zerstörend wirken, einen Vorteil abzugewinnen suchen, ich muß sie nicht an sich, ich muß sie nur insofern nehmen, als sie meinem wahrsten Leben dienlich sind. Ich muß sie, wo ich sie finde, schon zum voraus als unentbehrlichen Stoff nehmen, ohne den mein Innigstes sich niemals völlig darstellen wird. Ich muß sie in mich aufnehmen, um sie gelegentlich (als Künstler, wenn ich einmal Künstler sein will und sein soll) als Schatten zu meinem Lichte aufzustellen, um sie als untergeordnete Töne wiederzugeben, unter denen der Ton meiner Seele umso lebendiger hervorspringt. Das Reine kann sich nur darstellen im Unreinen, und versuchst Du das Edle zu geben ohne Gemeines, so wird es als das Allerunnatürlichste, Ungereimteste dastehn, und zwar darum, weil das Edle selber, so wie es zur Äußerung kommt, die Farbe des Schicksals trägt, unter dem es entstand, weil das Schöne, so wie es sich in der Wirklichkeit darstellt, von den Umständen, unter denen es hervorgeht, notwendig eine Form annimmt, die ihm nicht natürlich ist, und die nur dadurch zur natürlichen Form wird, daß man eben die Umstände, die ihm notwendig diese Form gaben, hinzunimmt. So ist z. B. der Charakter des Brutus ein höchst unnatürlicher, widersinniger Charakter, wenn man ihn nicht mitten unter den Umständen sieht, die seinem sanften Geiste diese strenge Form aufnötigten. Also ohne Gemeines kann nichts Edles dargestellt werden, und so will ich mir immer sagen, wenn mir Gemeines in der Welt aufstößt: Du brauchst es ja so notwendig, wie der Töpfer den Leimen, und darum nimm es immer auf und stoß es nicht von Dir und scheue nicht dran. Das wäre das Resultat. Indem ich mir von Dir einen Rat erbitten und deswegen meine Fehler, die Dir freilich in gewissem Grade schon bekannt sind, recht bestimmt darstellen, auch mir selber zum Bewußtsein bringen wollte, bin ich weiter hineingeraten als ich dachte, und daß Du meine Grübeleien ganz begreifst, so will ich Dir gestehen, daß ich seit einigen Tagen mit meiner Arbeit ins Stocken geraten bin, wo ich dann immer aufs Räsonieren verfalle. Vielleicht veranlassen Dich meine flüchtigen Gedanken zu weiterem Nachdenken über Künstler und Kunst, besonders auch über meine poetischen Haupt-

Silhouette Hölderlins.

mängel und wie ihnen abzuhelfen ist, und Du bist so gut und teilst es mir bei Gelegenheit mit. /

Lebe wohl, liebster Neuffer! Ich schreibe Dir sogleich von Rastatt aus wieder.

An den Bruder

Rastatt, den 28. November 1798

Liebster Karl!

Wir müßten uns fremd geworden sein, wenn wir uns nicht durch die Gleichheit unserer Gesinnungen und unserer Natur unendlich und ewig nahe wären; denn wir haben wirklich diesmal länger, als zu irgend einer Zeit, unsere schöne Freundschaft ohne Nahrung gelassen. Aber die Götter, wenn sie schon das Opfer nicht bedürfen, fordern es doch der Ehre wegen. So müssen wir auch der Gottheit, die zwischen mir und Dir ist, doch wieder von Zeit zu Zeit das Opfer bringen; das leichte, reine, daß wir nämlich zueinander sprechen von ihr, daß wir das Ewige, was uns bindet, feiern in den lieben Briefen, die nur darum unter uns so selten sind, weil sie aus dem Herzen und nicht, wie so manches, aus der Feder gehn. Eine lebendige Blume entstehet langsamer, als eine Blume von Taft, und so muß auch ein lebendiges Wort sich langsam in unserer Brust bewegen, ehe es zum Vorschein kommt, und kann so haufenweise nicht sich geben, wie die Sachen, die man aus dem Ärmel schüttelt. Ich will damit nicht sagen, als wären unsere Briefe so was Außerordentliches an Gedanken und an Witz und mannigfaltigen Begriffen und Sachen; aber etwas ist darin, was man das Zeichen aller lebendigen Äußerungen nennen darf, das nämlich, daß sie mehr sagen, als es scheint, weil in ihnen ein Herz sich regt, das überhaupt im Leben niemals alles sagen kann, was es sagen möchte. O, Lieber! wann wird man unter uns erkennen, daß die höchste Kraft in ihrer Äußerung zugleich auch die bescheidenste ist, und daß das Göttliche, wenn es hervorgeht, niemals ohne eine gewisse Trauer und Demut sein kann? Freilich im Moment des entschiedenen Kampfs ists etwas anderes! aber davon ist hier, wie Du siehst, nicht die Rede. Ich brauche Dir nicht zu sagen, wie mannigfaltig, seit wir gegeneinander schweigen, mein Gemüt von den Veränderungen meines Lebens ist erschüttert worden. Daß ich in Homburg lebe, und wie? wirst Du aus dem Briefe gesehen haben, den ich an die liebe Mutter schrieb. Bester! wie oft hätt ich Dir gerne geschrieben in den letzten Tagen zu Frankfurt, aber ich verhüllte mein Leiden mir selbst, und ich hätte manchmal mir die Seele ausweinen müssen, wenn ich es aussprechen

Rastatt.
Dorthin begleitete Hölderlin seinen Freund Isaak v. Sinclair 1798 zum Rastatter Kongreß.

wollte. In Homburg sucht ich in beständiger Arbeit meine Ruhe wieder zu finden, und wenn ich müde war, lebt ich meist in Sinclairs Gesellschaft. Er hat als treuer Freund an mir gehandelt. Auf seinen Vorschlag bin ich auch mit ihm hiehergegangen . . .

An die Mutter

Rastatt, d. 28. Nov. 1798

. . . Unendlich leid hat es mir getan, daß vorige Woche das Wetter so schlimm war, daß eine Fußreise nach Württemberg beinahe unmöglich war. Da ich nun zu Ende der Woche von hier abreise, so muß ich diesmal wieder meine Wünsche verleugnen, und Sie können es sich vorstellen, ob es mir leicht wird. Nächsten Frühling aber, wenn ich mit einer Arbeit, die ich unter den Händen habe, fertig bin, dann versag ich es mir auch nicht länger, und lebe ein paar Wochen mit Ihnen und den lieben Meinigen.

Ich hoffe dann auch um so froher mit Ihnen zu sein. Jetzt schwank ich so zwischen Vergangenheit und Zukunft, das heißt, die Niedergeschlagenheit, die mir noch ein wenig von Vergangenem anhängt, läßt mich manchmal nicht, so wie ich möchte, hoffend in die Zukunft sehen, und die Zukunft liegt zu sehr mir noch aus dem Auge, und ich bin meinem gegenwärtigen Ziele noch nicht nahe genug gerückt, um darüber eine demütigende Vergangenheit zu vergessen. / Meine jetzige Arbeit soll mein letzter Versuch sein, liebste Mutter, auf eignem Wege, wie Sie es nennen, mir einen Wert zu geben; mißlingt mir der, so will ich ruhig und bescheiden, in dem anspruchslosesten Amte, das ich finden kann, den Menschen nützlich zu werden suchen, ich will das Streben meiner Jugend für das nehmen, was es so oft ist, nämlich für zufällig entstandenen Übermut, für übertriebene Neigung, aus der Sphäre mich zu entfernen, die mir vorgeschrieben ist durch meine natürlichen Anlagen und die Umstände, in denen ich aufgewachsen bin . . .

An die Mutter

Homburg vor der Höhe
d. 11. Dez. 1798

. . . Deswegen glaube ich es mir schuldig zu sein, so lang ich, ohne andern wehe zu tun, von dieser Seite mich schonen kann, mich zu schonen, um mit lebendiger Kraft ein Jahr lang in den höhern und reinern Beschäftigungen zu leben, zu denen mich Gott vorzüglich bestimmt hat. / Diese letzte Äußerung mag Ihnen auffallen, und Sie werden mich fragen, was denn dies für Beschäftigungen seien? / Aus dem, was Ihnen bisher von meinen Arbeiten in die Hände gefallen sein mag, werden Sie es schwerlich erraten, was mein eigenstes Geschäft ist, und doch hab ich auch in jenen unbedeutenden Stücken von ferne angefangen, meines Herzens tiefere Meinung, die ich noch lange vielleicht nicht völlig sagen kann, unter denen, die mich hören, vorzubereiten. Man kann jetzt den Menschen nicht alles gerade heraussagen, denn sie sind zu träg und eigenliebig, um die Gedankenlosigkeit und Irreligion, worin sie stekken, wie eine verpestete Stadt zu verlassen, und auf die Berge zu flüchten, wo reinere Luft ist und Sonn und Sterne näher sind, und wo man heiter in die Unruhe der Welt hinabsieht, das heißt, wo man zum Gefühle der Gottheit sich erhoben hat, und aus diesem alles betrachtet, was da war und ist und sein wird.

Liebste Mutter! Sie haben mir schon manchmal über Religion geschrieben, als wüßten Sie nicht, was Sie von meiner Religiosität zu halten hätten. O könnt ich so mit einmal mein Innerstes auftun vor Ihnen! / Nur so viel! Es ist kein lebendiger Laut in Ihrer Seele, wozu die meinige nicht auch mit einstimmte. Kommen Sie mir mit Glauben entgegen! Zweifeln Sie nicht an dem, was Heiliges in mir ist, so will ich Ihnen mehr mich offenbaren. O meine Mutter! Es ist etwas zwischen Ihnen und mir, das unsre Seelen trennt; ich weiß ihm keinen Namen; achtet eines von uns das andere zu wenig, oder was ist es sonst? Das sag ich Ihnen tief aus meinem Herzen; wenn Sie schon in Worten mir nicht alles sagen können, was Sie sind, es lebt doch in mir, und bei jedem Anlaß fühl ich wunderbar, wie Sie mich insgeheim beherrschen, und wie mit unauslöschlich treuer Achtung mein Gemüt sich um das Ihrige bekümmert. Darf ichs Ihnen einmal sagen? wenn ich oft in meinem Sinn verwildert war, und ohne Ruhe mich umhertrieb unter den Menschen, so wars nur darum, weil ich meinte, daß Sie keine Freude an mir hätten. Aber nicht wahr, Sie mißtrauen sich nur, Sie fürchten Ihre Söhne zu verzärteln und zu eigenwillig zu machen, Sie fürchten, daß Ihr mütterlich Gemüt Sie selbst betören möchte, und daß Ihre Söhne ohne Leitung wären und ohne Rat, und darum setzen Sie lieber zu wenig Vertrauen in uns und versagen sich aus Liebe die Freude, die der Eltern Eigentum im Alter ist, und hoffen lieber weniger von uns, um nicht zuviel von uns zu hoffen? /

Ich wollte Ihnen schreiben, was für Gründe ich hätte, um die angebotne Stelle abzulehnen, und es ist mir lieb, daß ich bei dieser Gelegenheit einmal wieder ein Wort aus meinem Herzen gesprochen habe. Dies Glück wird einem in der Welt so wenig zuteil, daß man es leicht verlernen könnte . . .

An die Mutter

Homburg, im Januar 1799

Liebste Mutter!

Ich muß mich schämen, daß ich Ihren 1. Brief, der mir indessen so viele innigglückliche Stunden und Augenblicke gemacht hat, so lange nicht beantwortet habe. Noch denselben Abend, da ich ihn erhalten hatte, schrieb ich größtenteils das nieder, was ich Ihnen für meine teure ehrwürdige Großmutter beilege, und ich habe es Ihnen recht von Herzen bei mir selber gedankt, daß Sie mich von diesem mir heiligen Geburtstage be-

Johanna Rosina Heyn (1725-1802),
die Großmutter des Dichters.

nachrichtigt haben. Der Brief an Sie sollte tags darauf geschrieben werden, und es wäre mir selber eine Freude gewesen, wenn ich das, was ich beim Empfang des Ihrigen fühlte, Ihnen so bald wie möglich hätte sagen können. Ich wurde aber indessen auf mancherlei Art verhindert. Zeit hätte ich wohl gehabt, aber ich mag Ihnen gerne mit ungestörter Seele schreiben. Es war von keiner Bedeutung, was mich beunruhigte, und mir meine reinere Stimmung nicht ließ. Ich sage Ihnen das, damit Sie sich keine Sorge machen. Harte Behauptungen, die ich zu lesen bekam, die freilich sehr gegen mein Gemüt angingen, weil sie gegen meine unentbehrlichsten Überzeugungen waren, das war es größtenteils, was mich in meinem friedlichen Leben unterbrach. Es ist freilich nicht gut, daß ich so zerstörbar bin, und ein fester, getreuer Sinn ist auch mein täglichster Wunsch, und nichts erhält mich mehr in Demut, als die Kenntnis meiner Schwäche von dieser Seite, und daß ich bei aller meiner ehrlichen Bemühung und Einsicht des Bessern und Glücklichern doch noch immer der alte Empfindliche bin. Ich habe die Hälfte meiner Jugend in Leiden und Irren verloren, die nur aus dieser Quelle entsprangen. Jetzt bin ich wohl geduldiger und laß es niemand entgelten und bin, wenn ich mich nicht irre, gegen andere weniger launisch, denn sonst, aber um die innere Reinheit und ruhige Wirksamkeit können mich immer noch Eindrücke bringen, die einen fester Gebildeten vielleicht nicht einen Augenblick störten. Freilich ist es jetzt auch natürlich, daß mich jeder augenblickliche Mißklang stärker trifft, wo ich kaum aus tausendfältiger Unruhe mich herausgerettet habe, und nun am Wohllaut des Guten und Wahren und Schönen mich sammeln und stillen mag. Ich verspreche Ihnen und mir, mich immer zu üben, daß ich das, was ich bei ruhigem Sinne so leicht reimen kann, auch beim ersten Eindrucke so aufnehmen lerne. Ich kenne kein größer Glück, als bescheidenes Wirken und Hoffen. Das kann aber bei einem leicht gekränkten Sinne nicht bestehen. / Ich suche auch durch mäßige Bewegung und durch Ordnung meinen Körper zu befestigen, weil ich einsehe, daß mitunter auch die Ursache in ihm liegt. Ich bin zwar gesund und jetzt gesunder als sonst, und leide am Kopf und in den Eingeweiden nimmer, wie gewöhnlich, aber ich finde doch, daß meine Nerven zu reizbar sind. Ich sage das besonders auch, weil Sie sich mit dieser zärtlichen Teilnahme nach meiner Gesundheit erkundigen. / Daß Sie meine Äuße-

Nürtingen am Neckar, 1829, Wohnort der Mutter seit 1774.

rungen über Religion mit dieser schönsten aller Freuden aufgenommen haben, zeugt mir so ganz von dem Gemüt, das nur im Höchsten seine Beruhigung findet. Ich glaub es Ihnen wohl, teuerste Mutter! wie es Ihnen das Andenken an mich erleichtern und erheitern muß, wenn Sie die besten Gefühle einer Menschenseele in mir wissen und sich daran halten können in den Zweifeln und Sorgen, mit denen sich auch die Besten einander betrachten müssen, und je lieber sie sich sind, je mehr, denn wir kennen ja kaum uns selbst, und so bekannt, als wir uns selber sind, wird uns doch niemals ein anderes. Ich behalte mirs vor, Ihnen bei mehrerer Muße ein vollständiges Glaubensbekenntnis abzulegen, und ich wollte, ich dürfte überall meines Herzens Meinung so offen und rein heraussagen, als ich bei Ihnen kann. Aber die Schriftgelehrten und Pharisäer unserer Zeit, die aus der heiligen lieben Bibel ein kaltes, geist- und herztötendes Geschwätz machen, die mag ich freilich nicht zu Zeugen meines innigen, lebendigen Glaubens haben. Ich weiß wohl, wie jene dazu gekommen sind, und weil es ihnen Gott vergibt, daß sie Christum ärger töten, als die Juden, weil sie sein Wort zum Buchstaben, und ihn, den Lebendigen, zum leeren Götzenbilde machen, weil ihnen das Gott vergibt, vergeb ichs ihnen auch. Nur mag ich mich und mein Herz nicht da bloß geben, wo es mißverstanden wird, und schweige deswegen vor den Theologen von Profession (d. h. vor denen, die nicht frei und von Herzen, sondern aus Gewissenszwang und von Amts wegen es sind) eben so gerne, wie vor denen, die gar nichts von all dem wissen wollen, weil man ihnen von Jugend auf durch den toten Buchstaben und durch das schreckende Gebot, zu glauben, alle Religion, die doch das erste und letzte Bedürfnis der Menschen ist, verleidet hat. Liebste Mutter! wenn unter diesen Zeilen ein hartes Wort ist, so ists gewiß nicht aus Stolz und Haß geschrieben, sondern nur, weil ich keinen andern Ausdruck fand, wodurch ich mich so kurz wie möglich hätte verständlich machen können. Es mußte alles so kommen, wie es jetzt überhaupt, und in der Religion besonders ist, und es war mit der Religion fast so wie jetzt, da Christus in der Welt auftrat. Aber gerade wie nach dem Winter der Frühling kommt, so kam auch immer nach dem Geistestode der Menschen neues Leben, und das Heilige bleibt immer heilig, wenn es auch die Menschen nicht achten. Und es gibt wohl manchen, der im Herzen religiöser ist, als er sagen mag und kann, und vielleicht sagt auch mancher unsrer Prediger, der nur die Worte nicht finden kann, mit seiner Rede mehr, als andere dabei vermuten, weil die Worte, die er braucht, so gewöhnlich und tausendfältig gemißbraucht sind. Nehmen Sie indes mit diesen ungeheuchelten Äußerungen vorlieb, bis ich eine Stunde gewinne, wo ich mit meiner ganzen Seele schreiben kann. / Ich stimme ganz mit Ihnen darin überein, liebste Mutter! daß es gut für mich sein wird, wenn ich künftig das anspruchsloseste Amt, das es für mich geben kann, mir zu eigen zu machen suche, vorzüglich auch darum, weil nun einmal die vielleicht unglückliche Neigung zur Poesie, der ich von Jugend auf mit redlichem Bemühn durch sogenannt gründlichere Beschäftigungen immer entgegen strebte, noch immer in mir ist und nach allen Erfahrungen, die ich an mir selber gemacht habe, in mir bleiben wird, so lange ich lebe. Ich will nicht entscheiden, ob es Einbildung oder wahrer Naturtrieb ist. Aber ich weiß jetzt so viel, daß ich tiefen Unfrieden und Mißmut unter anderm auch dadurch in mich gebracht habe, daß ich Beschäftigungen, die meiner Natur weniger angemessen zu sein schienen, z. B. die Philosophie, mit überwiegender Aufmerksamkeit und Anstrengung betrieb und das aus gutem Willen, weil ich vor dem Namen eines leeren Poeten mich fürchtete. Ich wußte lange nicht, warum das Studium der Philosophie, das sonst den hartnäckigen Fleiß, den es erfordert, mit Ruhe belohnt, warum es mich, je uneingeschränkter ich mich ihm hingab, nur immer um so friedensloser und selbst leidenschaftlich machte; und ich erkläre mir es jetzt daraus, daß ich mich in höherm Grade, als es nötig war, von meiner eigentümlichen Neigung entfernte, und mein Herz seufzte bei der unnatürlichen Arbeit, nach seinem lieben Geschäfte, wie die Schweizerhirten im Soldatenleben nach ihrem Tal und ihrer Herde sich sehnen. Nennen Sie das keine Schwärmerei! Denn warum bin ich denn friedlich und gut, wie ein Kind, wenn ich ungestört mit süßer Muße dies unschuldigste aller Geschäfte treibe, das man freilich, und dies mit Recht, nur dann ehrt, wenn es meisterhaft ist, was das meine vielleicht auch aus dem Grunde noch lange nicht ist, weil ichs vom Knabenalter an niemals in eben dem Grade zu treiben wagte, wie manches andre, was ich vielleicht zu gutmütig gewissenhaft meinen Verhältnissen und der Meinung der Menschen zu lieb trieb. Und doch erfordert jede Kunst ein ganzes Menschenleben, und der Schüler muß alles, was er lernt, in Beziehung auf sie lernen, wenn er die Anlage zu ihr entwickeln und nicht am Ende gar ersticken will. / Sie sehen, liebste Mutter! ich mache Sie recht zu meiner Vertrauten, und ich fürchte nicht, daß Sie mir diese ehrlichen Geständnisse übel auslegen werden. Es gibt so wenige, vor denen ich mich öffnen mag. Warum sollt ich denn mein Sohnesrecht nicht benützen, und Ihnen zu meiner Beruhigung mein Anliegen nicht sagen. Und glauben Sie nur nicht, daß ich Absichten dabei habe. Ich mag Ihnen nur gerne mit voller Wahrheit schreiben, und da müssen Sie mich eben haben, wie ich bin. Ich wollte eigentlich sagen, daß ich auch aus dem Grunde wohltun würde, ein recht einfaches Amt inskünftige zu suchen, weil sich ein anderes nicht wohl mit meinen Lieblingsbeschäftigungen reimen ließe. Es hat es mancher, der wohl stärker war als ich, versucht, ein großer Geschäftsmann oder Gelehrter im Amt, und dabei Dichter zu sein. Aber immer hat er am Ende eines dem andern aufgeopfert, und das war in keinem Falle gut, er mochte das Amt um seiner Kunst willen, oder seine Kunst um seines Amts willen vernachlässigen; denn, wenn er sein Amt aufopferte, so handelte er unehrlich an andern, und wenn er seine Kunst aufopferte, so sündigte er gegen seine von Gott gegebene natürliche Gabe, und das ist so gut Sünde und noch mehr, als wenn man gegen seinen Körper sündigt. Der gute Gellert, von dem Sie in Ihrem lieben Briefe sprechen, hätte sehr wohl getan, nicht Professor in Leipzig zu werden. Wenn er es nicht an seiner Kunst gebüßt hat, so hat er es doch an seinem Körper gebüßt. Muß ich also ein Amt annehmen, wie es denn wohl nicht anders tunlich ist, so glaub ich, eine Pfarrstelle auf dem Dorfe (recht weit von der Hauptstadt und von den hohen geistlichen Herren weg) wird das Beste für mich sein. Und warum nicht lieber in dem Lande, wo Sie sind und die Meinigen, als unter Fremden?

Übrigens ist es mir lieb, wenn es noch einige Jahre ansteht, und wenn ich hier mit dem Buche, an dem ich schreibe, und mit meinem Gelde zu Ende bin, so will ich eben wieder Hofmeister werden . . .

Diotima an Hölderlin

[*6. Februar 1799*]

Wir werden uns morgen nicht sehen, teuerstes Herz! Wir müssen uns gedulden und auf bessere Zeiten warten. Wir haben den lange gefürchteten Besuch ins Haus bekommen. Wie es mich schmerzt, daß ich Dir nicht mündlich sagen kann, wie sehr ich Dich liebe, ist unbeschreiblich. Liebe Du mich auch immer, treu, wahr und warm, und laß das unerbittliche Schicksal mir nichts rauben! / / /

Alle Ungewitter des Himmels zogen wieder über mich auf! Den Abend nach unserm letzten Wiedersehen brach unser Wagen zusammen, ich bekam eine Kontusion am Arm, die mich lange zu Hause hielt.

Morgens darauf erfuhr ich, daß mein Bruder auf der Jagd durch das Bein geschossen worden. Und beidemal kam Dein Brief in unrechte Hände, sie wurden mir aber sogleich übergeben, und es hatte weiter keine Folgen, als daß ich 8 Tage die gewohnte Begegnung dulden mußte, welche mein leidender Zustand doch milderte.

Denke nur nicht Lieber! daß das Schicksal unserer Liebe mich empören oder gänzlich niederdrücken möchte. Ich weine wohl oft bittre, bittre Tränen, aber eben diese Tränen sind es, die mich erhalten. Solange Du lebst, mag ich nicht untergehen. Fühlte ich *nicht* mehr, wäre die Liebe aus mir verschwunden, und was wäre *mir* das Leben ohne Liebe, ich würde in Nacht und Tod hinabsinken. Solange Du mich liebst, kann ich mich nicht verschlimmern, Du hältst mich empor und führest mich den Weg zur Schönheit! Habe Glauben an mich, und baue fest auf mein Herz. So lebe denn wohl, bestes teuerstes Herz, und denke, wie ich, daß unser liebstes innerstes Wesen unveränderlich sich gleich bleiben und sich angehören wird.

Nächsten Monat wirst Du es wohl wieder wagen, Du kannst dann vielleicht durch Hegel hören, ob ich wieder allein bin.

Diotima an Hölderlin

[*Anfang März 1799*]

Wie gerne, Lieber! möchte ich Dir treu erzählen, wie ich die traurigen Tage unserer Trennung zugebracht, wenn nur nicht die Wiederholung dieser Zeit für mich so peinlich wäre. Seit einigen Tagen bin ich wieder al-

Getuschter Schattenriß des 29jährigen Hölderlin.

lein, und es ist schon etwas besser. Das schlimmste war, daß ich mir keine einsame Viertelstunde zusichern konnte, und ich auch selbst, wenn ich allein war, meine Gefühle so gewaltsam zusammenpressen mußte, damit meine nassen Augen mich nie verraten und zu lästigen Fragen Anlaß geben möchten. Aber die ersten einsamen Stunden waren für mich schrecklich, nun wollte ich mich meinem Gefühl wieder ganz überlassen. Ich durfte auch das nicht, denn die Sehnsucht nach Dir wurde so groß, daß ich mir nicht zu helfen wußte, und ein gewaltiger Kampf in mir entstand. Ich suchte mit allen Kräften dein verlöschendes, in mir gewordenes Traumbild mit lebendigen Farben wieder in meine Einbildung zu rufen. Ach! es war mir versagt, ich fühlte den Wunsch und die Ohnmöglichkeit zugleich. Ich dachte wohl an Deine Briefe, Deine Bücher, Deine Haare, aber ich wollte keine Hilfe, wollte ganz aus mir selbst Dich in mir erneuen. Doch mein töricht Herz mußte bald vor der Vernunft erröten und Entschuldigung finden. Einige Tage nachher kramte ich mir Deine lieben Sachen und Briefe von ältern Zeiten aus, die mir damals, als ich Dich noch hatte, wenig waren, und wovon nichts mehr in meinem Gedächtnis war. Welch einen Schatz von lieben Worten, welch einen Trost, welch ein lieblich Bild von Dir fand ich darin. Wie lockten sie liebliche Tränen der Zärtlichkeit mir ins Auge, wie stärkten sie mein Herz, wie halte ich mich jetzt daran in jeder bangen Stunde. Aber ach! das ist *Vergangenheit!* / Was ist *Gegenwart?* / was *Zukunft?* / / Jetzt frage ich mich mit jedem Tage: »Wie muß ein vereinzelt Wesen in sich und durch sich selbst bestehen, welches die *Liebe* zu einem edlen und schönen Wesen erhoben?« / Träumen möchte ich immer, doch träumen ist Selbstvernichtung! Selbstvernichtung, Feigheit! / / Fühlen! / Mein Herz fühlt noch in dieser armen, alles tötenden Zeit lebendig und warm, sehnt sich nach Wirklichkeit, nach dem Widerhall der Liebe, nach Mitteilung, Einklang, Harmonie! Seligkeit! Soll ich es tadeln? Doch ruft jedes Gefühl in mir meine ganze Sehnsucht, vermischt mit tausend Schmerzen, zurück. Selbst durch meine tiefsten Gedanken finde ich nichts Wünschenswertes, als die innigste Beziehung der Liebe. Denn was kann uns leiten durch dies zweideutige Leben und Sterben, als die Stimme unsers bessern Wesens, welches wir einer gleichen liebenden Seele anvertrauen, diese Stimme, die wir aus uns selbst nicht immer hören können. Verbunden sind wir stark und unwandelbar im Schönen und im Guten, über alle Gedanken hinaus im Glauben und im Hoffen. Aber diese Beziehung der Liebe bestehet in der wirklichen Welt, die uns einschließt, nicht durch den Geist allein, auch die Sinne (nicht Sinnlichkeit) gehören dazu. Eine Liebe, die wir ganz der Wirklichkeit entrücken, nur im Geiste noch fühlen, keine Nahrung und Hoffnung mehr geben könnten, würde am Ende zur Träumerei werden oder vor uns verschwinden, sie *bliebe,* aber wir wüßten es nicht mehr, und ihre wohltätige Wirkung auf unser Wesen würde aufhören. Da ich dies alles klar vor Augen habe, und es so schwer ist aus der Dumpfheit herauszufinden, sollte ich mich selbst noch täuschen und in Schlummer wiegen / / sollte ich träumen! soll ich mein Herz verstocken! soll ich anders denken! / / Wozu ich dies alles frage, Lieber! / »Ich habe ja Dich noch.« Ach! weil seit dem Tage unserer Trennung eine Angst in mir ist, daß einmal alle Beziehungen zwischen uns aufhören möchten, weil ich über die Zukunft keine Gewißheit habe, über Deine künftige Bestimmung. Ich zittre für die Zeit der Revolutionen, die uns nahe sein kann, weil vielleicht sie uns für immer von einander reißt. Wie oft tadle ich Dich und mich, daß wir so stolz alle Beziehungen uns ohnmöglich gemacht, uns nur auf uns selbst verlassen haben. Wir müssen jetzt vom Schicksal betteln, und durch tausend Umwege einen Faden zu leiten suchen, der uns zusammenführt. Was wird aus uns werden, wenn wir für einander verschwinden sollten? / /

Noch könnte ich mich nie beruhigen, wenn ich denken müßte, daß ich Dich ganz der Wirklichkeit entrückt, Du Dich mit meinem Schatten begnügen wolltest, daß Du durch mich vielleicht Deine Bestimmung verfehlt, wenn ich von Dir darüber gar nichts mehr hörte und beruhigt würde. Wenn es *sein muß,* daß wir dem Schicksal zum Opfer werden, dann versprich mir Dich frei von mir zu machen und ganz zu leben, wie es Dich noch glücklich machen, Du nach Deiner Erkenntnis Deine Pflichten für diese Welt am besten erfüllen kannst, und laß mein Bild kein Hindernis sein. Nur dieses Versprechen kann mir Ruhe und Zufriedenheit mit mir selbst geben. / *So lieben wie ich Dich,* wird Dich nichts mehr, *so lieben wie Du mich,* wirst Du nichts mehr (verzeihe mir diesen eigennützigen Wunsch), aber verstocke Dein Herz nicht, tue ihm keine Gewalt; was ich nicht haben kann, darf ich nicht neidisch vernichten wollen. Denke nur ja nicht, Bester, daß ich für mich spreche. Mit mir ist das ganz anders, ich habe meine Bestimmung zum Teil erfüllt, habe genug zu tun in der Welt, habe durch Dich mehr bekommen als ich noch erwarten durfte. Meine Zeit war schon vorbei, aber Du solltest jetzt erst anfangen zu leben, zu handeln, zu wirken, laß mich kein Hindernis sein, und verträume nicht Dein Leben in hoffnungsloser Liebe.

Die Natur, die Dir alle edlen Kräfte, hohen Geist und tiefes Gefühl gab, hat Dich bestimmt, ein edler vortrefflicher glücklicher Mann zu werden, und es in allen Deinen Handlungen zu beweisen. Doch noch leuchtet uns die Hoffnung für unsere geliebte Liebe, laß uns sie pflegen und erhalten, so lange wir nur können. Eine Stunde voll Seligkeit des Wiedersehens und Hoffnung in der Brust sind genug, ihr Leben auf Monate lang zu erhalten. Laß uns die Augen nur nicht zudrücken und uns überraschen lassen vom Schicksal, damit wir das Nötigste und Beste tun können. Beruhige mich, wenn Du kannst, über die Zukunft. In der Mitte des Mai kömmt mein Bruder (der wieder völlig hergestellt ist), wenn die Kriegsunruhen es nicht ganz verhindern. Während dieser Zeit sehe ich noch nicht ein, wie es möglich ist eine Beziehung zwischen uns zu unterhalten, weil ich nicht wissen kann, wenn ich allein sein werde, und es mich in beständiger Spannung und Sorge erhalten würde. Wenn Du einen Weg der schriftlichen Mitteilung zwischen uns ersinnen könntest, der nicht ängstlich und gewagt wäre, Du würdest mir eine Wohltat erzeigen, denn es ist zu meiner Ruhe doch so nötig zu hören, wie Du lebst. Wenn ich wieder allein bin (denn ich werde in keinem Fall mich zu einer Reise bewegen lassen, wenn es nicht in einer kurzen Zeit ist, während welcher wir uns doch nicht sehn könnten), machen wir es wieder wie bisher. Du sprachest von *anderthalb Jahren,* ich zittre, wenn ich denke, daß über ein halbes schon vorbei ist, wie wird, wie kann es kommen? was würde wohl für Dich am besten sein? / Wenn Du mir darüber Deine Ahndungen mitteilen wolltest! Vor meinem Sinne ist alles schwarz, und das Schrecklichste wäre, wenn unter dem harten Schicksal unsere zarte Liebe auch erstickte, wenn es endlich dumpf werden müßte in unserer Brust, unser Leben dahin wäre, und doch trostloses Bewußtsein uns übrigbliebe. Verzeihe! mein Bester! daß ich Dich in diese schwarzen Gedanken mit hineinziehe, für Dich sollte alles nur süß sein, einen Himmel möchte ich Dir geben, alles entfernen, was Dich stören könnte, aber ich fühle es, unsere Liebe ist zu heilig, um daß ich Dich täuschen könnte, ich bin Dir Rechenschaft schuldig von jeder Empfindung in mir, Du weißt, daß ich leicht trübsinnig bin, vielleicht kommt es noch besser, und wie wollen wir dem Schicksal danken für jede Blume, die wir mit einander finden. Wenn es mir nur nicht so schwer würde Dir zu schreiben. Nehme ich in dieser Absicht die Feder, öffnet sich mir eine Welt, voll Gedanken und Gefühlen, ich möchte alles auf einmal sagen, und kann keine Ordnung hinein bringen, ich fürchte Unsinn zu schreiben. Dann sind mir meine Worte wieder zu prosaisch, und mischt sich meine Phantasie mit ein, denke ich, es wäre nicht so wahr was ich sagte, am Ende möchte ich alles wieder zerreißen. Du verstehst mich wohl besser, wie ich selbst, und fühlest auch noch, was ich nicht sage. / /

An Diotima

[*Homburg, Anfang März 1799*]

Hier unsern Hyperion, Liebe! Ein wenig Freude wird diese Frucht unserer seelenvollen Tage Dir doch geben. Verzeih mirs, daß Diotima stirbt. Du erinnerst Dich, wir haben uns ehmals nicht ganz darüber vereinigen können. Ich glaubte, es wäre, der ganzen Anlage nach, notwendig. Liebste! alles, was von ihr und uns, vom Leben unseres Lebens hie und da gesagt ist, nimm es wie einen Dank, der öfters um so wahrer ist, je ungeschickter er sich ausdrückt. Hätte ich mich zu Deinen Füßen nach und nach zum Künstler bilden können, in Ruhe und Freiheit, ja ich glaube, ich wär es schnell geworden, wonach in allem Leide mein Herz sich in Tränen und am hellen Tage und oft mit schweigender Verzweiflung sehnt. / Es ist wohl der Tränen alle wert, die

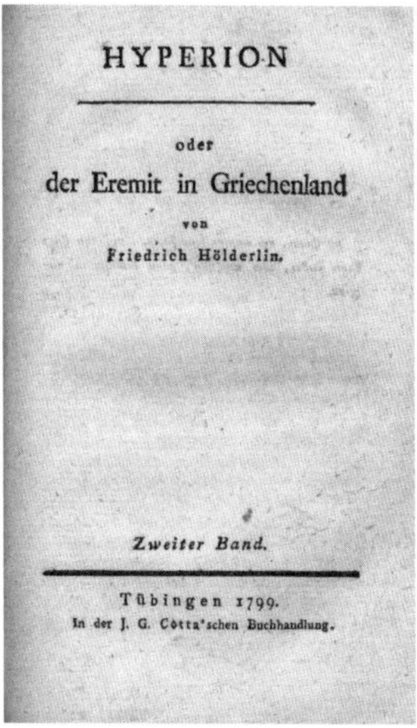
HYPERION

oder

der Eremit in Griechenland

von

Friedrich Hölderlin.

Zweiter Band.

Tübingen 1799.

In der J. G. Cotta'schen Buchhandlung.

Titelblatt vom zweiten Teil des »Hyperion«.

wir seit Jahren geweint, daß wir die Freude nicht haben sollten, die wir uns geben können, aber es ist himmelschreiend, wenn wir denken müssen, daß wir beide mit unsern besten Kräften vielleicht vergehen müssen, weil wir uns fehlen. Und sieh! das macht mich eben so stille manchmal, weil ich mich hüten muß vor solchen Gedanken. Deine Krankheit, Dein Brief / es trat mir wieder, so sehr ich sonst verblinden möchte, so klar vor die Augen, daß Du immer, immer leidest, und ich Knabe kann nur weinen drüber! / Was ist besser, sage mirs, daß wirs verschweigen, was in unserm Herzen ist, oder daß wir uns es sagen! / Immer hab ich die Memme gespielt, um Dich zu schonen, habe immer getan, als könnt ich mich in alles schicken, als wäre ich so recht zum Spielball der Menschen und der Umstände gemacht und hätte kein festes Herz in mir, das treu und frei in seinem Rechte für sein Bestes schlüge, teuerstes Leben! habe oft meine liebste Liebe, selbst die Gedanken an Dich mir manchmal versagt und verleugnet; nur um so sanft, wie möglich, um Deinetwillen dies Schicksal durchzuleben, Du auch, Du hast immer gerungen, Friedliche! um Ruhe zu haben, hast mit Heldenkraft geduldet, und verschwiegen, was nicht zu ändern ist, hast Deines Herzens ewige Wahl in Dir verborgen und begraben, und darum dämmerts oft vor uns, und wir wissen nicht mehr, was wir sind und haben, kennen uns kaum noch selbst; dieser ewige Kampf und Widerspruch im Innern, der muß Dich freilich langsam töten, und wenn kein Gott ihn da besänftigen kann, so hab ich keine Wahl, als zu verkümmern über Dir und mir, oder nichts mehr zu achten als Dich und einen Weg mir Dir zu suchen, der den Kampf uns endet.

Ich habe schon gedacht, als könnten wir auch von Verleugnung leben, als machte vielleicht auch dies uns stark, daß wir entschieden der Hoffnung das Lebewohl sagten, ...

[Hier bricht das Schreiben mitten auf dem Bogen ab. Auf der Rückseite, später geschrieben:]

Reines Herzens zu sein
Das ist das Höchste,
Was Weise ersannen,
Weisere taten.

An Diotima

[*Bruchstück. März 1799*]

Es ist ein unaussprechlicher Dank in mir, Liebe, daß der himmlische Frühling auch mir noch Freude gibt ...

Diotima an Hölderlin

[*1./2. Juni 1799*]

... Ich möchte Dir so gerne auch etwas über Deine künftige Bestimmung sagen, Du hast mich dazu aufgefodert. Wie schwer ist es aber für mich in jeder Rücksicht, Dir zu raten; und werde ich nicht immer für Dich zu ängstlich wählen? Ein treuer, erfahrner Freund vermag hier mehr. Ich weiß, Du kannst keinen Schritt tun, den meine Seele nicht billiget. Wenn vielleicht mein verwöhntes, von Deiner Nähe verzärteltes Herz sich auch dagegen sträuben möchte, meine bessere Überzeugung muß siegen; und solltest Du irgend eine Laufbahn betreten, die ruhmvoll für Dich und nützlich der Welt sein könnte, würden alle meine Tränen um Dich gewiß sich in Freudentränen verwandeln, aber ich müßte von Dir hören, und meine Hoffnung dürfte nicht getäuscht werden. Berate Dich für die Zukunft mit Deinen wahren Freunden und erfahrnen Männern, und wenn dann nicht ein *sicherer* Weg sich Dir öffnet, bleibe lieber wie Du bist und helfe Dich durch, als daß Du es wagst, noch einmal vom Schicksal überwältiget und zurückgeworfen zu werden. Deine Kräfte hielten es nicht aus, und Du gingest für die Welt und Nachwelt, der Du auch so, im stillen, lebst, noch ganz verloren. Nein, das darfst Du nicht! Dich selbst darfst Du aufs Spiel nicht setzen. Deine edle Natur, der Spiegel alles Schönen, darf nicht zerbrechen in Dir. Du bist der

Welt auch schuldig zu geben, was Dir verklärt in höherer Gestalt erscheint, und an Deine Erhaltung besonders zu denken. *Wenige sind wie Du.* // Und was jetzt auch nicht wirkt, bleibt sicher für künftige Zeiten. Könntest Du nicht vielleicht auch in der Zukunft junge Leute zum Unterricht zu Dir kommen lassen? Verzeihe mir diese Idee, wenn sie Dir nicht gefällt. Ich weiß aber, daß Du es einmal im Sinne hattest, solche Vorlesungen zu halten, welches Dir gewiß nicht schwer fallen würde. Handele nur nie aus dem falschen Begriff, Du müßtest mir Ehre machen, und alles, was Du im verborgenen treibst und wirkest, wäre mir nicht so lieb. Du müßtest lauter meine Neigung zu Dir rechtfertigen. Deine Liebe ehrt mich genung und wird mir immer genügen, und nach das, was man Ehre nennt, verlange ich nicht. Dich ehren große Männer, Dich finde ich in allen Schilderungen edeler Naturen und brauche das elende Zeugnis unserer Welt nicht dazu. Noch heute las ich im *Tasso* und fand unverkennbare Züge von Dir. Lies ihn auch einmal wieder!

An den Bruder

Homburg, den 4. Juni 1799

Mein Teurer!

Deine Teilnahme, Deine Treue wird meinem Herzen immer wohltätiger; auch was Du für Dich selber bist, Dein Fleiß, die glückliche Gewandtheit, womit Dein Geist und Deine Kraft sich in Berufsgeschäft und freiere Bildung teilt, Dein Mut, Deine Bescheidenheit gibt mir immer mehr Freude. Lieber Karl! mich erheitert nichts so sehr, als zu einer Menschenseele sagen zu können: ich glaub an Dich! und wenn mich das Unreine, Dürftige der Menschen oft mehr stört, als notwendig wäre, so fühl ich mich auch vielleicht glücklicher, als andere, wenn ich das Gute, Wahre, Reine im Leben finde, und ich darf deswegen die Natur nicht anklagen, die mir den Sinn fürs Mangelhafte schärfte, um mich das Treffliche um so inniger und freudiger erkennen zu lassen, und bin ich nur einmal so weit, daß ich zur Fertigkeit gebracht habe, im Mangelhaften weniger den unbestimmten Schmerz, den es oft mir macht, als genau seinen eigentümlichen augenblicklichen, besondern Mangel zu fühlen und zu sehen, und so auch im Bessern seine eigene Schönheit, sein charakteristisches Gute zu erkennen, und weniger bei einer allgemeinen Empfindung stehen zu bleiben, hab ich dies einmal gewonnen, so wird mein Gemüt mehr Ruhe, und meine Tätigkeit einen stetigeren Fortgang finden. Denn wenn wir einen Mangel nur unendlich empfinden, so sind wir auch natürlicherweise geneigt, diesem Mangel nur unendlich abhelfen zu wollen, und so gerät oft die Kraft in vorkommenden Fällen in ein unbestimmtes fruchtlos ermüdendes Ringen, weil sie nicht bestimmt weiß, wo es mangelt, und wie dieser, und gerade dieser Mangel zu berichtigen, zu ergänzen ist. So lang ich keinen Anstoß finde, in meinem Geschäft, so geht es rüstig weg, aber ein kleiner Mißgriff, den ich gleich zu lebhaft empfinde, um ihn klar anzusehen, treibt mich manchmal in eine unnötige Überspannung hinein. Und wie bei meinem Geschäft, so gehet es mir altem Knaben auch noch im Leben, im Umgange mit den Menschen. Daß sich diese von Natur gewiß nicht ungünstige Empfindungsgabe bei mir noch nicht zu einer Fertigkeit des bestimmteren Gefühls gebildet hat, kommt wohl unter anderm auch daher, daß ich zu viel Mangelhaftes und zu wenig Treffliches in Verhältnissen und Charakteren empfunden habe. / Du wirst durchaus finden, daß jetzt die menschlicheren Organisationen, Gemüter, welche die Natur zur Humanität am bestimmtesten gebildet zu haben scheint, daß diese jetzt überall die unglücklicheren sind, eben weil sie seltener sind, als sonst in andern Zeiten und Gegenden. Die Barbaren um uns her zerreißen unsere besten Kräfte, ehe sie zur Bildung kommen können, und nur die feste tiefe Einsicht dieses Schicksals kann uns retten, daß wir wenigstens nicht in Unwürdigkeit vergehen. Wir müssen das Treffliche aufsuchen, zusammenhalten mit ihm, so viel wir können, uns im Gefühle desselben stärken und heilen und so Kraft gewinnen, das Rohe, Schiefe, Ungestalte nicht bloß im Schmerz, sondern als das was es ist, was seinen Charakter, seinen eigentümlichen Mangel ausmacht, zu erkennen. Übrigens, wenn uns die Menschen nur nicht unmittelbar antasten und stören, so ist es wohl nicht schwer, im Frieden mit ihnen zu leben. Nicht so wohl, daß sie so sind, wie sie sind, sondern daß sie das, was sie sind, für das Einzige halten, und nichts anderes wollen gelten lassen, das ist das Übel. Dem Egoismus, dem Despotismus, der Menschenfeindschaft bin ich feind, sonst werden mir die Menschen immer lieber, weil ich immer mehr im Kleinen und im Großen ihrer Tätigkeit und ihrer Charaktere gleichen Urcharakter, gleiches Schicksal sehe . . .

An die Mutter

Homburg vor der Höhe,
d. 18. Jun. 99

Liebste Mutter!

Hätt ich auch sonst nichts, was mich erheitern und mein Gemüt zum Danke und zum Glauben stimmen könnte, so wäre ein Herz, wie das Ihrige, diese Güte und Liebe genug. Glauben Sie mir, teure, verehrungswürdige Mutter! Sie sind mir heilig in dieser reinen Teilnahme, und ich müßte ein Mensch ohne Sinn sein, wenn ich diese nicht zu schätzen wüßte. Nein! der fromme Geist, der zwischen Sohn und Mutter waltet, stirbt zwischen Ihnen und mir nicht aus. »O das sind gute Menschen!« mußt ich bei mir selber sagen und vor Freude weinen, da ich die drei lieben Briefe las, von Ihnen und von Schwester und Bruder.

Nehmen Sie es nur nicht für Ungeduld und Weichlichkeit, die meinen Jahren und meinem Geschlecht so übel ansteht, wenn ich klagte, von trostlosen Stunden sprach. Es war weniger mein eigenes Leid, was mich den Trost oft nicht in jeder finden ließ, als die Trauer, die mich manchmal überfallen mußte in meiner gänzlichen Einsamkeit, wenn ich unsere jetzige Welt mir dachte, und an die Seltnen, Guten in ihr, wie sie leiden, eben darum, weil sie besser und trefflicher sind. Und dies muß ich wohl zuweilen fühlen, denn dies treibt mich eben zu meiner reinsten Tätigkeit. Es ist mir wunderbar, daß der Mensch nichts weiter bringt, wenn er alles gleichgültig ansieht, und doch auch nichts wirkt und fördert, wenn er sich verkümmert, daß er also, um zu leben und tätig zu sein, beides in seiner Brust vereinigen muß, die Trauer und die Hoffnung, Heiterkeit und Leid. Und dies ist, wie ich glaube, auch der Sinn des Christen. Und so haben es Sie auch gemeint. Wie herzlich dank ich Ihnen auch für die lieben Worte von meinem seligen Vater. Der Gute, Edle! Glauben Sie, ich habe schon manchmal an seine immer-heitre Seele gedacht, und daß ich ihm gleichen möchte. Auch Sie, liebste Mutter, haben mir diesen Hang zur Trauer nicht gegeben, von dem ich mich freilich nicht ganz rein sprechen kann. Ich sehe ziemlich klar über mein ganzes Leben, fast bis in die früheste Jugend zurück, und weiß auch wohl, seit welcher Zeit mein Gemüt sich dahin neigte. Sie werdens kaum mir glauben, aber ich erinnere mich noch zu gut. Da mir mein zweiter Vater starb, dessen Liebe mir so unvergeßlich ist, da ich mich mit einem unbegreiflichen Schmerz als Waise fühlte, und Ihre tägliche Trauer und Tränen sah, da stimmte sich meine Seele zum erstenmal zu diesem Ernste, der mich nie ganz verließ und freilich mit den Jahren nur wachsen konnte. Ich habe aber auch in der Tiefe meines Wesens eine Heiterkeit, einen Glauben, der noch oft in voller wahrer Freude hervorgeht, nur lassen sich zu dieser so leicht nicht Worte finden, wie zum Leide. Es hat mich herzlich gefreut, daß Sie mich noch ermunterten, meiner Jugend mich zu freuen. Ich träume mich gerne etwas jünger, als ich bin, bin auch wohl bei allem Ernste und aller Bedachtsamkeit oft noch ein rechter Knabe, zu gutmütig manchmal gegen die Menschen, und das hat immer Empfindlichkeit und Mißtrauen zur Folge. Trösten Sie sich damit, liebste Mutter, daß ich meine Fehler ehrlich und ernst einsehe, und das bringt doch immer zum Vernünftigern . . .

Henrike Breunlin, Hölderlins Schwester.

An die Schwester

[*Juli 1799*]

. . . Es ist für mich unendlich erfreulich, daß die schöne Teilnahme zwischen uns beiden sich doch immer gleich bleibt, und daß wir immer noch die vorigen für einander sind, und ich glaube auch, daß sich aus unserer Jugend nichts leicht so lebendig dauernd erhält, als die Liebe zwischen Geschwistern und Verwandten, und halte mich so gerne daran, als einen teuren Überrest meiner vergangnen Zeit, wenn ich fühle, daß jetzt in mir und um mich so manches anders ist, als ehemals. So sehr mich mein Gemüt auch vorwärts treibt, so kann ich es doch nicht verleugnen, oft mit Dank und oft mit Sehnsucht an die Jugendtage zu denken, wo man noch mehr mit seinem Herzen, als mit dem Verstande leben darf, und sich und die Welt noch zu schön fühlt, als um seine Befriedigung fast allein im Geschäft und im Fleiße suchen zu müssen.

Aber ich denke, wenn ich fühle, daß man nicht immer jung sein kann, und denk es oft gerne, daß alles seine Zeit hat, und daß der Sommer im Grunde so schön ist, wie der Frühling, oder vielmehr daß weder der eine, noch der andere ganz schön ist, und daß die Schönheit mehr in allen Lebenszeiten zusammen, so wie sie aufeinander folgen, besteht, als in einer einzigen. Und wie mit den Lebenszeiten, so ist es auch mit den Tagen. Keiner ist uns genug, keiner ist ganz schön, und jeder hat, wo nicht seine Plage, so doch seine Unvollkommenheit, aber rechne sie zusammen, so kommt eine Summe von Freude und Leben heraus. / Teuerste! ich habe Deinen Brief eben wieder durchlesen und schäme mich jetzt fast, Dir auf Deine gütigen Herzensworte indessen so etwas Allgemeines vorräsonniert zu haben.

Kann ich irgend mein jetziges Geschäft so weit in Gang bringen, daß ich auf den Herbst einige Wochen entbehren kann, und find ich eine schickliche Auskunft, um wieder in meinen hiesigen Aufenthalt zurückzukehren, ohne daß es irgendwo im Vaterland auf eine bedeutende Weise auffällt, so will ich mir es wohl auch gönnen, Gute! in Deiner und Deines lieben Manns Gesellschaft und bei Deinen Kindern und unsern andern teuren Verwandten wieder einmal zu ruhn und zu leben.

Könnt ich nur auch so viel Freude bringen, als ich empfangen werde! Aber was heißt das? Wir sind noch die Alten und sehn uns wieder. Das ist genug. Und Du erlaubst mir in Deiner glücklichen Haushaltung zu leben, als gehört ich auch dazu. / Wann und wo werd ich denn Dich einmal zu mir zu Gaste bitten, Liebe? für mich hab ich, was meine Wirtschaft betrifft, genug. Ein paar hübsche kleine Zimmer, wovon ich mir das eine, wo ich wohne, mit den Karten der 4 Weltteile dekoriert habe, einen eigenen großen Tisch im Speisesaal, der auch zugleich Schlafzimmer ist, und eine Kommode daselbst und hier im Kabinett den Schreibtisch, wo die Kasse verwahrt ist, und wieder einen Tisch, wo die Bücher und Papiere liegen, und noch ein kleines Tischchen am Fenster, an den Bäumen, wo ich eigentlich zu Hause bin, und mein Wesen treibe, und Stühle hab ich auch für ein paar gute Freunde, Kleider die Fülle von Frankfurt her, wohlfeile Kost, die doch gesund ist, einen Garten am Hause, wo der Hausherr mir die Laube vergönnt, schöne Spaziergänge in der Nähe, und mit den Ausgaben geht es seine einfache Ordnung, und nächstens bin ich vielleicht mein eigener Herr mit 500 fl. jährlichem Einkommen, worüber ich Dir das nächstemal das weitere schreiben will. Das wäre auf eine Weile genug. Und wer weiß, wie weit ich über kurz oder lang ins Bücherschreiben hineingerate und Glück mache, dann werd ich mich erst glänzend etablieren und Dich einmal zu Gast bitten . . .

Jeder Mensch hat doch seine Freude, und wer kann sie ganz verschmähen? Die meine ist nun das schöne Wetter, die heitre Sonne und die grüne Erde, und ich kann diese Freude mir nicht tadeln, sie heiße wie sie will, ich habe nun einmal keine andre in der Nähe, und hätte ich noch eine andre, so würd ich diese niemals doch verlassen und vergessen, denn sie nimmt niemand nichts, und altert nicht, und der Geist findet so viel Bedeutung in ihr; und wenn ich einmal ein Knabe mit grauen Haaren bin, so soll der Frühling und der Morgen und das Abendlicht mich Tag für Tag ein wenig noch verjüngen, bis ich das letzte fühle und mich ins Freie setze und von da aus weggehe / zur ewigen Jugend.

Grüße Deine lieben Kinder. Du hattest so recht, Teuerste! sie wären echte Tröster für mich, wenn ich ein sauer Gesicht machte und mich anstellte, als wäre nichts als Not und Zwist und Frost und Unrecht in der Welt, als lebte das Leben nicht, und als hätt ich und andre Lebendigen kein Herz und keine Seele.

Leb wohl, Teuerste! Grüße mir Deinen verehrungswürdigen Gatten und sag ihm, wie ich oft im Geiste mit ihm lebe und ihn achte. Wie immer

Dein

Bruder

Hölderlin

An Diotima

Zwei Bruchstücke

[*Homburg, August 1799*]

Täglich muß ich die verschwundene Gottheit wieder rufen. Wenn ich an große Männer denke, in großen Zeiten, wie sie, ein heilig Feuer, um sich griffen, und alles Tote, Hölzerne, das Stroh der Welt in Flamme verwandelten, die mit ihnen aufflog zum Himmel, und dann an mich, wie ich oft, ein glimmend Lämpchen, umhergehe, und betteln möchte um einen Tropfen Öl, um eine Weile noch die Nacht hindurch zu scheinen /

siehe! da geht ein wunderbarer Schauer mir durch alle Glieder, und leise ruf ich mir das Schreckenswort zu: lebendig Toter!

Weißt Du, woran es liegt, die Menschen fürchten sich voreinander, daß der Genius des einen den andern verzehre, und darum gönnen sie sich wohl Speise und Trank, aber nichts, was die Seele nährt, und können es nicht leiden, wenn etwas, was sie sagen und tun, in andern einmal geistig aufgefaßt, in Flamme verwandelt wird. Die Törichten! Wie wenn irgend etwas, was die Menschen einander sagen könnten, mehr wäre, als Brennholz, das erst, wenn es vom geistigen Feuer ergriffen wird, wieder zu Feuer wird, so wie es aus Leben und Feuer hervorging. Und gönnen sie die Nahrung nur gegenseitig einander, so leben und leuchten ja beide, und keiner verzehrt den andern.

Erinnerst Du Dich unserer ungestörten Stunden, wo wir und wir nur umeinander waren? / Das war Triumph! beide so frei und stolz und wach und blühend und glänzend an Seel und Herz und Auge und Angesicht, und beide so in himmlischem Frieden nebeneinander! Und hab es damals schon geahndet und gesagt: man könnte wohl die Welt durchwandern und fände es schwerlich wieder so. Und täglich fühl ich das ernster.

Gestern nachmittag kam Morbeck zu mir aufs Zimmer. »Die Franzosen sind schon wieder in Italien geschlagen«, sagt er. »Wenns nur gut mit uns steht,« sagt ich ihm, »so steht es schon gut in der Welt,« und er fiel mir um den Hals und wir küßten uns die tiefbewegte, freudige Seele auf die Lippen, und unsre weinenden Augen begegneten sich. Dann ging er. Solche Augenblicke hab ich doch noch. Aber kann das eine Welt ersetzen? Und das ists, was meine Treue ewig macht. In dem und jenem sind viele vortrefflich. Aber eine Natur, wie Deine, wo so alles in innigem, unzerstörbarem, lebendigem Bunde vereint ist, diese ist die Perle der Zeit, und wer sie erkannt hat, und wie ihr himmlisch angeboren eigen Glück dann auch ihr tiefes Unglück ist, der ist auch ewig glücklich und ewig unglücklich.

Diotima an Hölderlin

Ungefähr den 8ten [August 1799]

Wie schwer wird es wieder, das Stillschweigen zu brechen! Und doch ist mir immer, als könnt ich nur durch Schreiben Ruhe und Befriedigung finden. Wie ist es mir so peinlich, wenn ich oft tagelang herumgehe, ohne stille Zeit dazu zu finden. Sollte ich mir vom Himmel nur einen Wunsch für meine jetzige Lage erbitten, wäre es sicher nur jeden Tag eine einzige mir ganz eigene Stunde, die ich dann von ganzem Herzen Dir, mein Teurer, weihen wollte. Du glaubst es nicht, wie drückend es ist, mit der ganzen Last der Empfindung so verschlossen zu bleiben und nicht einmal der Feder sie anvertrauen zu können. So irrte ich bis jetzt herum und hatte Dir so viel zu sagen. Ich muß Dir sprechen von dem letztenmal, da ich Dich sah! Denselben Morgen war ich unschlüssig, ob ich ohne Brief zu Dir hinunter sollte oder nicht, ob ich nicht lieber Dich in der Täuschung lassen sollte, als wären wir noch nicht wiedergekommen, und Dich dann den nächsten Donnerstag erwarten sollte. Ich war sehr müde und abgespannt, und fürchtete sehr, dies möchte Dich irren, auf der andern Seite fürchtete ich, Du möchtest von unserer Zurückkunft hören, und es würde Dir mein Aus-

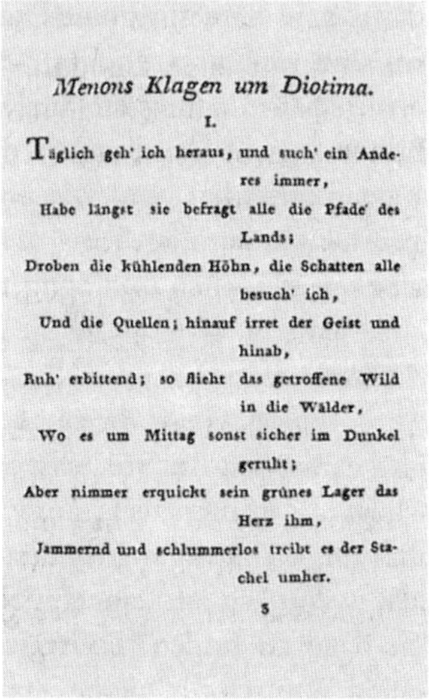

Menons Klagen um Diotima.

I.

Täglich geh' ich heraus, und such' ein Anderes immer,
Habe längst sie befragt alle die Pfade des Lands;
Droben die kühlenden Höhn, die Schatten alle besuch' ich,
Und die Quellen; hinauf irret der Geist und hinab,
Ruh' erbittend; so flieht das getroffene Wild in die Wälder,
Wo es um Mittag sonst sicher im Dunkel geruht;
Aber nimmer erquickt sein grünes Lager das Herz ihm,
Jammernd und schlummerlos treibt es der Stachel umher.

5

Erstdruck im »Musen-Almanach für das Jahr 1802«.

bleiben unerklärlich sein. Ich wagte es also. Doch! wie beschreibe ich Dir die unnennbare Stimmung, in welche ich den Abend fiel? Ich glaubte im Blick, Deine Gestalt in der Allee zu sehen. Warest Du es wirklich? / oder nicht? / / Ich war nicht allein, S . . . . waren bei mir. Es traf mich wie ein Blitz, ich wurde warm und kalt, und bald merkten die andern, daß ich allein zu sein wünschte, und gingen. Es kam mir nun vor, als wärest Du es wirklich gewesen und irgendeine Angst triebe Dich zu mir, Du müßtest zu mir. Ich ging ans Fenster und stand mit unverwandtem Blick, es täuschte mich wieder, bald sah ich Dein Gesicht durch die Büsche, bald lehntest Du Dich an einen Baum und gucktest da hervor, ich erkannt das Spiel der Phantasie und beredete mich, daß auch das vorige so gewesen. Der Schmerz ergriff nun mit kalter Hand mir das Herz und drohte es zu erdrücken, meine Gedanken erstarrten, es war, als hätte ich Dich umarmen wollen und ein Schatten wärest Du geworden, dieser liebe Schatten hätte mich noch trösten können, und wie mein Sinn dieses forderte, wäre auch dieser mir verschwunden, und ein Nichts, wenn es denkbar wäre, geblieben.

Ich mußte mich aus diesem stummen Schmerz herausreißen, und nun kam aus der Tiefe meines Wesens ein Ächzen, ein Gewinsel, eine Flut von Tränen, die sich lange drängten, ohne daß ich sie stillen konnte. Und seitdem ist mir es immer so wunderbar schwermütig geblieben, und als hättest Du etwas gegen mich auf dem Herzen, und ich denke an nichts anders. Über die Erinnerung an meine Reise ist wie ein dunkler Flor gezogen, und ich werde Mühe haben, Dir etwas davon zu schreiben. O! Gott! erscheine mir ̂nicht wieder so! O! zweifele nie an meiner Liebe! / / Dir! Dir allein wird sie ewig bleiben! / /

Den 10ten

Mitten in dieser unbeschreiblich schwermütigen Stimmung wurde ich überrascht. Ich schob sie auf mein plötzliches Alleinbleiben nach einer langen angenehmen Zerstreuung und die Entfernung meiner Geschwister. Diese Stimmung sprach aber wohl zu wahr und verriet einen andern Sinn, und weil meine Traurigkeit fortdauerte, kam es nach einigen Tagen zu näheren Erklärungen. Man glaubte sich fest in dem Gedanken bestärkt, daß gewisse Verhältnisse fortdauerten und besondere Veranlassung gegeben hatten. Ich hatte

Mühe, der Wahrheit so treu zu bleiben, wie möglich. Ich erfuhr indessen auch, daß Dein erster Besuch im Hause kein Geheimnis geblieben; ich gab es zu, und sagte dabei, *hier* im Hause wärest Du nicht wieder gewesen. Und ich würde gewiß nie etwas tun, was mir und dem Ganzen schaden könnte. Es lief auch alles ganz ruhig ab und ließ keine üble Wirkung zurück. Nun muß ich Dir aber gestehen, daß mich die Zukunft ängstigt. Ich finde keinen Ausweg, und ohne Dich kann ich nichts ausmachen. Können wir künftig, wenn ich wieder in der Stadt bin, leben, ohne von einander zu hören? / / Wenn ich das Opfer bringe, werde ich jemals um Dich ruhig werden? Werden nicht tausend Hirngespinste mich ebensosehr quälen, als andere Unruhen? / Und wird nicht auch, wenn ich gar nichts tue, doch *derselbe Verdacht* auf mich ruhn, und ich eben darum auch ohne Entschädigung leiden müssen?

Ich verirre mich in meinen Gedanken, darum sage mir, was Du denkst, und laß nicht die schwere Last der Entscheidung auf mich allein ruhn. Was Du gut findest, ist auch mein Wille, und wenn Du auch glaubest, daß es gut ist, in der Wirklichkeit eine gänzliche Scheidung zwischen uns zu machen, ich will Dich nicht darum verkennen: *die unsichtbaren Beziehungen dauern doch fort, und das Leben ist kurz*. Mir wird kalt! / Weil es kurz ist, es verscherzen? / / O sage! Wo finden wir uns wieder? / / Teure! geliebte Seele! / / Wo finde ich Ruhe? / / Laß mich strenge meine Pflicht erkennen und mich selbst vergessen, und wird sie noch so schwer, hilf sie mir ausführen. Aber ich kenne sie noch nicht. Selbsterhaltung, ohne dies kann ich doch gar nichts, und mich selbst vergessen widerspricht sich mit diesem wohl.

Denn alles, was ich gegen meine Liebe tun könnte, ist mir jetzt, als würde es mich verderben, mich zerstören. Welch eine schwere Kunst ist die Liebe! Wer kann sie verstehen? und wer muß ihr nicht folgen?

Nimm alle Deine Vernunft zusammen und sprich überzeugend mit mir, denn ich fühle, es ist nötig, und wen kann ich sonst fragen, als Dich, meinen einzigen Freund! / /

Abends 8 Uhr, den 15ten

Ich bin allein! / Nun möchte ich gerne von der Reise erzählen, aber was mir notwendiger scheint, drängt mich immer, ich möchte meinem gepreßten Herzen Luft machen in der schönen Stille des Abends. Wie ist mir doch so schwermütig! Ich möchte immer weinen, ich sehne mich nach Antwort Deiner verwandten Seele! Alles so lieblich! so harmonisch und doch für mich so tot, wo das Zeichen Deines Daseins fehlt, die Gewißheit, daß jetzt Dein Herz zu dem meinen spricht. O! einmal gefühlte glückliche, geliebte, himmlische Liebe! Welche Leere läßt Trennung im Herzen zurück, die nichts zu füllen vermag und alles nur fühlbarer macht. / Ich muß Dir nur gestehen, daß ich es nicht ausführen kann, diesen Winter gar nichts von Dir zu wissen. Also ist mir eingefallen, daß, wenn Du in der Gegend bleibst, Du alle 2 Monate den bestimmten Donnerstag abends 9 Uhr unter dem Fenster mit *der allergrößten Vorsicht* erscheinen könntest. Ich werde dann sehen, daß Du noch da und gesund bist. *Wie viel ist das schon für mein Herz!* und ich würde Dir wohl ein Zettelchen hinunterwerfen können. Ich muß wohl auf Briefe von Dir Verzicht tun, weil ich nicht glaube, daß es vors erste ratsam ist, daß Du ins Haus kömmst. Ich werde dann in Deinen Schriften nachspähen, wie Dir wohl zumute ist, und Dich gewiß darin erkennen. Sage, unter welcher Aufschrift ich Dein Journal fodern lassen kann, wenn es noch zustande gekommen ist. / Der nächste Frühling wird uns *hier* wiederfinden, und der erste Gesang der neuen Lerchen wird uns das Zeichen unserer näheren Vereinigung sein. Ich schreibe im Dunkeln, die Sonne und ihre Lichtstrahlen sind mir untergegangen. So ist wohl manches dunkel, bis *unsere Sonne* wieder scheint. Sie kommt, sie kommt doch wieder? / / O! gütige Natur! lehre mich vertraun, und stille dieses Herz! / /

An Diotima

[*Homburg, Ende September 1799*]

Teuerste!

Nur die Ungewißheit meiner Lage war die Ursache, warum ich bisher nicht schrieb. Das Projekt mit dem Journale, wovon ich Dir schon, nicht ohne Grund, mit so viel Zuverlässigkeit schrieb, scheint mir scheitern zu wollen. Ich hatte für meine Wirksamkeit und mein Auskommen und meinen dasigen Aufenthalt in Deiner Nähe mit so viel Hoffnung darauf gerechnet; jetzt hab ich noch manche schlimme Erfahrung machen müssen zu den vergebenen Bemühungen und Hoffnungen. Ich hatte einen sichern anspruchlosen Plan entworfen; mein Verleger wollte es glänzender haben; ich sollte eine Menge berühmte Schriftsteller, die er für meine Freunde hielt, zu Mitarbeitern engagieren, und wenn mir gleich nichts Gutes bei diesem Versuche ahndete, so ließ ich Tor mich doch bereden, um nicht eigensinnig zu scheinen, und das liebe allgefällige Herz hat mich

Homburg, Partie im kleinen Tannenwald
(Stahlstich nach einer Zeichnung von J. B. Bauer).

in einen Verdruß gebracht, den ich Dir leider schreiben muß, weil wahrscheinlich meine zukünftige Lage, also gewissermaßen das Leben, das ich für Dich lebe, davon abhängt. Nicht nur Männer, deren Verehrer mehr als Freund ich mich nennen konnte, auch Freunde, Teure! auch solche, die nicht ohne wahrhaften Undank mir eine Teilnahme versagen konnten, ließen mich bis jetzt ohne Antwort, und ich lebe nun volle 8 Wochen in diesem Harren und Hoffen, wovon gewissermaßen meine Existenz abhängt. Was die Ursache dieser Begegnung sein mag, mag Gott wissen. Schämen sich denn die Menschen meiner so ganz? /

Daß dies nicht wohl der Fall vernünftigerweise sein kann, zeugt mich doch Dein Urteil, Edle, und das Urteil einiger weniger, die mir auch wahrhaft treu in meiner Angelegenheit sich zugesellten, z. B. Jung in

Mainz, dessen Brief ich Dir beilege. Die *Berühmten* nur, deren Teilnahme mir armem Unberühmten zum Schilde dienen sollte, diese ließen mich stehn, und warum sollten sie nicht? Jeder, der in der Welt sich einen Namen macht, scheint ja dem ihrigen einen Abbruch zu tun; sie sind dann schon nicht mehr so einzig und allein die Götzen, kurz, es scheint mir bei ihnen, die ich mir *ungefähr* als meinesgleichen denken darf, ein wenig Handwerksneid mitunter zu walten. Aber diese Einsicht hilft mich nichts; ich habe fast 2 Monate unter Zubereitungen zu dem Journale verloren, und kann nun, um mich nicht von meinem Verleger länger herumziehen zu lassen, wohl nichts Besseres tun, als ihm zu schreiben, ob er nicht lieber die Produkte, die ich für das Journal bestimmt hatte, geradezu annehmen wolle, was dann freilich in jedem Falle meine Existenz mir nicht hinlänglich sichern würde.

Und so hab ich denn im Sinne, alle Zeit, die mir noch bleibt, auf mein Trauerspiel zu wenden, was ungefähr noch ein Vierteljahr dauern kann, und dann muß ich nach Hause oder an einen Ort, wo ich mich durch Privatvorlesungen, was hier nicht tunlich ist, oder andere Nebengeschäfte erhalten kann.

Verzeih, Teuerste! diese gerade Sprache! Es wäre mir nur schwerer geworden, dann Dir das Nötige zu sagen, wenn ich das, was mein Herz gegen Dich, Liebe, äußert, hätt laut werden lassen, und es ist auch fast nicht möglich, in einem Schicksal, wie das meinige ist, den nötigen Mut zu behalten, ohne die zarten Töne des innersten Lebens für Augenblicke darüber zu verlieren. Eben deswegen schrieb ich bisher . . . . .

Diotima an Hölderlin

Donnerstag, 31. Oktober 1799. Abend

Meine Ahndung, daß Du heute im Kalender Dich irren würdest, hat mich richtig geleitet, denn wir haben heute erst den Letzten im Monat. / Jetzt ist es wieder gut mit mir, aber ich war krank, mein Lieber. An dem Tage, wo Du das letztemal wieder hinüber gingest, bekam ich eine Art von Erkältungsfieber und so heftiges Kopfweh, daß ich einige Tage mich ganz still halten mußte. Ich nahm wieder mein gewöhnliches Mittel (ein Vomitiv) und auch China, es währte aber doch über 14 Tage. Ich danke nur dem Himmel, daß ich Dich noch hatte abwarten können, und wünschte nur zu *dieser* Zeit wieder gesund zu sein. Wie viel ich an Dich gedacht und mich bei Dir fühlte, kann ich nicht sagen. Wenn ich abends einsam und still war (denn ich mochte niemand um mich leiden). Meine lebendigere Phantasie malte mir denn unsere Vergangenheit so schön, besonders die seligen Stunden unserer ersten, ganz neuen Liebe, wo Du einmal sagtest: O! wenn das Glück ein *halbes Jahr* nur dauret! / / / / / / / /

Wenn dann so viel süßes, himmlisches Gefühl wieder vor meinen Sinn kam, ward ich nachher so voll Sehnsucht, und ich meinte dann, wenn Du nur da wärest, würde ich wohl wieder gesund sein. Ich zerbrach mir dann den Kopf darüber, ob es nicht möglich sei, in der wirklichen Welt auf eine natürliche, gute Art wieder mit Dir zusammenzukommen. Wenn ich dann einschlief, träumte mir, ich fände Dich in irgend einer Gesellschaft, auf einem Spaziergang. Ich sah Dich ungezwungen wie sonst unsere Treppe heraufkommen, und ich öffnete Dir die Türe. Wir waren beisammen, ganz ohne Angst, mit leichtem Herzen, und meine Augen freuten sich, in den Deinen zu ruhn. Wenn ich dann erwachte, war das Herz mir so sanft bewegt und ich war wirklich auf einige Stunden gestärkt. Nachher aber wußte ich nicht, wie mir war. Ich fühlte es lebhaft, daß ohne Dich mein Leben hinwelkt und langsam stirbt, und zugleich weiß ich gewiß, daß jeder Schritt, den ich tun könnte, Dich auf eine heimliche, ängstliche Art zu sehen, mit alle den Folgen, die er haben könnte, eben so sehr an meiner Gesundheit und meiner Ruhe nagen würde. Ich muß fast an Wunder glauben, weil ich nicht einsehen kann, wie wir wieder zusammenkommen sollen, und dies täglich mein innigster Wunsch ist. Aber ohne Angst, sorglos wie in den ersten Zeiten unserer Liebe.

Es ist mir besonders seit einigen Tagen viel besser, da ich nun wieder allein bin. Ich habe mein altes Zimmer auch jetzt wieder, da kann ich eher eine ruhige Stunde zum Schreiben finden. Ich habe mehr Ordnung um mich herum, auch habe ich viel Blumen mir ans Fenster gestellt, die allein mich jetzt erheitern können. Denn selbst Deine lieben Gedichte und Briefe darf ich kaum berühren, weil sie zu sehr mich angreifen . . .

Ich möchte Dir gerne etwas über Deine künftige Lage sagen, wenn ich nur in Deine jetzigen Ideen besser eindringen könnte. Wenn das Schicksal auf eine ehrenvolle Art Dich weiter ruft, und es sein muß, so folge. Doch rate ich Dir und warne Dich für eines: Kehre nicht dahin zurück, woher Du mit zerrißnen Gefühlen in meine Arme Dich gerettet. / / Ich muß Dir nur gestehen, es hat mich ein wenig erschreckt, daß Du schreibst, Du wollest in einem gewissen Falle dem Rat und Ausspruch von Schiller folgen. Wird er nicht suchen, Dich in seine Nähe zu bringen? / / Wird dieser schmeichelhafte Ruf dich nicht verführen? / Wenn es einst so wäre, o! dann gedenke der Liebe! und ihrer unzähligen Qualen! / / / / / / Wie ich es wünsche, nur einmal wieder bei Dir zu sein! mein lieber, guter Herzensjunge! / Verzeih mir, Bester, daß ich es so hin sage. Nur wenn ich Dich fühle und Dein Bild gesehen habe, fühle ich die ganze Herzlichkeit meines Herzens. Ich erstaune oft über mich, daß ich schon so weit in die Jahre der Vernunft fortgerückt bin und doch so jung mir scheine. Ich denke dann auch: besser ein Opfer der Liebe! als ohne sie noch leben. Wer weiß, wie es noch kommen kann, die Wege des Schicksals sind ja dunkel. / / / Nur laß uns nie gegen die Liebe fehlen und immer gegeneinander wahr sein! Leere Worte! denn wenn wir anders wären, liebten wir ja nicht mehr. Vertrauen auf die Liebe, die die gütige Natur uns ins Herz legte, um da sie reifen zu lassen zu ihrem höchsten Zweck, uns kurzsichtigen Wesen hier noch ein Rätsel! aber veredelt zu etwas Großem uns fühlend und strebend. Jedem nichtswürdigen Gefühl Nahrung zu geben unfähig. Und in diesem Glauben gewiß bewahrt für alle Ansteckung der schlechten Welt . . .

An die Mutter *Homburg, d. 16. Nov. 99*

Um auf meine Angelegenheiten zu kommen, so bedaure ich, daß ich Ihnen von meinen Aussichten noch nichts Näheres sagen kann, und es ist mir eigentlich um Ihretwegen unangenehmer, als wegen mir, denn wenn ich bei meiner gegenwärtigen Lebensart nicht die unvermeidliche Inkonvenienz erführe, daß sie für den Anfang zu meinem zeitlichen Auskommen nicht hinreicht, so wäre ich auf immer damit zufrieden. Ich bin mir tief bewußt, daß die Sache, der ich lebe, edel, und daß sie heilsam für die Menschen ist, sobald sie zu einer rechten Äußerung und Ausbildung gebracht ist. Und in dieser Bestimmung und diesem Zwecke leb ich mit ruhiger Tätigkeit, und wenn ich oft erinnert werde (wie unvermeidlich ist), daß ich vielleicht billiger geachtet würde unter den Menschen, wenn ich durch ein honettes Amt im bürgerlichen Leben für sie erkennbar wäre, so trage ich es leicht, weil ichs verstehe, und finde meine Schadloshaltung in der Freude am Wahren und Schönen, dem ich von Jugend auf im stillen mich geweiht habe, und zu dem ich aus den Erfahrungen und Belehrungen des Lebens nur umso entschlossener zurückgekehrt bin. Sollte auch mein Inneres nie recht zu einer klaren und ausführlichen Sprache kommen, wie man denn hierin viel vom Glück abhängt, so weiß ich, was ich gewollt habe, und daß ich mehr gewollt habe, als der Anschein meiner geringen Versuche vermuten läßt; kann auch hoffen, aus manchem, was mir zu Ohren kommt, daß meine Sache auch in einer ungeschickten Ausführung hie und da aus einem ahndenden Gemüte gefaßt und gebilliget werden, daß also in keinem Falle mein Dasein ohne eine Spur auf Erden bleiben wird.

Ich mache Ihnen diese Geständnisse deswegen, liebste Mutter! weil mir daran liegen muß, um meiner eignen Ruhe willen mich in meinem gegenwärtigen Leben Ihnen so aufrichtig und unparteiisch hinzustellen, wie ich nur immer kann, umsomehr, da Sie durch Ihre gütige Unterstützung mir darin aushalfen bis hierher.

Ich danke Ihnen verbindlichst für das Übersandte. Neuffer wird es wohl noch bis jetzt zurückbehalten haben wegen der unsicheren Wege. Ich werde es größtenteils zurücklegen können, um es zum Teil zu meiner künftigen Reise zu gebrauchen. Was mich einigermaßen beruhiget über die Unkosten, die ich Ihnen mache, ist, daß ich auch als Vikarius nicht ohne einige Beihilfe leben könnte, und daß ich doch eine gute Zeit in dem von dieser Seite vorteilhafteren Hofmeisterleben ausgehalten habe . . .

An Dr. J. G. Ebel

[Homburg, Ende 1799]

Mein Teurer!

So sehr ich mich Ihnen verbunden fühle für Ihr gütiges Versprechen, künftig vielleicht an meinen literarischen Versuchen teilzunehmen, so war die eigentliche Freude, die mir Ihr Brief gab, doch eine andere. Ich fühlte mehr, als ich sagen mag, dabei, wie viel Sie mir vom ersten Augenblicke waren, wie viel ich entbehrte, seit ich Sie nicht mehr sah.

Je mehr ich die Menschen verstehen und dulden und lieben lerne in ihren leidenden Gestalten, umso tiefer und unvergeßlicher sind mir die vortrefflichen unter ihnen im Sinne; und ich darf es Ihnen gestehen, daß ich wenige kenne, bei denen ich mit solcher Gewißheit meinem Gemüte folgen kann, wie ich es tue, so oft ich an Sie denke und von Ihnen spreche, und dies geschieht nicht selten. Wären wir uns näher! Um meinetwillen; denn Sie bedürfen meiner nicht oder doch weniger, und ich weiß nicht, ob ich Ihnen nur so viel sein würde, als ich es ehmals zu sein schien. Manche Erfahrungen, die mir nach meiner Sinnesart fast unvermeidlich begegnen mußten, haben mein Zutrauen zu allem, was mir fast vorzüglich Freude und Hoffnung gab zu einem Bilde des Menschen und seinem Leben und Wesen, so ziemlich erschüttert, und die immer wechselnden Verhältnisse der großen und kleinen Welt, in der ich mich sehe, schrecken mich jetzt noch, da ich wieder freier bin, bis zu einem Grade, den ich nur Ihnen gestehen kann, weil Sie mich verstehen. Die Gewohnheit ist eine so mächtige Göttin, daß wohl keiner ungestraft ihr abtrünnig wird. Die Übereinstimmung mit anderen, die wir so leicht gewinnen, wenn wir bei dem, was einmal da ist, bleiben, dieser Zusammenklang der Meinungen und Sitten erscheint uns dann erst recht in seiner Bedeutenheit, wenn wir ihn entbehren müssen, und unser Herz findet wohl niemals eine rechte Ruhe mehr, wenn wir jene alten Bande verlassen haben; denn es hängt ja nur zu wenig von uns ab, die neuen zu knüpfen, besonders, was die feineren und höheren betrifft. Freilich halten dann die Menschen, die sich in eine neue Welt des Schicklichen und des Guten erhoben haben, auch umso unzertrennlicher zusammen.

Wie gerne hätte ich Ihnen volle Rechenschaft gegeben über meine Trennung von dem Hause, das Ihnen und mir so schätzbar war und ist. Aber wie unendlich vieles hätte ich Ihnen sagen müssen! Lieber hätte ich eine Bitte an Sie getan und möchte sie noch tun. Unsere edle Freundin, die ich unter mancher harten Probe nur immer selbständiger im besten Leben, nur immer höher gebildet aus bitteren Mißverhältnissen wiedergefunden habe, scheint mir dennoch, um nicht endlich zu vertrauern, eines festen klaren Worts, das ihren innern

Wert und ihren eigenen Lebensgang ihr für die Zukunft versichert, in hohem Grade zu bedürfen, und mir ist es fast unmöglich gemacht, mich ihr mit Ruhe mitzuteilen. Es wäre eine schöne Hilfe, mein Teurer, wenn Sie dies einmal täten. Eignes Nachdenken, oder ein Buch, oder woran man sich sonst orientieren mag, ist wohl gut, aber das Wort eines echten Freundes, der den Menschen und die Lage kennt, trifft wohltätiger und irrt weniger . . .

An die Schwester *Homburg, d. 19. März 1800*

Meine Teure!

Ich hätte Dir schon eher geschrieben, wenn ich nicht lieber eine Stunde abgewartet hätte, wo ich mit einiger Ruhe und mit stillerem Geiste den Verlust Deines mir unvergeßlichen Gatten denken könnte.

Ich habe ihn gekannt, und weiß, wie viel wahrhaft Erhabnes und Ewiges in seinem Gemüte verborgen lag, und eben darum kann ich mir wohl denken, wie er mit dieser Heiterkeit sterben konnte; einer solchen Seele, die, wie die seinige, gewohnt war, das menschliche Leben mit seinen Leiden und Veränderungen mit einem höheren Auge anzusehen, und überall mehr auf das Bleibende, auf den Grund unseres Wesens und Lebens zu achten, einem solchen Sinne muß der Tod mehr wie ein kurzer Abschied scheinen, als wie eine lange Trennung, und dies muß ihm auch die Entfernung von Dir, Du Gute! und von all den Seinigen erleichtert haben. Mich tröstet der Gedanke, der überall mein bester Trost ist, daß nämlich Gott überall ist, und in ihm und durch ihn wir alle jetzt und immer vereiniget sind . . .

Schattenriß von Hölderlins Schwester Henrike (?) gegenüber einer Stammbucheintragung von ihrer Hand vom 30. 10. 1789.

Kann ich Dir etwas sein, so brauchst Du es nur zu sagen. Sobald es nur meine Geschäfte irgend zulassen, die gerade jetzt etwas dringender sind, so soll mich nichts abhalten, einmal zu kommen, und ich denke, Liebe! daß ich zu Dir taugen werde, weil ich manches in der Welt zu ertragen gelernt habe, und nach mancherlei Erfahrungen die Anhänglichkeit an Dich und die Unsrigen nur gründlicher und ewiger geworden ist. Einen treuen Freund hast Du für Dich und Deine Kinder auf lebenslang an mir, das wirst Du glauben. Sieh! Gute! teure Schwester! dies ist in meinen Augen ein schätzbar Glück, das nur zu selten ist, daß eine solche echte Harmonie und Achtung und Freude unter Geschwistern ist, und daß wir eine solche Mutter haben.

Sorge nur für Deine Gesundheit, Liebe! und lebe gerne. Es ist denen wohl zu gönnen, die von uns gehen zur Ruhe und zu neuer Jugend; aber auch dieses Leben ist gut, Gott ist auch hier, und ich glaube, es wird auch hier noch immer besser. Ich möchte Dir noch vieles sagen, was von Trost in mir ist; ich habe so oft erfahren, wie ein Zuruf, der aus dem Heiligtume unserer Seele kam, in tiefer Betrübnis uns beglücken, und neues Leben, neue fromme Hoffnung schaffen kann. Eines denke ich besonders oft, daß der Lebendige, der in uns und um uns ist, von Anbeginn in alle Ewigkeiten mächtiger als aller Tod ist, und das Gefühl dieser Unsterblichkeit erfreuet mich oft in meinem Namen und im Namen aller, die da leben, und die gestorben sind, vor unseren Augen. Und so ists mein gewisser Glaube, daß am Ende alles gut ist, und alle Trauer nur der Weg zu wahrer heiliger Freude ist.

Laß mich so abbrechen, Teuerste! Ich schreibe Dir bald wieder! Auch unserer lieben Mutter! Und dem Bruder! Bleibt nur ihr mir, ihr Lieben! Erhaltet euch für mich und die Unsrigen!

Dein
ewig treuer Bruder
Hölderlin

STUTTGART, HAUPTWYL UND BORDEAUX

Aus der Biographie von Chr. Th. Schwab

... DER TOD SEINES SCHWAGERS, DES PROFESSORS Bräunlin, und der dadurch laut gewordene dringende Wunsch der Seinigen, entschied im Sommer 1800 Hölderlins Heimkehr nach Nürtingen. Von dort aus machte er Ausflüge ins Schwabenland, auch nach seinem Geburtsorte Lauffen. Später nahm er seinen Aufenthalt in Stuttgart im Hause eines Freundes, des Kaufmanns Landauer, dessen Kinder er unterrichtete. Seine Gemütsstimmung schien gefährlich. Schon sein Äußeres zeugte von der Änderung, die sein Wesen in den vergangenen Jahren erlitten hatte; als er von Homburg zurückkehrte, glaubte man einen Schatten zu sehen, so sehr hatten die inneren Kämpfe und Leiden den einst blühenden Körper angegriffen. Noch auffallender war die Gereiztheit seines Seelenzustandes; ein zufälliges, unschuldiges Wort, das gar keine Beziehung auf ihn hatte, konnte ihn so sehr aufbringen, daß er die Gesellschaft, in der er sich eben befand, verließ und nie zu derselben wiederkehrte ...

Hölderlins Geburtshaus in Lauffen am Neckar.

An die Seinigen

[*Stuttgart, Herbst 1800*]

Meine Teuren!

Ich will da nur wieder das Notwendigste schreiben. Wenn es Euch Lieben recht ist, komme ich vielleicht diese Woche, wenigstens auf einige Stunden, zu Euch, und bespreche mich weitläufiger.

Landauer scheint sehr zu wünschen, daß ich bleibe, und hat Anstalten gemacht, daß ich vielleicht einige Informationen mehr, also ungefähr 3 Louisdor des Monats erhalte. Ob ich damit soweit reiche, als wir alle wünschen, wäre dann die Frage. Aus der Schweiz habe ich indessen keine Antwort. Der Rat der Meinigen, so viel er, ohne das Herz zu fragen, unparteiisch sein kann, wird auch deswegen willkommen sein, weil ich mit völliger Einstimmung tun möchte, was zu tun ist. Der Himmel weiß! daß ich nur frage, was *notwendig* sei? und

Christian Landauers Haus in Stuttgart neben dem »Gymnasium illustre«, wo Hölderlin das Landexamen abgelegt hatte.

daß ich mich in alles Notwendige zu schicken bereit bin. Aber wenn wir dies so viel möglich eingesehen haben, wollen wir auch so getrost und freudig im Geiste untereinander sein, als wir können, in diesem und in allen Fällen.

Nur Glauben und Liebe und Hoffnung soll nie aus meinem Herzen weichen, dann gehe ich, wohin es soll, und werde gewiß am Ende sagen: ich habe gelebt! und wenn es kein Stolz und keine Täuschung ist, so darf ich wohl sagen, daß ich in jenen Stunden nach und nach, durch die Prüfungen meines Lebens, ernster und sicherer geworden bin . . .

Nürtingen am Neckar um 1860.

An den Bruder

[Nürtingen, vor der Abreise nach Hauptwyl, Anfang 1801]

Teurer Karl!

Ich habe Deinen Brief erhalten, auf dem Wege von Stuttgart hierher. Landauer schickte mir ihn nach, und so traf er mich unter mancherlei Gedanken, die mir die Abreise aus Stuttgart und die offene Straße und die offene Welt eingab. Ich fühlte den ewigen Lebensmut, der uns, voll liebenden Vertrauens, durch alle Perioden des Daseins oft stillmahnend, oft in seiner vollen frohen Kraft hindurchführt, diesen Geist der Jugend und der Weisheit fühlt' ich einmal wieder, recht, wie er erscheinen muß, wenn wir ihn erkennen sollen, und Deine treuen frommen Abschiedsworte konnten diese Stimmung nur noch reinigen und verschönern. Wie vieles hab ich Dir auf der Stelle, indem ich meines Weges ging, im Geiste geantwortet! Ja! ich darf es sagen, ich war voll mächtigen Trostes für Dich und mich, und ich habe diese Stimme unsers Genius noch nicht vergessen.

Von Stuttgart aus will ich Dir noch einmal schreiben. Ich werde mich noch einige Tage dort aufhalten. Indes begnüge Dich mit diesen flüchtigen Worten und nimm zum Abschiede die stille, aber unaussprechliche Freude meines Herzens in Dein Herz / und laß sie dauern, bis sie nicht mehr so die einsame Freude von Freund und Bruder ist. Du fragst mich welche?

Diese, teure Seele! daß unsere Zeit nahe ist, daß uns der Friede, der *jetzt* im Werden ist, gerade das bringen wird, was er und nur er bringen konnte; denn er wird vieles bringen, was viele hoffen, aber er wird auch bringen, was wenige ahnden.

Nicht daß irgend eine Form, irgend eine Meinung und Behauptung siegen wird, dies dünkt mir nicht die wesentlichste seiner Gaben. Aber daß der Egoismus in allen seinen Gestalten sich beugen wird unter die heilige Herrschaft der Liebe und Güte, daß Gemeingeist über alles in allem gehen, und daß das deutsche Herz in solchem Klima, unter dem Segen *dieses neuen* Friedens erst recht aufgehn, und geräuschlos, wie die wachsende Natur, seine geheimen weitreichenden Kräfte entfalten wird, dies mein ich, dies seh und glaub ich, und dies ists, was vorzüglich mit Heiterkeit mich in die zweite Hälfte meines Lebens hinaussehn läßt. / Sei denn noch froh über Deinen unschuldigen anspruchslosen Lebensgang, Du Guter! Du bist erhalten, gespart; der Sturm gehet hinweg, sei froh, daß Du in sicherer Verborgenheit ihn fern gehört und Deine Seele rein und liebend furchtlos für die bessere Zeit bewahrt hast, und glaube mir, Du wirst die höhere Bestimmung, der Du angehörst, auf Deinem sicheren Wege noch erreichen. Vergessen kannst Du jene nicht, so wenig, als ich Dich vergessen kann. Wir wollen uns öfters schreiben, auch besuchen, so oft es möglich ist. Ich bin ja von den Meinigen nur drei Tagereisen entfernt. Und wärs auch weiter, Du weißt, wie wir verbunden sind im Lieben und Glauben, Du Edler!

Ewig Dein

Fritz

An die Seinigen

[Stuttgart, vor der Abreise nach Hauptwyl]

Kein Wort von allen euren treuen Herzensworten, ihr Guten! soll verloren sein, sowie keiner der gütigen Liebesdienste.

Ich bin wohl hieher gekommen, etwas müde, wie es immer geht, wenn das Herz voll und bewegt ist, und die Gedanken mächtiger arbeiten, und der Mensch doch auch seinen irdischen Gang gehen soll. Aber könnt ich doch so die Tage meines Lebens immer wandeln zwischen Himmel und Erde, mit Demut und Glauben geteilt, und so den süßen Schlaf und die Ruhe, die wir hoffen, verdienen!

Ich will nun nimmer den Unmut in mir Meister sein lassen. Der Übermut soll aber auch sich beugen vor dem, was um uns und über uns ist. Gewiß, ich kann es nicht anders glauben, wenn ich das Meinige tue, so werd auch ich auf dieser Erde meine Bestimmung menschenmöglich erfüllen, und nach den Prüfungstagen meiner Jugend noch zufrieden sein . . .

Ich werde wohl noch einmal schreiben können von

hier aus. Es ist mir Bedürfnis, Euch, Ihr Teuersten, so oft ich kann, ein Wort aus dem Herzen zu sagen.

Glauben Sie mirs, meine verehrungswürdige Mutter! und Ihr, gute, teure Geschwister! das Echte, das Unschuldige, das gründliche Herz, das ich in jedem von euch, wie eine Stimme des Himmels, von Jugend auf, noch eh ich wußte, was es war, erfahren habe, und nun erkenne und als den Grund alles Guten und Wahren und Gottähnlichen ehre, dies, dies ists, was mir unvergeßlich bliebe von Euch, wenn ich auch alles andre Liebe, was eben aus diesen Herzen mir zu gut kam, je vergessen könnte! . .

An die Schwester

[Stuttgart, vor der Abreise nach Hauptwyl]

Meine Teure!

Nun auch zum letzten Male von hier aus!

Ich bin völlig reisefertig. Alles ist gepackt und bestellt. Gestern hab ich nach Hauptwyl geschrieben, und meine ganze Sorge ist nur, unter meinen Freunden mir die nötige Heiterkeit zu erhalten.

Deine teuren unvergeßlichen Worte sollen mir erst in Hauptwyl, wenn ich ruhig sein werde, recht wohltun.

Ich schreibe von Konstanz aus, wenn es auch nur einige Worte sind, bloß, daß wir von einander wissen. Wir verstehen uns ja so gut, daß auch das einsilbigste und flüchtigste uns das Rechte sagt, und die eigentlichste Sprache der Treue ersetzt.

Du weißt, wie man oft ruhig und stille sein kann und doch das Herz voll ist. So ist es mir auch jetzt. Ich könnte keine Worte finden für alles, was ich Euch, Ihr

Liebsten! täglich und stündlich sagen sollte, und so ists besser, wenn ich mich bescheide, und noch zum Ende so trocken und unbedeutend Abschied nehme.

Lebt eben wohl, Ihr Guten, und bleibet zufrieden und freudig im Geiste, in dem Geiste, der uns auch unter den schmerzlichsten Stunden des Abschieds das ganze Glück verwandter Herzen zu fühlen gibt.

Der heitere Himmel mag uns auch, wenn es so bleiben sollte, an einander mahnen und trösten. Den Dank für alles, was Ihr mir seid, und an mir tatet, will ich nimmer aussprechen; aber treu und lebend in meiner Seele bewahren.

Lebe wohl, Freundin und Schwester! Küsse Deine Kinder. Laß sie Deine Freude sein, wie sie auch die meinige sind. Unsere teure Mutter und unsern braven Bruder laß auch in meinem Namen, weil ich es nicht so nahe kann, und weil Dein Herz reich genug ist, die Liebe erfahren, die Ihnen und Dir das Leben versüßt und erleichtert und uns Kraft zu allem Guten gibt. Ewig

Dein

Fritz

An die Schwester

Hauptwyl bei St. Gallen,
d. 23. Febr. 1801

Teure Schwester!

Ich schreibe Dir und den lieben Unsrigen an dem Tage, da unter uns hier alles voll ist von der Nachricht des ausgemachten Friedens, und, da Du mich kennest, brauche ich Dir nicht zu sagen, wie mir dabei zumut ist. Ich konnte auch diesen Morgen, da der würdige Hausvater mich damit begrüßte, wenig dabei sagen. Aber das helle Himmelblau und die reine Sonne über den nahen Alpen waren meinen Augen in diesem Augenblicke umso lieber, weil ich sonst nicht hätte gewußt, wohin ich sie richten sollte in meiner Freude.

Ich glaube, es wird nun recht gut werden in der Welt. Ich mag die nahe oder die längstvergangene Zeit betrachten, alles dünkt mir seltne Tage, die Tage der schönen Menschlichkeit, die Tage sicherer, furchtloser Güte und Gesinnungen herbeizuführen, die ebenso heiter als heilig, und ebenso erhaben als einfach sind.

Dies und die große Natur in diesen Gegenden erhebt und befriedigt meine Seele wunderbar. Du würdest auch so betroffen wie ich vor diesen glänzenden ewigen Gebirgen stehn, und wenn der Gott der Macht einen Thron hat auf der Erde, so ist es über diesen herrlichen Gipfeln. Ich kann nur dastehn wie ein Kind, und staunen und still mich freuen, wenn ich draußen bin auf dem nächsten Hügel und wie vom Äther herab die Höhen alle näher und näher niedersteigen bis in dieses freundliche Tal, das überall an seinen Seiten mit den immer grünen Tannenwäldchen umkränzt, und in der Tiefe mit Seen und Bächen durchströmt ist, und da wohne ich in einem Garten, wo unter meinem Fenster Weiden und Pappeln an einem klaren Wasser stehen, das mir gar wohl gefällt des Nachts mit seinem Rauschen, wenn alles still ist, und ich vor dem heiteren Sternenhimmel dichte und sinne.

Du siehst, Teure! ich sehe meinen Aufenthalt wie ein Mensch an, der in der Jugend Leids genug erfahren hat, und jetzt zufrieden und ungestört genug ist, um herzlich zu danken für das, was da ist. Und je friedlicher es

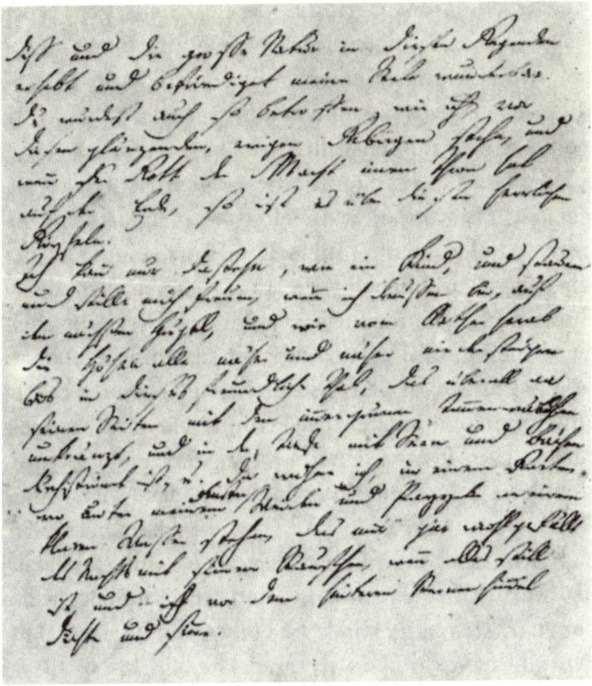

Ausschnitt aus dem Brief an die Schwester vom 23. 2. 1801.

in meinem Innern wird, um so heller und lebender geht das Andenken an euch, ihr teuren Entfernten! mir auf, und ja, ich darf es sagen, denn ich fühl es zu lebendig, wenn mir noch glücklichere Tage vorbehalten wären, Du und alle unsre Lieben würden nur mir unvergeßlicher sein. Indessen verlasse ich mich darauf, daß ich mit gutem Gewissen lebe und meine Pflicht tue; das Übrige, wie Gott will! und wenn die Zukunft mir nichts Freudiges verspräche, als daß ich von Zeit zu Zeit Dich und die Mutter und den Bruder und Deine Kinder wiedersehen und an Eurem Tische Gast sein kann, so wär es genug.

Daß unsre gütige Mutter mich von meiner Schuld auch diesmal wieder dispensieren will, ist gegen das Ausgemachte. Sie muß mir wenigstens erlauben, daß ich auf irgendeine andere Art noch auch ihr wieder danke, als mit diesen Worten, die so leicht von Herzen gehn. Bleibe nur gesund und sei so gut und berede unsre lieben Mütter diesen Frühling manchmal auch zu einem Gange ins Grüne, bis es ihnen zur Gewohnheit wird, ich habe großen Glauben daran und meine, daß es langes Leben und Stärke dem Geiste bringt.

Entschuldige mich doch bei unserem Karl, daß ich ihm noch nicht geschrieben habe, er weiß ja auch, so gut wie ich von ihm weiß, daß wir uns immer nahe sind und immer angehören. Freilich muß alles gefeiert werden, was gut und heilig ist, und darum soll auch unser Briefwechsel ja nie zu lange unterbrochen bleiben. Indessen gelten ja die Briefe an Dich auch ihm, wie allen den teuren Unsrigen. Leb wohl und schreibe mir bald wieder!

An Christian Landauer

[*Hauptwyl, Frühling 1801*]

... Eben darum seid ihr ja mir unvergeßlich, und ich werde in den besten Stunden, die ich hier in Gesellschaft lebe, an euch gemahnt.

Ich möchte jeden gern mit eigenem Gruße grüßen und jedem sagen, wie wahrhaft ein schönes Echo aus unserem Zusammensein in Stuttgart mich begleitet, besonders während der Reise mein Morgen- und Abendlied gewesen ist.

Der Vierwaldstätter See.

Vor den Alpen, die in der Entfernung von einigen Stunden hier herum sind, stehe ich immer noch betroffen, ich habe wirklich einen solchen Eindruck nie erfahren, sie sind wie eine wunderbare Sage aus der Heldenjugend unserer Mutter Erde und mahnen an das alte bildende Chaos, indes sie niedersehen in ihrer Ruhe und über ihrem Schnee in hellerem Blau die Sonne und die Sterne bei Tag und Nacht erglänzen.

Dann kannst Du wohl auch denken, wie mir jetzt im Frühlingsanfang alle Elemente wohltun, und wie ich die Augen weide an den Hügeln und Bächen und Seen herum, da dies seit drei Jahren der erste Frühling ist, den ich mit freier Seele und frischen Sinnen genieße.

Teurer Freund! Ich habe mich lange mit Täuschungen getragen, die andern und mir zur Last und vor dem Herrn des Lebens und vor meinem Schutzgeist eine Schande gewesen sind. Ich meinte immer, um in Frieden mit der Welt zu leben, um die Menschen zu lieben und die heilige Natur mit wahren Augen anzusehen, müsse ich mich beugen und, um andern etwas zu sein, die eigene Freiheit verlieren. Ich fühle es endlich, nur in ganzer Kraft ist ganze Liebe; es hat mich überrascht in Augenblicken, wo ich völlig rein und frei mich wieder umsah. Je sicherer der Mensch in sich, und je gesammelter in seinem besten Leben er ist, und je leichter er sich aus untergeordneten Stimmungen in die eigentliche wieder zurückschwingt, umso heller und umfassender muß auch sein Auge sein, und Herz haben wird er für alles, was ihm leicht und schwer und groß und lieb ist in der Welt. Ich hätte nämlich vom Frieden zuerst angefangen, wenn nicht die ersten Seiten des Briefes ich glaube schon vor 14 Tagen geschrieben wären. Was mich vorzüglich bei demselben freut, ist, daß mit ihm die politischen Verhältnisse und Mißverhältnisse überhaupt die überwichtige Rolle ausgespielt und einen guten Anfang gemacht haben zu der Einfalt, welche ihnen eigen ist; am Ende ist es doch wahr, je weniger der Mensch vom Staat erfährt und weiß, die Form sei, wie sie will, um desto freier ist er.

Es ist überall ein notwendig Übel, Zwangsgesetze und Exekutoren derselben haben zu müssen. Ich denke, mit Krieg und Revolution hört auch jener moralische Boreas, der Geist des Neides auf, und eine schönere Geselligkeit als nur die ehrenbürgerliche mag reifen!

Verzeih, mein Teurer! wenn ich Dir mit meinen redseligen Gedanken Langeweile mache. Ich darf ja wohl Dir gegenüber sprechen, als spräch ich mit mir selbst.

Bei den Damen mußt Du mich in gutem Andenken erhalten, wenn Du großmütig sein willst. Ihr werdet mich auslachen, aber ich muß doch noch besonders danken für die goldenen Stunden der Musik! Die freundlichen Töne ruhen in mir, und sie werden manchesmal erwachen, wenn es friedlich im Innern und um mich still ist.

Grüß also alle Freunde! Ich glaube, sie wissen und fühlen es, ob ich getreu bin. Mit einem um den andern halte ich Gespräche: nein! es verläßt mich von keinem, was mir teuer war, das Bild. Leb wohl!

Dein

H.

An den Bruder

[*Hauptwyl, März 1801*]

Mein Karl!

Ich fühle es, wir lieben uns nicht mehr wie sonst, seit langer Zeit, und ich bin daran schuldig. Ich war der erste, der den kalten Ton anstimmte. Weißt Du es noch, zu Anfang meines Aufenthalts in Homburg, erinnerst Du Dich der Briefe, die Du mir damals schriebst? Aber ein Unglaube an die ewige Liebe hatte sich meiner bemächtigt. Ich sollte auch da hineingeraten, in diesen furchtbaren Aberglauben an das, was eben Zeichen der Seele und Liebe, aber so mißverstanden ihr Tod ist. Glaub es, Teuerster! ich hatte gerungen bis zur tödlichen Ermattung, um das höhere Leben im Glauben und im Schauen festzuhalten, ja! ich hatte unter Leiden gerungen, die, nach allem zu schließen, überwältigender sind als alles andre, was der Mensch mit eherner Kraft auszuhalten imstande ist. / Ich sage Dir dieses nicht umsonst. / Endlich, da von mehr als einer Seite das Herz zerrissen war und dennoch festhielt, da mußt ich veranlaßt werden, nun auch mit Gedanken mich in jene

Hauptwyl bei St. Gallen um 1800, wo Hölderlin nach viermonatiger Hauslehrertätigkeit im April 1801 entlassen wurde.

bösen Zweifel zu verwickeln, deren Frage doch so leicht vor klarem Auge zu lösen ist, nämlich was mehr gelte, das lebendigst Ewige oder das Zeitliche. Nur ein zu großes Geringschätzen alles dessen, was notwendig ist, war auch imstande, mich in jenen größeren Irrtum zu verleiten, in welchem ich zu sehr, und wirklich mit einem abergläubischen Ernste, alles Äußerliche, das heißt, alles, was nicht im Gebiete des Herzens liegt, ansah und aufnahm. Aber ich habe so lang fortgemacht, bis ich es recht erfahren hatte; ich habe es auch erfahren und habe mich herausgerissen, um es zu sagen, daß alles hin ist, wenn die Einigkeit, die heilge, die allgemeine Liebe, der die Liebe des Bruders so leicht wird, hin ist. Es ist nur ein Streit in der Welt, was nämlich mehr sei, das Ganze oder das Einzelne? Und der Streit widerlegt sich in jedem Versuche und Beispiele durch die Tat, indem der, welcher aus dem Ganzen wahrhaft handelt, von selber zum Frieden geweihter und alles Einzelne zu achten darum aufgelegter ist, weil ihn sein Menschensinn, gerade sein Eigenstes, doch immer weniger in reine Allgemeinheit als in Egoismus, oder wie Du's nennen willst, fallen läßt.

A Deo principium. Wer dies versteht und hält, ja bei dem Leben des Lebens! der ist frei und kräftig und freudig, und alles Umgekehrte ist Chimäre und zergehet insofern in nichts.

Und so sei denn auch unter uns, bei dieser Bundeserneuerung, die gewiß nicht Zeremonie oder Laune ist, a Deo principium.

Wie wir sonst zusammendachten, denke ich noch, nur angewandter! Alles unendliche Einigkeit, aber in diesem allem ein vorzüglich Einiges und Einigendes, das an sich kein Ich ist, und dieses sei unter uns Gott!

Ich spreche wie einer, der beweisen will, wie wenn der andere nicht glaubte, und das Herz ist mir vom Leben aller Heiligliebenden immer so voll. Was ist dies? Sage mirs! Du fühlst in meine Seele. Ists noch Unglaube? Unglaube an ein schönes Verständnis, wo man auch spricht, und klar spricht, weil man freudig spricht, aber wo man den Freund für ausgemacht ansieht, und ihn in jeder Silbe von neuem feiert, aber nicht so dringend ist. Ja! es ist Unglaube: aber nicht an das Herz des andern, sofern es dem Ganzen angehört und insofern es mir gehört. Als wenn wir uns, wir beide, uns nicht lieben müßten, wie wir beide ein Höheres lieben, das doch wohl zweier Brüder und mehr als eines solchen Paares, das Geschwister genug, das eine Welt von Menschen bedarf, um ausgesprochen zu werden und seine Ehre zu haben. Teure Seele! die Guten lassen sich nicht.

Sie können nicht, so lange sie gut sind, und das Ganze, worin sie begriffen sind, gut ist. Es fehlt nur oft am Mittel, wodurch ein Glied dem andern sich mitteilt, es fehlt sehr oft noch unter uns Menschen an Zeichen und Worten. Und siehe! daß wir uns erinnern müssen, daß wir das Versäumte nachholen und sprechen müssen, laut sprechen zueinander, was wir uns sind, für was wir es sind. Ja! wer das Wort mißbraucht, wer Wort verfälschet oder nicht hält, der fehlet wohl sehr, aber gewiß der auch, der es zu wenig braucht. Ich will aber diesmal sonst nichts anderes sagen, als daß wir wie von neuem anfangen wollen. Künftig, je mehr wir sprechen und fühlen werden, wie kalt das Wort ist, umsomehr werden wir Seele und Treue hineinzulegen suchen, umsomehr wird alles in uns lebendig werden, was gut ist. Die Augenblicke dann, wo es uns endlich einmal gelingt, einander etwas Rechtes herausgesagt zu haben, die Augenblicke, wo der Bruder dem Bruder, der Mann dem Mann, die menschliche Seele der menschlichen Seele als Zeuge eines Heiligen und Freudigen so gegenwärtig ist, die sind dann auch aller Hoffnung und alles Erfolges wert.

Hier in dieser Unschuld des Lebens, hier unter den silbernen Alpen soll mir es auch endlich leichter von der Brust gehen. Die Religion beschäftigt mich vorzüglich. Du, in Jugendkraft und Einsamkeit, in jenem herrlichen Gefühle, worauf sich wie ein Felsen alles Himmlische begründet, in dem Gefühle, Deine Pflicht ins Werk zu richten, Du wirst mir auch redlich beistehen. Ein Wort der unbefangenen Seele ist so viel, und Du weißt, wie viel es gilt. Vor allem bitte ich Dich, Dich bitte ich darum, daß Du mir über alles, was die

Sache näher oder ferner angeht, Deines Herzens Meinung sagst und meine Reden brüderlich aufnimmst, um mit eines Bruders Macht mir auch zu sagen: dies oder das war nicht für mich. Fester Glaube, unverbrüchliche Ehrlichkeit und so die reine freie Offenheit sei unter uns!

Was wäre das Leben, wenn es solche Blumen nicht hätte. Aber so wahrhaft und vom Himmel herab verbunden sieht man auch mit Augen eines Höhern und handelt in dem klaren Elemente, das der Geist empfängt und schaffet, auch viel leichter und kräftiger, und kommt erst recht mit der Welt aus, und die noch ungeboren sind, die fühlen es künftig auch!

Die goldnen Hoffnungen, mein Karl! verlassen mich nicht, auch Dich nicht.

Lebe wohl! Und schreibe nur bald! Du fühlst ja auch die Freude zum voraus; ich traue Dir es zu und Du auch mir, daß wir uns noch sehr viel sein werden.

Dein Bruder

H.

Hölderlin an Christian Landauer

[*Gleichzeitig mit dem vorigen*]

Eben, edler treuer Freund! erhalte ich Deinen zweiten Brief, und fühle in Deinem sanften Verweise dreifach, was Du mir bist und bleiben sollst.

Ich bin hier mit den Posten auch nicht bekannt. Überhaupt ists seit ein paar Wochen ein wenig bunt in meinem Kopfe.

O! Du weißt es, Du siehest es mir in die Seele, wenn ich Dir sage, daß es mich oft um so mächtiger überfällt, je länger ichs mir verschwiegen habe, dies, daß ich ein

Christian Landauer (1769-1845),
dessen Kinder Hölderlin gelegentlich Privatlektionen gab.

Herz habe in mir, und doch nicht sehe wozu? mich niemand mitteilen, hier vollends niemand mich äußern kann.

Sage mir, ists Segen oder Fluch, dies Einsamsein, zu dem ich durch meine Natur bestimmt und, je zweckmäßiger ich in jener Rücksicht, um mich selbst herauszufinden, die Lage zu wählen glaube, nur immer unwiderstehlich zurückgedrängt bin! / Könnt ich einen Tag bei Euch sein! / Euch die Hände bieten! / Bester! wenn Du nach Frankfurt kommst, so denk an mich! Willst Du? Ich werde hoffentlich immer meiner Freunde wert sein.

Dein

H.

Anton v. Gonzenbach an Hölderlin

Sie werden sich erinnern, mein hochgeschätzter Herr und Freund, daß sowohl mein Sohn, als ich, Ihnen von zwei jungen Knaben aus meiner Familie gesprochen, welche zu mir kommen sollten, und die eigentlich Hauptgegenstand meines Erziehungsplans waren. / Da sich nun, durch unvorhergesehene Zufälle, die größte Wahrscheinlichkeit zeigt, daß diese Knaben eine andere Bestimmung haben werden, und also dadurch das Hauptsächlichste meiner Absichten wegfällt, so werden Sie mir nicht übeldeuten, wenn ich, um Sie in keine nachteilige Verlegenheit zu setzen, Sie hiermit in Zeiten davon benachrichtige, und höflichst ersuche sich nach diesen Umständen gefälligst zu richten, und Ihre Maßregeln danach zu nehmen; das heißt, mit Ihrer besten Bequemlichkeit, indem mein einziger Wunsch ist, daß Sie sich dabei gänzlich nach Ihrer Convenienz in allen Rücksichten richten. / Ich bedaure von Herzen, daß uns das Schicksal sobald wieder trennen soll; da aber die Wendungen desselben nicht in unserer Macht stehen, so hoffe ich, Sie werden mir diese Notwendigkeit nicht zurechnen, sondern mich auch in der Ferne mit der Fortdauer Ihrer schätzbaren Freundschaft beehren, so wie Ihnen die meinige lebenslänglich gewidmet bleiben wird.

Mit den aufrichtigsten Gesinnungen unwandelbarer Hochachtung

Ihr ergebenster

Hauptwyl, d. 11. April 1801 Gonzenbach

An Schiller

Nürtingen bei Stuttgart, d. 2. Juni 1801

Ich hatte mir längst die Hoffnung gemacht, Sie einmal wieder an mich erinnern zu dürfen, Verehrtester! und ich wollte nur zuvor noch einige Papiere ausarbeiten, um Ihnen diese vorzulegen. Sie mußten mich fast aufgegeben haben, und ich dachte, es sollte Ihnen nicht unangenehm sein, zu sehen, daß mich der Druck der Umstände doch nicht ganz überwunden habe, und daß ich noch einigermaßen, Ihrer alten Großmut würdig, lebte und mich fortzubilden suchte. Nun muß ich aber doch bälder schreiben, als ich es wollte. Mein Wunsch, einmal in Jena, in Ihrer Nähe zu leben, ist mir beinahe zur Notwendigkeit geworden, und da ich für und wider die Gründe erwägt hatte, blieb mir nichts übrig, als mich von Ihnen, ohne dessen Billigung ich nichts tun kann, zu dieser Wahl autorisieren zu lassen.

Ich habe bisher gefunden, daß es mir nicht möglich ist, bei ganz unabhängiger Beschäftigung eine ganz unabhängige Existenz zu gewinnen.

Ich habe deswegen, nur selten unterbrochen, meist als Erzieher gelebt, und habe, indes ich doch großenteils meine Pflicht tat, die Unzufriedenheit anderer, wenn ich zu ungeschickt, oder ihr drückend Mitleiden, wenn ich einmal geschickt schien, in hohem Grade erfahren. Sehr oft, Verehrungswürdigster! dankt ich in solchen Lagen Ihnen im Innersten, daß Sie mir eine Freude gegeben hatten in Ihrem Umgang, die noch keine böse Stunde auslöschen konnte in mir. Aber doch war mir allmählich die Geduld zur Leidenschaft geworden, und ich nahm, in zweifelnden Fällen, immer lieber die Richtung dahin, wo es wahrscheinlicher war, daß ich die eigentlichen Zwecke meines Lebens einem fremden Dienste opfern mußte. Nun finde ich und sehe ziemlich klar darüber, daß man wohl eine Auskunft treffen kann, wenn es versagt ist, der nächsten Bestimmung zu leben, daß aber eine falsche Resignation so gut ein schlimmes Ende nehmen muß, wie allzugroße Unklugheit. Dies fällt mir jetzt mehr als sonst auf, da ich, ohne andere Dazwischenkunft, genötiget bin, in einigen Wochen als Vikar zu einem Landprediger zu gehn. Es ist nicht, als ob ich nicht auch dieser Sphäre ihren möglichen Wert und ihre Freude gönnte. Aber ich sehe, daß die Beschäftigung und ganze Manier, die einmal zur Bedingung geworden ist in dieser Lage, doch zu sehr mit meiner Äußerungsart kontrastiert, als daß ich über diesem Widerspruche nicht am Ende alle Mitteilungsgabe verlieren müßte.

Ich habe mich seit Jahren fast ununterbrochen mit der griechischen Literatur beschäftiget. Da ich einmal daran gekommen war, so war es mir nicht möglich, dieses Studium abzubrechen, bis es mir die Freiheit, die es zu Anfang so leicht nimmt, wiedergegeben hatte, und ich glaube im Stande zu sein, Jüngeren, die sich dafür interessieren, besonders damit nützlich zu werden, daß ich sie vom Dienste des griechischen Buchstabens befreie und ihnen die große Bestimmtheit dieser Schriftsteller als eine Folge ihrer Geistesfülle zu verstehen gebe . . .

Ich wollte Ihnen nur offen die Gründe nennen, die mich überzeugen, daß es nicht unschicklich wäre, wenn ich nach Jena ginge und da versuchte, den größern Teil meiner Zeit zu Vorlesungen zu verwenden, die mir, so viel ich weiß, zu halten erlaubt sind.

Ich erwarte nicht gerade eine große Menge von Zuhörern, doch so viele, als bei derlei Vorlesungen gewöhnlich sind. Ich hoffe auch niemanden damit gerade in den Weg zu treten.

Sollten Sie es widerraten, so bin ich ruhiger auf einem andern Wege, und werde sehen, wie ich mich aufrecht erhalte.

Sie werden es nicht verschmähen, durch Ihre Teilnahme meinem Lebensgange ein Licht zu leihen, weil ich doch sonst nicht, auf eine eitle Art, ihm eine Bedeutung zu geben suche, die er nicht hat.

Sie erfreuen ein ganzes Volk, und sehen das wohl selten. So mag es Ihnen nicht ganz unwert scheinen, in einem, der Sie ganz ehrt, eine neue Lebensfreude, die von Ihnen kam, aufgehen zu sehen.

Ich würde viel, sehr vieles vergessen in dem Augenblicke, wo ich Sie wiedersehen und mit der Ehrfurcht grüßen könnte, mit der ich Ihnen zum ersten Male begegnete. Wahrhaft der

Ihrige

Hölderlin*

* Hölderlin erhielt auf diesen Brief keine Antwort.

F. Immanuel Niethammer (1766-1848),
Freund Hölderlins aus seiner Tübinger Studienzeit,
seit 1793 Prof. der Philosophie in Jena.

*An Immanuel Niethammer**

Nürtingen bei Stuttgart d. 23. Jan. 1801

Mein verehrungswürdiger Freund!

Ich nehme mir den Muth, das Stillschweigen zu brechen, das sich zwischen uns ausgebreitet hat, seit Du Grund zu haben meintest, gegen mich verstummen zu müssen. Ich zögere, mich bei Dir wieder in Erinnerung zu bringen, denn der Anlaß, der mich dazu treibt, ist so ungewöhnlich, daß Du darüber erstaunen möchtest.

* Dieser erst kürzlich aufgefundene Brief ist in Hesses und Isenbergs Dokumentation nicht enthalten. Er schien uns so gewichtig, daß wir ihn in diese Neuauflage eingefügt haben. Der Brief wurde erstmals 1974 im Katalog zur Marbacher Hölderlinausstellung, mit frdl. Genehmigung von L. Döderlein, München, publiziert.

Ich habe aber das Zutrauen, daß Du meine Mittheilungsfreude mir nicht verargen wirst, und diß umso mehr, weil ich an die Theilnahme denke, mit welcher Du in zurückliegener Zeit mein Leben begleitet hast, und an Deine Freundschaft, deren ich mich früher erfreuen konnte.

Das Bedürfniß, Dir zu schreiben, ist unabweisbar geworden, denn ich bin jetzt an einen Punkt gelangt, wo ich Deinen Rath brauche, den Du mir früher, wenn ich Dich darum bat, nicht versagt hast.

Ich habe die letzten Jahre in Verhältnissen gelebt, die meinem Lebensplan nicht angemessen waren und in denen ich nur selten das Glück der Zufriedenheit mit meinem Zustand empfinden konnte.

In ein geistliches Amt mocht ich nicht gehen, und jezt, im Alter von 31 Jahren, macht es mir Unbehagen, die Aussicht zu haben, als Vikar von einem Pfarrer dependieren zu müssen. Die Thätigkeit eines Erziehers, die sich mir anbot und die ich ausgeübt habe, erschien mir nur darum als erstrebenswerth, weil das tägliche Leben mit den Kindern, die meiner Obhuth anvertraut waren, es möglich machte, ihre geistige Entwicklung von innen her zu befördern und durch den täglichen Unterricht, den ich ihnen gab, in ihnen das Bewußtsein zu erweken, daß sie eines Tages auf dem Wege der Bildung allein fortschreiten müssen. Aber die wechselnden Verhältnisse, in denen sich das Leben eines Hofmeisters abspilt, waren weder meiner Natur noch meinem Lebensplan adäquat, und so war es immer mein Bestreben, danach eine Zeit der Independenz folgen zu lassen, in welcher es mir möglich war, mich nach meinem eigenen Guthdünken zu beschäftigen. So lebte ich fast zwey Jahre in Homburg in Gesellschaft meines Freundes Sinklair und konnte dort ganz auf meine Art arbeiten und literarische Studien treiben. Vor kurzem bin ich aus der Schweiz, wo ich als Hauslehrer eine wenig glükliche Zeit verbrachte, in das Vaterland zurükgekehrt. Hier hat sich nun ein alter Plan, den ich schon fast aufgegeben hatte, in meinem Kopfe wieder vestgesezt, so sehr, daß ich mir jeden Tag überlege, wie er wohl zu verwirklichen sei. In meinem Leben habe ich ja nur zu oft erfahren, daß Pläne und Wünsche, mochten sie auch mit meiner Natur zusammenstimmen, weit über die Wirklichkeit hinausgriffen und dann von den Umständen erdrükt wurden, die das Schiksaal dem Lebensgang vorausbestimmt hatte. Ich will meine Lage verändern und bin entschlossen, das Leben eines privatisirenden Schriftstellers, das ich jezt führe, nicht länger fortzusezen. Ich habe im Sinne, nach Jena zu gehen und möchte mich dort auf dem Gebiete der griechischen Literatur, die in den vergangenen Jahren der Hauptttheil meiner Beschäfftigung gewesen ist, mit Vorlesungen nüzlich machen, indem ich Jünglingen, die sich dafür interessiren, die Karaktere der großen Dichtungen zeige und ihnen erkläre, was für ein Geist es war, der den Stoff zu organisiren und darin das poetische Leben zu befreyen vermochte. Solch eine Thätigkeit entspricht jezt ganz meiner Intention, und ich erwarte davon eine günstige Wendung für mein Leben. Mein Vorhaben soll nicht von den Aufgaben bstimmt werden, welche eine blosse Wort- und Sprachgelehrsamkeit nahelegen könnte. Auch hoffe ich, daß ich nicht mit Hrn. Hofrath Schütz und Hrn. Professor Tennemann in Collision gerate, da ich hörte, daß von

beiden Herren Vorlesungen über Gegenstände der griechischen Literatur gehalten werden.
Ich habe schon Hrn. Hofrath Schiller geschrieben und ihm die Gründe dargestellt, die mich bewegen, meine Lebenslage zu verändern. Ich weiß, daß Du mit ihm im freundschaftlichen Umgang stehst, und so wäre es wol keine Zumuthung, Dich zu bitten, daß Du mit ihm über meinen Plan redest und auch darüber, ob es möglich ist, meine Existenz zu sichern und meinem Thun in einer Stellung an der Universität Vestigkeit zu geben.
Es wäre mir eine große Hülfe, wenn Du mir bald ein Wort zu dieser ernsten Entscheidung sagen würdest. Dein Rath, er mag ausfallen, wie er will, wird mir in jedem Fall theuer seyn.
Sei versichert, daß die Erinnerung an Deine Freundschaft mir immer tröstlich ist, und laß Dir sagen, daß ich die Freude zum voraus fühle, da ich erwarte wieder in Deiner Nähe zu leben.

Ganz der Deinige

Fr. Hölderlin

Tausend herzliche Grüße an Schelling.

An C. U. Böhlendorf

Nürtingen bei Stuttgart, den 4. Dez. 1801

Mein teurer Böhlendorf!

Deine gütigen Worte und Deine Gegenwart in ihnen haben mich sehr erfreut . . .

Von mir selber und wie es mir gegangen ist bisher, wie weit ich Dein und meiner Freunde wert geblieben und geworden bin, auch was ich treibe und bringen werde, so wenig es ist, davon will ich mit nächstem Dir

C. U. Böhlendorff (1775-1825),
Republikaner, Freund Isaak v. Sinclairs.

aus der Nachbarschaft Deines Spaniens, nämlich aus Bordeaux schreiben, wohin ich als Hauslehrer und Privatprediger in einem deutsch evangelischen Hause nächste Woche abreise. Ich werde den Kopf ziemlich beisammen halten müssen in Frankreich, in Paris; auf den Anblick des Meeres, auf die Sonne der Provence freue ich mich auch.

O Freund! Die Welt liegt heller vor mir, als sonst, und ernster da! es gefällt mir, wie es zugeht, es gefällt mir, wie wenn im Sommer »der alte heilige Vater mit gelassener Hand aus rötlichen Wolken segnende Blitze schüttelt«. Denn unter allem, was ich schauen kann von Gott, ist dieses Zeichen mir das auserkorene geworden. Sonst konnt ich jauchzen über eine neue Wahrheit, eine bessere Ansicht des, das über uns und um uns ist, jetzt fürcht ich, daß es mir nicht geh am Ende, wie dem alten Tantalus, dem mehr von Göttern ward, als er verdauen konnte.

Aber ich tue, was ich kann, und denke, wenn ich sehe, wie ich auf meinem Wege auch dahin muß wie die andern, daß es gottlos ist und rasend, einen Weg zu suchen, der vor allem Anfall sicher wäre, und daß für den Tod kein Kraut gewachsen ist.

Und nun leb wohl, mein Teurer, bis auf weiteres. Ich bin jetzt voll Abschied. Ich habe lange nicht geweint. Aber es hat mich bittere Tränen gekostet, da ich mich entschloß, mein Vaterland noch jetzt zu verlassen, vielleicht auf immer. Denn was hab ich lieberes auf der Welt? Aber sie können mich nicht brauchen. Deutsch will und muß ich übrigens bleiben, und wenn mich die Herzens- und die Nahrungsnot nach Otaheiti triebe . . .

An den Bruder

Nürtingen, den 4. Dezember 1801

Mein teurer Karl!

Ich komme Abschied zu nehmen. Aber laß uns nicht klagen! in solchen Fällen erhalte ich immer lieber den zufriedenen Geist, der das Traurige, Gott zu ehren, verschweigt, und auf das Gute sieht.

So viel darf ich gestehen, daß ich in meinem Leben nie so fest gewurzelt war ans Vaterland, im Leben nie den Umgang mit den Meinigen so sehr geschätzt, so gerne zu erhalten mir gewünscht habe!

Aber ich fühl es, mir ists besser, draußen zu sein, und Du, mein Teurer, fühlst es selber, daß zum einen, wie zum andern, zum Bleiben wie zum Wandern, Gottes Schutz gehört, wenn wir bestehen sollen. Dich erhält in Deiner Art besonders die Geschäftigkeit. Sonst würd es Dir zu enge werden. Mir ist not, vorzüglich, mit der rechten Wahl das Meinige zu tun. Sonst würd ich zu zerstreut dahin gerissen.

Laß nur die alte brüderliche Liebe nicht untergehen unter uns. Das ist ein heiliges Glück, wenn bei Verschiedenheit des Lebensgangs die Menschen doch durch solche Bande, wie das unsre ist, zusammengehalten werden. Das ist der größere Sinn, der überall anfeuert und rettet. Und Männerseelen besonders bedürfen es nicht, daß eines dem andern gleiche, wenn die Liebe zwischen ihnen sein soll. Ohne diese Offenheit des Herzens aber ist kein Glück mit ihnen. O mein Karl! Vergib mir, daß es rein sei zwischen uns.

Und so leb wohl! es wird Dir gut gehen bei den Unsrigen, da Du im Deinigen so gut bist. Denk zuweilen auch an mich.

An die Mutter

Bordeaux, den 28. Januar 1802

Endlich, meine teure Mutter, bin ich hier, bin wohl aufgenommen, bin gesund und will den Dank ja nicht vergessen, den ich dem Herrn des Lebens und des Todes schuldig bin. / Ich kann für jetzt nur wenig schreiben; diesen Morgen bin ich angekommen, und meine Aufmerksamkeit ist noch zu sehr auf meine neue Lage gerichtet, um mit Ruhe Ihnen einiges Interessante von der überstandenen Reise zu sagen. Überdies hab ich so viel erfahren, daß ich kaum noch reden kann davon.

Diese letzten Tage bin ich schon in Einem schönen

Bureau des Passe-Ports

Registre N°

Commissariat-Général de Police de Bordeaux

POLICE DE BORDEAUX

Bordeaux, le ... du mois de ... an ... de la république Française, une et indivisible.

SIGNALEMENT.

Agé de

Taille d'un mètre ... cent.

Cheveux

Sourcils

Visage

Front

Yeux

Nez

Bouche

Menton

Signature du Porteur.

Hoelderlin.

N. B.

Le Commissaire-Général de Police de Bordeaux, invite les autorités civiles et militaires de la république, à laisser passer et librement circuler de Bordeaux à Strasbourg département du ... le citoyen ... profession d' ... natif de ... département d ... demeurant ... et à lui procurer aide et assistance dans toutes les occasions, d'après les formalités requises.

Délivré

Fait au Commissariat-Général de Police de Bordeaux, lesdits jour et an.

Le Chef du Bureau,

Le Commissaire-Général de Police,

Hölderlins Paß für die Rückreise von Bordeaux nach Staßburg.

Frühlinge gewandert, aber kurz zuvor, auf den gefürchteten überschneiten Höhen der Auvergne, in Sturm und Wildnis, in eiskalter Nacht und die geladene Pistole neben mir im rauhen Bette / da hab ich auch ein Gebet gebetet, das bis jetzt das beste war in meinem Leben und das ich nie vergessen werde.

Ich bin erhalten / danken Sie mit mir!

Ihr Lieben! ich grüßt Euch wie ein Neugeborner, da ich aus den Lebensgefahren heraus war / ich warf mirs gleich vor, daß ich im letzten Briefe von Lyon aus unsere teure Großmutter nicht besonders nannte, ich sprach mit Ihnen, liebe Mutter, sahe meiner Schwester Bild, und schrieb in meinen freudigen Gedanken einen Brief an meinen Karl in hohem Tone.

Ich bin nun durch und durch gehärtet und geweiht, wie Ihr es wollt. Ich denke, ich will so bleiben, in der Hauptsache. Nichts fürchten und sich viel gefallen lassen. Wie wird mir der sichere erquickende Schlaf wohl tun! Fast wohn ich zu herrlich. Ich wäre froh an sicherer Einfalt. Mein Geschäft soll, wie ich hoffe, gut gehn. Ich will mich ganz dem widmen, besonders von Anfang. Lebet wohl! Von Herzen und mit Treue

Der Eure

H.

N. S. Der Brief hat sich um einige Tage verspätet. Der Anfang meiner Bekanntschaft, meiner Bestimmung ist gemacht. Er könnte nicht besser sein. »Sie werden glücklich sein«, sagte beim Empfange mein Konsul. Ich glaube, er hat recht.

Isaak v. Sinclair (1775-1815), Revolutionär und »Republikaner mit Leib und Leben«, treuester Freund Hölderlins, den er 1795 in Jena kennengelernt hatte.

Isaak v. Sinclair an Hölderlin

Homburg vor der Höhe, den 30. Juni 1802

Lieber Hölderlin!

So schrecklich mir die Nachricht ist, die ich Dir zu geben habe, so kann ich doch nicht das dem Zufall überlassen, wogegen die Hilfe der Freundschaft zu gering ist. Auch bin ich mehr dazu gemacht, seit mich ein ähnliches Schicksal betroffen hat, das ich nicht erwartete, und das mich im tiefsten Herzen kränkt. Der edle Gegenstand Deiner Liebe ist nicht mehr, aber er war doch Dein, und wenn es schrecklicher ist, ihn zu verlieren, so ist es kränkender, nicht der Liebe würdiger geachtet zu werden. Jenes ist Dein, dies ist mein Schicksal. Trost weiß ich Dir keinen zu geben, besser als Du selber hast. Du glaubtest an Unsterblichkeit, da sie noch lebte, Du wirst gewiß jetzt mehr daran glauben, da das Leben Deiner Liebe sich vom Vergänglichen geschieden hat. Und was ist größer und edler, als ein Herz, das seine Welt überlebt, und das schon frühe das Schicksal zu dem ernsten Gefühl stimmt, in dem allein uns Leben, Frieden und Ewigkeit beschieden ist. Ich rede Dir Mut zu mit unerschrockenem Herzen. Wie ich ohne alle Furcht bin, darf ich zur Liebe die Wahrheit reden.

Am 22. dieses Monats ist die G. gestorben an den Röteln, am zehnten Tage ihrer Krankheit. Ihre Kinder hatten sie mit ihr und überstanden sie glücklich. Sie hatte den verflossenen Winter einen gefährlichen Husten gehabt, der ihre Lunge schwächte. Sie ist sich bis zuletzt gleich geblieben. Ihr Tod war wie ihr Leben.

Es hat mich tief gerührt, und ich weine, indem ich dies schreibe. Seit Deiner Trennung hatte ich sie auch nicht mehr gesehen, und ich hielt es für unwürdig, mich nach einem Wesen zu erkundigen, das das wandellose Leben der Gottheit lebte. Die Nachricht war um so unerwarteter, aber ich habe sie auch in einem desto reineren Herzen empfangen, und ich rede zu Dir, ihrer nicht unwürdig.

Seit Du mich verlassen hast, hat mich mancherlei Schicksal betroffen. Ich bin ruhiger und kälter geworden, und ich kann Dir versprechen, daß Du an der Brust Deines Freundes ausruhen kannst. Du kennst alle meine Fehler, ich hoffe, keiner soll mehr eine Mißhelligkeit zwischen uns hervorbringen. Ich lade Dich also ein, zu mir zu kommen und bei mir zu bleiben. Die möglichen Fälle, die meine Lage verändern würden, wollen wir gemeinsam überlegen und beschließen, und wenn das Schicksal gebieten sollte, so werden wir als ein treues Paar seine Bahn gehen. Jetzt kann ich 200 fl. jährlich füglich entbehren, die kann ich Dir geben, und freie Wohnung und was dazu gehört. Nimm dies nicht als meine bloße Bitte, sondern auch als meinen Rat an, so sehr ich Dir, da ich Deine Lage nicht kenne, raten kann; weil es der Fall sein könnte, daß Du dort den Frieden fändest, der Dir nötig ist. Melde mir Deine Entschließung. Auch will ich zu Dir nach Bordeaux reisen, wenn Du willst, und Dich abholen.

Freund Ebel läßt Dich grüßen, er ist seit dem Januar in Frankfurt. Er war bei der G. in ihrer Krankheit, und ihr Trost in ihren letzten Stunden.

Dein

Sinclair

Angeblicher Bericht der Madame de S . . . . y aus dem Jahre 1852 (Aus Moritz Hartmann, »Eine Vermutung«)

. . . Es war zu Anfang dieses Jahrhunderts, also vor ungefähr fünfzig Jahren. Ich bewohnte dieses selbe Haus* mit meinem Vater und war ein Kind von vierzehn oder fünfzehn Jahren. Eines Tages bemerkte ich von der Höhe unseres Balkones aus einen Mann, der, wie es schien, zwecklos auf der Ebene umherirrte, oft querfeldein ging, ohne doch etwas zu suchen oder doch einem gewissen Ziele entgegenzugehen. Zu wiederholten Malen kam er auf dieselben Stellen zurück, ohne es zu bemerken. Am selben Nachmittage, auf einem Spaziergange, begegnete ich ihm; aber er ging in Gedanken vertieft an mir vorüber, ohne mich zu sehen, und als er

* Ein Landgut in der Nähe von Blois

mir einige Minuten später, bei einer Biegung, wieder im Wege stand, sah er unverwandten Blickes und mit einer unaussprechlichen Sehnsucht in die Ferne. Jede andere Erscheinung, die mir in dieser Weise begegnet wäre, hätte mich damals, in meiner mädchenhaften Albernheit, außerordentlich erschreckt; ich wäre vor ihr nach Hause gelaufen, um mich hinter meinem Vater zu verstecken. Dieser Fremde hingegen erfüllte mich mit einer Art von Mitleiden, die ich mir nicht erklären konnte. Es war nicht das Mitleid, das man mit einem Armen, Hilfsbedürftigen empfindet, obwohl er hilfsbedürftig genug aussah, denn seine Kleider waren in arger Unordnung, ungeputzt und hie und da sogar zerrissen. Es war ein gewisser edler Ausdruck des Schmerzes und dabei ein Aussehen, als wäre er mit seinem Geiste abwesend, irgendwo bei geliebten Personen in weiter Ferne, die bei seinem Anblick das Herz, wenigstens ein mädchenhaftes Herz, mit Mitleid und Sympathie erfüllten. Abends erzählte ich meinem Vater von dem Fremden. Er meinte, es werde wohl einer der zahlreichen Kriegs- oder politischen Gefangenen sein, die man halb und halb auf freiem Fuß und auf Ehrenwort in den inneren Provinzen Frankreichs leben ließ.

Tags darauf sah ich den sonderbaren Fremden wieder wie am ersten Tage durch die Felder irren und endlich sogar in unseren Park eintreten, welcher der Straße zu offen war. Er sah sich verwundert um und schien sich in dieser Umgebung bald zu behagen. Der große Rasenplatz in der Mitte, den Sie kennen, war damals nicht da; an seiner Stelle befand sich ein großes, mit einer hohen Balustrade eingefaßtes Wasserbecken, und auf dieser Balustrade stand eine Gesellschaft von vierundzwanzig großen und kleinen griechischen Gottheiten, meist Kopien antiker Statuen oder anderer aus dem sechzehnten Jahrhundert. In der Mitte des Beckens, auf einem künstlichen Felsen, stand der Neptun des Giovanni da Bologna. Als der Fremde diese Göttergesellschaft erblickte, eilte er ihr mit großen Schritten in freudigster Begeisterung entgegen. Er hob die Arme in die Höhe, wie anbetend, und vom Zimmer aus schien es uns, als ob er in der Tat zu seinen enthusiastischen Bewegungen entsprechende Worte ausriefe. Dann ging er rings um das Becken, von einer Statue zur anderen, immer mit dem Ausdrucke eines Kenners oder wenigstens eines Kunstliebhabers, und mein Vater wollte bemerken, daß er sich vor der schönsten am längsten aufhielt. Mir machte es das größte Vergnügen, dieses Schauspiel zu belauschen, und auch meinen Vater schien es zu unterhalten. »C'est quelque original«, wiederholte er mehrere Male, während wir den Fremden beobachteten.

Sehr ärgerlich wurde ich, als ich in meinem Vergnügen durch einen garde champêtre gestört wurde. Dieser, der auch den Park meines Vaters zu bewachen hatte, stürzte plötzlich herein und auf den Fremden los, dem er, wie wir aus den Gebärden erkennen konnten, bedeutete, daß dies Privateigentum sei und daß er sich zu entfernen habe. Der Fremde aber lächelte, kehrte ihm den Rücken und ging zu einer anderen Statue. Der Flurschütz folgte ihm und bestürmte ihn mit Reden, die immer heftiger wurden, je weniger er darauf achtete. Endlich faßte ihn der Mann in seinem polizeilichen Eifer am Arme, um ihn mit Gewalt aus dem Parke zu ziehen. Mein Vater war ein einflußreicher Mann im Departement, ein Freund des Präfekten, und hätte selbst Präfekt sein können, daher der Eifer des untergeordneten Beamten, sich ihm dienstfertig zu zeigen. Aber mit solcher groben Dienstfertigkeit war ihm nicht gedient. Beim Anblick jener Gewaltsamkeit eilte er sogleich hinaus, und ich folgte ihm. Er verwies dem Wächter seine Art, schickte ihn fort und sagte zum Fremden, daß er sich nur nach Muße im Parke umsehen solle.

Dieser, der die Derbheit des garde champêtre kaum bemerkt hatte, wandte sich sogleich zu meinem Vater und sagte lächelnd: »Die Götter sind keines Menschen Eigentum, sie gehören der Welt, und wenn sie uns lächeln, gehören wir ihnen. Sehen Sie diese Aglaia, wie sie mich anlächelt und mich gefangen nimmt; sie lächelt nicht ihrem Besitzer allein.«

»Es ist eine Pomona,« berichtigte mein Vater.

»Nein, es ist eine Aglaia,« erwiderte der Fremde mit Bestimmtheit und fuhr gleich fort: »Das Wasser hier sollte klarer sein, wie das Wasser des Cephissus oder die Flut des Erechtheus auf der Akropolis. Es ist der klaren Götter nicht würdig, sich in dunklerem Spiegel zu sehen – aber«, fügte er seufzend hinzu, »wir sind nicht in Griechenland.«

»Sind Sie vielleicht ein Grieche?« fragte mein Vater halb im Ernst, halb im Scherz.

»Nein! – im Gegenteil, ich bin ein Deutscher!« seufzte der Fremde.

»Im Gegenteil?« wiederholte mein Vater – »ist der Deutsche das Gegenteil des Griechen?«

»Ja«, antwortete der Deutsche kurz und setzte nach

einiger Zeit hinzu – »wir sind es alle! Sie, der Franzose, sind es auch; der Engländer, Ihr Feind, ist es auch – wir sind es alle!«

Dann ganz meinem Vater zugewandt, sprach er noch viel, dessen ich mich nicht erinnere; auch des anderen, das ich eben mitgeteilt habe, würde ich mich wohl nicht so deutlich erinnern, wenn es nicht später in unserem Hause oft wiederholt worden wäre. So oft mein Vater nach dieser Zeit das Wasserbecken zu reinigen befahl, pflegte er scherzend hinzufügen: »Das Wasser muß klar sein wie das Wasser des Cephissus oder die Flut des Erechtheus auf der Akropolis usw.« Auch verstand ich nicht alles, was der Fremde sagte, abgesehen vom Sinne seiner Worte, denn er sprach ein sehr schlechtes Französisch, mit einem höchst entstellenden Akzent, der mir viele Worte ganz unkenntlich machte. Meine Tante, die mich erzog, kam hinzu, und ich erinnere mich, wie ihr, die bei den Reden des Fremden große Augen machte, mein Vater zuflüsterte: »Er ist ein Deutscher, ein Original!«

Aber das Original gefiel uns allen sehr. Er war nicht schön und sah früh gealtert aus, obwohl er nicht mehr als dreißig Jahre gehabt haben mochte, aber er hatte ein glühendes und doch sanftes Auge, ebenso einen energischen, doch milden Mund; auch sah man ihm an, daß seine sehr herabgekommene Kleidung zu seinem Stande oder seiner Bildung nicht im Verhältnis stehe. Ich freute mich sehr, als ihn mein Vater einlud, uns ins Haus zu folgen. Er nahm die Einladung ohne Zeremonie an und ging mit uns, immer sprechend, und legte im Gehen von Zeit zu Zeit die Hand auf meinen Kopf, was mich erschreckte und mir doch sehr gefiel. Mein

Vater interessierte sich offenbar für den Fremden und hatte Lust, seine eigentümlichen Reden noch lange anzuhören, aber im Salon angekommen ward er sehr enttäuscht. Der Fremde ging geradenwegs auf ein Sofa los und sagte: »Ich bin müde«, murmelte noch einige unverständliche Worte, streckte sich aus, schloß die Augen und entschlief sogleich.

Wir standen da und sahen einander erstaunt an. »Er ist verrückt«, lispelte meine Tante, aber mein Vater schüttelte den Kopf und sagte: »Er ist ein Original; er gefällt mir; er ist ein Deutscher.«

Der Papa schickte den Bedienten mit dem bestellten Weine wieder zurück, und wir verließen den Salon, um den Fremden, der in der Tat sehr müde schien, allein und seiner Ruhe zu lassen. Ich sah von Zeit zu Zeit durchs Fenster; er schlief unausgesetzt bis gegen Abend. Als er erwachte, lud ihn mein Vater zu Tische. Er freute sich sehr an unserem Weine und wurde sehr heiter. Er erzählte vielerlei aus Deutschland und aus dem südlichen Frankreich, und ich erinnere mich, daß er uns, trotz der Unbehilflichkeit seiner französischen Sprache, eine pompöse und höchst poetische Beschreibung des Meeres machte, das er bei Bordeaux gesehen hatte. Manchmal brach er mitten in seinen Erzählungen ab, als ob er fürchtete, daß er, fortfahrend, an unangenehme Punkte in seiner eigenen Lebensgeschichte gelangen könnte. Meine Tante, wie sie ihn so sprechen hörte, bekehrte sich zu der Ansicht meines Vaters, daß wir hier nicht einen Verrückten, sondern ein Original zu Gast hatten, und horchte ihm mit wachsender Teilnahme. Sie fand, daß alles, was er sagte, sehr viel Wahres enthalte und manchmal sogar eine große Tiefe des

Geistes verrate. Das Unverständliche setzte sie auf Rechnung seiner schlechten Aussprache und der Mangelhaftigkeit seiner Kenntnis des Französischen. Meine Tante war fromm und liebte es, über metaphysische Gegenstände zu philosophieren, was sie »philosophieren« nannte, und so lenkte sie das Gespräch auch auf solche Texte. Da sagte er sonderbare Sachen, ohne sich auf ihre Bibelstellen weiter einzulassen. Ich erinnere mich des Inhaltes einer langen Rede, da sich die Tante dieselbe am folgenden Tage in ihr Album schrieb und ich sie später öfter lesen konnte. Der Inhalt war ungefähr folgender: » . . . Dies ist die Unsterblichkeit. Alles Gute, was wir schön denken, wird zu einem Genius, der uns nicht mehr verläßt und uns unsichtbar, aber in schönster Gestalt durchs ganze Leben begleitet, bis ans Grab. Von unserem Grabhügel aus nimmt er seinen Flug und gesellt sich zu den Heeren der Genien, die schon die Welt erfüllen und an ihrer Vollendung und Verklärung weiterbauen. Diese Genien sind Geburten oder, wenn Sie wollen, Teile unserer Seele, und in diesen Teilen ist sie allein unsterblich. Die großen Künstler haben uns in ihren Werken die Abbilder ihrer Genien hinterlassen, aber es sind nicht die Genien selbst. Es ist nur ihre Abspiegelung im Dunstkreis unserer Erde, wie sich die Sonne im See, nein im Nebel widerspiegelt. Die schönen Götter Griechenlands sind solche Abbilder der schönsten Gedanken eines ganzen Volkes. – So ist es mit der Unsterblichkeit beschaffen.«

Meine Tante, die gern etwas über ihn selbst erfahren hätte und immer das Gespräch auf ihn zurückzuleiten suchte, fragte, vielleicht auch nur, um etwas zu sagen: »Glauben Sie, daß Sie auf diese Weise unsterblich sind?«

»Ich?« sagte er barsch, »ich, der vor Ihnen sitzt? Nein! Ich denke nicht mehr schön. Das Ich, das vor zehn Jahren mein war, das ist unsterblich – allerdings.« Und sich besinnend fügte er bestätigend hinzu: »Ja allerdings, jenes Ich ist es.«

Mit all dem wußten wir nichts von ihm, von seinem Schicksal – wir wußten nicht einmal seinen Namen. Mein Vater fragte ihn einmal nach seinem Namen; da legte er den Kopf in beide Hände und antwortete: »Ich werde ihn Ihnen morgen sagen. Glauben Sie mir, es ist mir manchmal schwer, mich meines Namens zu erinnern.«

Das war nun wieder seltsam, aber wir hatten uns wunderbar rasch an die Eigentümlichkeit dieses Mannes gewöhnt, daß wir das alles so hinnahmen, als müßte es so sein. Es fiel keinem ein, diesem Unbekannten, Geheimnisvollen gegenüber irgendein Mißtrauen zu äußern, und trotz allem verging uns der Abend in einer gehobenen Stimmung.

»Allerdings«, sagte Papa zu der Tante, »glaube ich, daß dieser Mann im Geiste gestört ist; aber dieser gestörte Geist ist edel und von Natur groß und tief.«

Was mich betrifft, ich betrachtete ihn wie einen Propheten, wie einen wohltätigen Zauberer, und ich war sehr glücklich, daß ihn mein Vater, da es schon spät war und er nicht die geringste Miene machte, das Haus zu verlassen, einlud, bei uns zu übernachten. Meine Tante beeilte sich, ihm ein Zimmer zurecht zu machen, denn sie freute sich, noch mit ihm philosophieren zu können, und mein Vater nahm sich vor, ihn morgen geradeheraus nach seinem Schicksal zu fragen, das ein sehr unglückliches schien, und dann etwas für ihn zu tun – ihm auch, wie er meinte, in mancher Beziehung den Kopf zurechtzusetzen. Der Mann, sagte er, habe ein ungeheures Wissen, das man vielleicht noch nützlich verwenden könne.

Aber die Nacht sollte alle Pläne zunichte machen. Ungefähr eine Stunde nach Mitternacht weckte die hilferufende Stimme eines Bedienten, der eben von einem geheimen Ausfluge zurückkehrte und sich in seine Mansarde begeben wollte, das ganze Haus. Ich stürzte mit der Tante auf den Korridor, in demselben Augenblicke, da auch mein Vater seine Tür öffnete. Nach dem ersten Überblicke über den Korridor eilte der Vater auf uns zu und drängte uns wieder in die Schlafstube zurück; doch hatte ich in einer halben Minute genug gesehen. Der Bediente lag auf der obersten Treppe, von seiner Furcht niedergeworfen; vor ihm stand der Fremde im sonderbarsten Anzuge. Er hatte das weiße Bettuch um den Leib geschlagen, und da dies sein einziges Gewand war, hatte er etwas von einer griechischen Statue; in der linken Hand hielt er ein Licht, in der rechten einen alten Degen, ein schönes Kunstwerk der Waffenschmiederei des sechzehnten Jahrhunderts, das meinem Vater gehörte und gewöhnlich in der Stube des Fremden hing. Mein Vater nahm ihm die Waffe ab und führte ihn in das Zimmer zurück, wo er sich auf seinen Wunsch wieder ins Bett legte.

Ich saß zitternd in meiner Stube neben der Tante, die Tränen vergoß. »Der arme Mensch«, seufzte sie fortwährend, »er ist wirklich wahnsinnig. Ach wie schade, wie schade, um soviel Geist, soviel Wissen und soviel Güte. Ja gewiß, er ist auch sehr gut; selbst sein wahnsinniges Auge ist noch voll Güte.« – So saßen wir da,

D. C. Meyer (1751-1818),
Weinhändler und Hamburgischer Konsul in Bordeaux.

bis der Papa eintrat und uns befahl, wieder zu Bette zu gehen; der Fremde liege im tiefsten Schlafe und es sei für die Nacht gewiß nichts mehr zu befürchten. –

»Welch sonderbares Abenteuer«, sagte mein Vater achselzuckend, um sein Mitleid mit dem Fremden, der ihm nicht minder gefiel als der Tante, zu verbergen.

Als wir des Morgens erwachten, ging der Fremde ruhig, aber mit traurig gesenktem Kopfe im Parke umher. Die Tante wollte ihm folgen, aber mein Vater hielt sie zurück. »Es ist besser,« sagte er, »man läßt ihn allein. Wenn er wieder kommt, will ich sehen, was zu tun ist.« – Er befahl uns auch, die Fenster zu verlassen. »Wenn der Fremde eine Erinnerung an den Unfall dieser Nacht

Henriette Meyer.
1802 war Hölderlin wenige Monate
Hauslehrer ihrer Töchter.

habe müsse es ihm nur unangenehm sein, wenn er sich beobachtet wisse.«

So ließen wir ihn allein. Er hielt sich diesmal nicht bei den griechischen Göttern auf, sondern ging langsamen Schrittes und offenbar sehr niedergeschlagen im Dikkicht. Ein Arbeiter berichtete, daß er sich dort auf eine Bank gelegt habe. Da er aber durch Stunden nicht zum Vorschein kam, ging mein Vater, um ihn aufzusuchen. Er war nicht mehr im Parke. Vom Balkon und von den Fenstern aus durchspähten wir die Ebene – er war nirgends zu sehen. Mein Vater stieg zu Pferde und durchkreuzte die ganze Gegend. Er war und blieb verschwunden; wir haben ihn nie wieder gesehen.

Aus der Biographie von Chr. Th. Schwab

... Seit Ostern 1802 hatte seine Familie keine Nachrichten mehr von dem Dichter. Aus dieser Ungewißheit wurde sie auf eine schmerzliche Weise gerissen, als im Anfange Julis desselben Jahres Hölderlin plötzlich im mütterlichen Hause eintraf, dessen Bewohner er in seiner Raserei alle vor die Türe hinausjagte. Er erschien mit verwirrten Mienen und tobenden Gebärden, im Zustande des verzweifeltesten Irrsinnes und in einem Aufzuge, der die Aussage, daß er unterwegs beraubt worden sei, zu bestätigen schien. Unerwartet schnell hatte er im Juni seine Stelle zu Bordeaux verlassen, Frankrcich mit Inbegriff von Paris in den heißesten Sommertagen von einer Grenze zur andern zu Fuß durchreist, sich flüchtig seinen Freunden in Stuttgart, unter anderem auch dem damals dort befindlichen Matthisson, gezeigt und war so in die Heimat gekommen. Matthisson schilderte noch manchmal in spätern Jahren den schaurigen Eindruck, den die zerstörte Gestalt des Fremdlings auf ihn machte, der mit hohlem Tone einsilbig sich als »Hölderlin« ihm ankündigte ...

An Böhlendorf

Nürtingen, den 2. Dezember 1802

Mein Teurer!

ICH HABE DIR LANGE NICHT GESCHRIEBEN, BIN indes in Frankreich gewesen und habe die traurige einsame Erde gesehn; die Hütten des südlichen Frankreichs und einzelne Schönheiten, Männer und Frauen, die in der Angst des patriotischen Zweifels und des Hungers erwachsen sind.

Das gewaltige Element, das Feuer des Himmels und die Stille der Menschen, ihr Leben in der Natur und ihre Eingeschränktheit und Zufriedenheit, hat mich beständig ergriffen, und wie man Helden nachspricht, kann ich wohl sagen, daß mich Apollo geschlagen.

In den Gegenden, die an die Vendée grenzen, hat mich das Wilde, Kriegerische interessiert, das rein Männliche, dem das Lebenslicht unmittelbar wird in den Augen und Gliedern und das im Todesgefühle sich wie in einer Virtuosität fühlt, und seinen Durst zu wissen, erfüllt. Das Athletische der südlichen Menschen, in den Ruinen des antiken Geistes, machte mich mit dem eigentlichen Wesen der Griechen bekannter; ich lernte ihre Natur und ihre Weisheit kennen, ihren Körper, die Art, wie sie in ihrem Klima wuchsen, und die Regel, womit sie den übermütigen Genius vor des Elements

Gewalt behüteten. Dies bestimmte ihre Popularität, ihre Art, fremde Naturen anzunehmen und sich ihnen mitzuteilen. Darum haben sie ihr eigentümlich Individuelles, das lebendig erscheint, so fern der höchste Verstand im griechischen Sinne Reflexionskraft ist, und dies wird uns begreiflich, wenn wir den heroischen Körper der Griechen begreifen; sie ist Zärtlichkeit, wie unsere Popularität.

Der Anblick der Antiken hat mir einen Eindruck gegeben, der mir nicht allein die Griechen verständlicher macht, sondern überhaupt das Höchste der Kunst, die auch in der höchsten Bewegung und Phänomenalisierung der Begriffe und alles ernstlich Gemeinten dennoch alles stehend und für sich selbst erhält, so daß die Sicherheit in diesem Sinne die höchste Art des Zeichens ist. Es war mir nötig, nach manchen Erschütterungen und Rührungen der Seele mich festzusetzen auf einige Zeit, und ich lebe indessen in meiner Vaterstadt.

Die heimatliche Natur ergreift mich um so mächtiger, je mehr ich sie studiere. Das Gewitter, nicht bloß in seiner höchsten Erscheinung, sondern in eben dieser Ansicht, als Macht und als Gestalt in den übrigen Formen des Himmels, das Licht in seinem Wirken, nationell und als Prinzip und Schicksalsweise bildend, daß uns etwas heilig ist, sein Gang im Kommen und Gehen, das Charakteristische der Wälder und das Zusammentreffen in einer Gegend von verschiedenen Charakteren der Natur, daß alle heiligen Orte der Erde zusammen sind um einen Ort, und das philosophische Licht um mein Fenster ist jetzt meine Freude; daß ich behalten möge, wie ich gekommen bin, bis hierher!

Mein Lieber! ich denke, daß wir die Dichter bis auf

unsere Zeit nicht kommentieren werden, sondern daß die Sangart überhaupt wird einen anderen Charakter nehmen, und daß wir darum nicht aufkommen, weil wir, seit den Griechen, wieder anfangen, vaterländisch und natürlich, eigentlich originell zu singen.

Schreibe doch nur mir bald. Ich brauche Deine reinen Töne. Die Psyche unter Freunden, das Entstehen des Gedankens im Gespräch und Brief ist Künstlern nötig. Sonst haben wir keinen für uns selbst; sondern er gehöret dem heiligen Bilde, das wir bilden. Lebe recht wohl!

Sinclair an Hölderlins Mutter

[*17. Juni 1803*]

Ihr geehrtestes Schreiben vom 6. ds. Mts., welches ich gestern erhielt, hat mich sehr betrübt. Doch kann ich es nicht denken, daß eine eigentliche Gemütsverwirrung und Abnahme der Geisteskräfte bei meinem teuren und lieben Freunde statthabe. Es sind, hoffe ich, nur Symptome, die niemand beurteilen kann, als wer die vielen und großen Ursachen kennt, die ihn auf den Punkt, wo er ist, gebracht haben. Zu Regensburg* war ich auch beinahe der einzigste, der ihn nicht für das hielt, wofür ihn die dasigen Ärzte ausgaben: und ich kann mit Wahrheit behaupten, daß ich nie größere Geistes- und Seelenkraft als damals bei ihm gesehen. Ich glaube aber in der Tat, daß es ihm äußerst schmerzlich sein muß, so beurteilt und dafür gehalten zu werden; denn wie wohl ich überzeugt bin, daß seine verehrungswürdigen Angehörigen alle Schonung und Delikatesse, die nur

* Im Herbst 1802 hatte Sinclair Hölderlin auf eine Reise nach Regensburg mitgenommen.

denkbar ist, in den Beweisen ihrer Liebe gegen ihn zeigen werden, so ist er doch ein viel zu fein fühlendes Wesen, als daß er nicht auch das geheimste Urteil, das man über ihn fällt, im Innern des Herzens lesen sollte, und um wie bekümmerter muß dieses ihn nicht machen . . .

Ich habe das Zutrauen zu ihm, daß er auf meine Einladung kommen wird, und wir wollen dann dem gütigen Schicksal das überlassen glücklich zu wenden, was Liebe und Einsicht der Freundschaft für ihn tun kann. /

Aus einem Briefe Schellings an Hegel

Cannstadt, d. 11. Juli 1803

. . . Der traurigste Anblick, den ich während meines hiesigen Aufenthaltes gehabt habe, war der von Hölderlin. Seit einer Reise nach Frankreich, wohin er auf eine Empfehlung von Professor Ströhlin mit ganz falschen Vorstellungen von dem, was er bei seiner Stelle zu tun hätte, gegangen war, und woher er sogleich wieder zurückkehrte, da man Forderungen an ihn gemacht zu haben scheint, die er zu erfüllen teils unfähig war, teils mit seiner Empfindlichkeit nicht vereinen konnte – seit dieser fatalen Reise ist er am Geist ganz zerrüttet, und obgleich noch einiger Arbeiten, z. B. des Übersetzens aus dem Griechischen, bis zu einem gewissen Punkte fähig, doch übrigens in einer vollkommenen Geistesabwesenheit. Sein Anblick war für mich erschütternd: er vernachlässigt sein Äußeres bis zum Ekelhaften und hat, da seine Reden weniger auf Verrückung hindeuten, ganz die äußeren Manieren solcher, die in diesem Zustande sind, angenommen. Hierzulande ist keine Hoffnung, ihn herzustellen. Ich dachte Dich zu fragen, ob Du Dich seiner annehmen wolltest,

Friedrich Hegel (1770-1831),
seit der gemeinsamen Studienzeit in Tübingen mit Hölderlin befreundet.

wenn er etwa nach Jena käme, wozu er Lust hatte. Er bedarf ruhige Umgebung und wäre durch eine suivierte Behandlung wahrscheinlich zurechtzubringen. Wer sich seiner annehmen wollte, müßte durchaus seinen Hofmeister machen und ihn von Grund aus wieder aufbauen. Hätte man erst über sein Äußeres gesiegt, so wäre er nicht weiter zur Last, da er still und in sich gekehrt ist.

Auguste, Prinzessin von Hessen-Homburg (1776-1871), die Hölderlin verehrte. Ihr widmete er das Gedicht »Der Prinzessin Auguste von Homburg«.

An Friedrich Wilmans

Nürtingen bei Stuttgart,
d. 2. Apr. 1804

Verehrungswürdiger!

Ich habe die Druckfehler des Ödipus durchgegangen. Der rohe Druck hat mir fast besser gefallen, wahrscheinlich, weil die Züge, welche an den Buchstaben das Feste anzeigen, gegen das Modifizierende so gut aushalten in dieser Typographie, und dieses im rohen Druck noch bemerkbarer war, als im gefeilten. Der Erfinder ist erst verschämt gegen sein Publikum und verlieret über der Galanterie dann das Eigentümliche überhaupt, besonders das Feste, was diese Typographie charakterisiert. Übrigens hat die Typographie in die-

Friedrich V, Landgraf von Hessen-Homburg (1748-1820), dem Hölderlin seine Hymne »Patmos« gewidmet hat.

sem Vorzug nur mehr dem Scheine nach verloren, als der Wirklichkeit . . .

Ich erwarte nur die Exemplare, um sie an Herrn von Goethe und Herrn von Schiller zu schicken, und an einige andre, die vielleicht eine Teilnahme daran haben.

Der Prinzessin von Homburg möcht ich ein besonderes Exemplar schicken. Ich weiß nicht, ob Sie dazu besonderes Papier wählen wollen.

Ich glaube durchaus gegen die exzentrische Begeisterung geschrieben zu haben und so die griechische Einfalt erreicht; ich hoffe auch ferner auf diesem Prinzipium zu bleiben, auch wenn ich das, was dem Dichter verboten ist, kühner exponieren sollte, gegen die exzentrische Begeisterung.

Ich freue mich, Ihnen nächstens etwas zu schicken, worauf ich jetzt einen eigentlichen Wert setze.

Ich wünsche, daß die Ideen und Berührungspunkte, welche dieses Buch in Umlauf bringen, so schnell wie möglich sich bewähren mögen.

Leben Sie indes wohl, mein Teurer!

Ihr Freund Hölderlin

Aus der Biographie von Chr. Th. Schwab

Im Februar 1803 hatte Hölderlin das Gedicht »Patmos« an den Landgrafen von Homburg überschickt; dasselbe war »mit vielem Dank und Freude« aufgenommen worden, und der Landgraf bot dem Dichter sogar eine Anstellung als Bibliothekar mit einem kleinen Gehalte an. Im Sommer 1804 schien dieser endlich so weit hergestellt, daß man es für möglich hielt, ihn reisen zu lassen. Nun kam Sinclair, ihn abzuholen, und wirklich legte er, begleitet von diesem seinem alten Freunde, den Weg nach Homburg glücklich zurück. Dort wurde er von seinen alten Bekannten mit der größten Freundlichkeit empfangen, und es geschah alles, um ihm den Aufenthalt angenehm zu machen. Er fand auch ein Klavier wieder, das ihm in der früheren Zeit die Prinzessin Auguste zum Geschenk gemacht hatte; der Landgraf schenkte ihm die schöne Wakefieldische Ausgabe des Virgil. Aber obgleich man anfangs in Homburg geneigt gewesen war, die ganze Krankheit für eine Verstellung zu halten, so konnte man doch nicht umhin zu bemerken, daß sich trotz der angenehmen Lage, der zerstreuenden Geschäfte und Sinclairs unermüdeter Pflege sein Zustand verschlimmere. Man hatte den Unglücklichen bei einem französischen

Uhrmacher untergebracht, mußte ihn aber, da ihn dieser Mann nicht mehr behalten wollte, wegnehmen und übergab ihn einem braven Sattlermeister. Das Klavier, auf dem er zu spielen pflegte, war, ein Bild seiner Seele, fast ganz zerstört, da sich häufig seine Wut an dem Instrument austobte. Wenn auch in einzelnen Momenten sein Geist sich zu erhellen schien, der Trübsinn kehrte immer wieder und steigerte sich öfter zu den heftigsten Anfällen, so daß der Kranke sogar den Pöbel gegen sich aufgebracht hatte. Die Verhältnisse des Landgrafen forderten auch Beschränkung, und so entschloß man sich nach reiflicher Beratung mit sachverständigen Ärzten, Hölderlin im Herbst 1806 von Homburg zu entfernen. Man führte ihn ins Vaterland zurück, um den letzten Heilungsversuch in dem – von dem berühmten Autenrieth damals neu eingerichteten – Klinikum Tübingen zu wagen. Er wurde von Sinclair unter dem Vorwand, daß er zu Tübingen einen Büchereinkauf zu machen habe, dorthin gebracht und ließ sich den Aufenthalt in jener Heilanstalt geduldig vorschreiben, als »auf höheren Befehl« über ihn verhängt. Aber die vorgenommene Kur verschlimmerte nur das Übel, und es wurde beschlossen, ehe dies einen noch höheren Grad erreicht hätte, ihn einer wackern bürgerlichen Familie zu Tübingen in Kost und Obhut zu geben. In diesem Hause, bei einem wohlhabenden und gebildeten Tischlermeister namens Zimmer, und nach seinem im Jahr 1837 erfolgten Tode bei dessen Relikten, lebte Hölderlin bis zu seinem Tode in einer Lage, wo für alle seine Bedürfnisse vollkommen gesorgt war, und unter einer Behandlung, die man ihm nicht besser wünschen konnte . . .

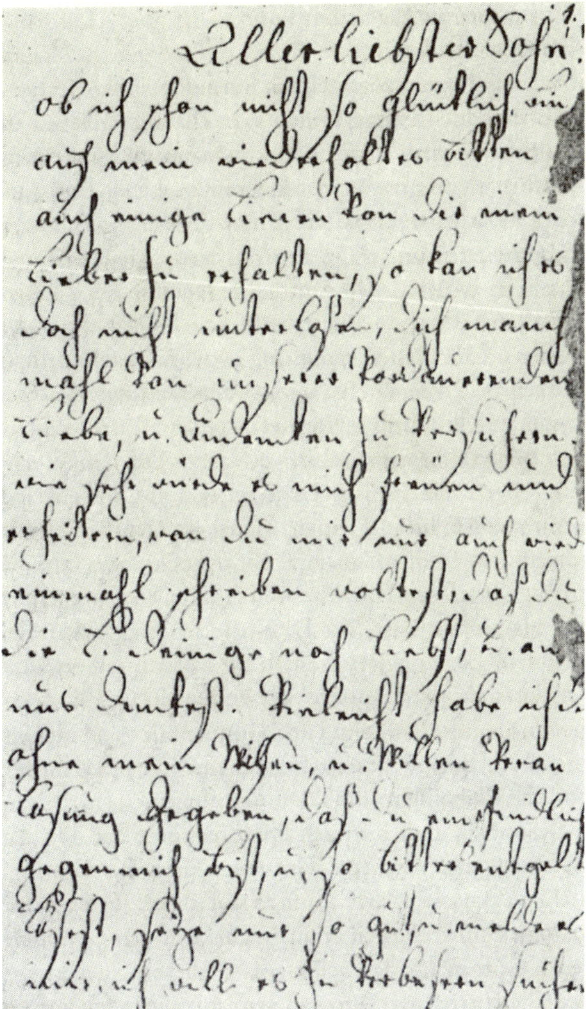

Allerliebster Sohn!
ob ich schon nicht so glücklich bin
auf mein wiederholtes bitten
auch einige Zeilen von dir mein
Liebes zu erhalten, so kan ich es
doch nicht unterlaßen, dich manch
mahl von unserer fortdaurenden
Liebe, u. Andenken zu versichern.
wie sehr würde es mich freuen und
erfreuen, wan du mir nur auch wie
einmahl schreiben woltest, daß du
dir d. Dinge noch liebst, u. an
uns denkest.

Ausschnitt aus dem Brief der Mutter an Hölderlin.

Die Mutter an Hölderlin

Allerliebster Sohn!

ob ich schon nicht so glücklich bin auf mein wiederholtes Bitten auch einige Linien von Dir mein Lieber zu erhalten, so kann ich es doch nicht unterlassen, Dich manchmal von unserer vordauerenden Liebe, und Andencken zu versichern. wie sehr würde es mich freüen und erheitern, wenn Du mir nur auch wieder einmal schreiben woltest, daß Du die L. Deinige noch liebst und an uns denckest. Vieleicht habe ich Dir ohne mein Wissen und Willen Veranlasung gegeben, daß Du empfindlich gegen mich bist, und so bitter entgelten läsest, seye nur so gut, und melde es mir, ich will es zu verbesern suchen. oder wenn Dir etwas an Deinem Weißzeüg oder Kleidungsstücke abgehen solte, so schreibe es mir oder bitte Deinen Hausherrn, daß Er mir schreibt. es freüt mich herzlich, daß Du, wie mir die gnädige Frau von Bröck schreibt, einen so gutdenkenden Hausherrn hast, der Dich so Liebreich behandle. Du mein Lieber wirst es auch zu schäzen wißen, und danckbar für die besondere Gewogenheit und Vorsorge, die Dein Edler Freund und Gönner Hr. von Sincklär so viel an Dir thut, wie auch desen gnädige Frau Mutter und die Persohnen, die Dich verpflegen.

Besonders aber bitte ich Dich herzlich, daß Du die Pflichten gegen unser l. Gott und Vater im Himmel nicht versäumest. wir können auf dieser Erde keine grösere Glückseligkeit erlangen, als wan wir bey unseren l. Gott in gnaden stehen. nach diesem wollen wir mit allem ernst streben, daß wir dort einander wieder finden, wo keine Trennung mehr sein wird.

ich sende Dir anbey ein Wämesle und 4 Paar strümpf

und 1 paar Handschu als einen Beweis meiner Liebe und Andencken, ich bitte Dich aber, daß Du die Wollene Strümpfe auch trägst. zum Preis unsers guthen Gottes kan ich Dir melden, daß wir bisher, auch Dein l. Bruder und schwägerin in Zwiefalten vor Kriegsnoth und unruhen verschont geblieben. und ich dancke es auch dem L. Gott, daß es in Homburg, soviel ich weiß, zu keinen Kriegerischen Auftritten kam. Der l. Gott seye uns und unserm Vatterland gnädig und gebe uns allen Menschen wieder den süsen Frieden. Nebst unserm allerseitigen herzlichen Gruß und Bitte, daß Du mich auch wieder mit etwas erfreüst und bald schreibst, schliese ich mit der Versicherung, daß ich unveräntert verharre.

Deine getreue M. Gockin

Nürtingen, d. 29. Oktober 1805

Ernst Zimmer an Hölderlins Mutter

Tübingen, d. 19. April 1812

... Ich habe den Herrn Professor Gmelin als Arzt zu Ihrem lieben Sohn hohlen lassen, dieser sagte man könne über Ihres Sohnes würklichen Zustand noch nichts bestimtes sagen es scheine Ihm aber ein Nachlaß der Natur zu seyn, und leider gute Frau bin ich in die traurige Nothwendigkeit versetz es Ihnen zu schreiben das ich es selbst glaube.

Ihre schöne Hoffnung, den lieben Sohn noch diesseits glüklich zu sehen würde den freilich leider ach leider verschwünden, doch komme es wie es komme so wird Er gewißt, doch jenseits beklükt werden. In 8 biß 14 Tagen kan ich Ihnen vieleicht bestimtere Nachricht geben.

Sein dichterischer Geist zeigt Sich noch immer thätig, so sah Er bey mir eine Zeichnung von einem Tempel. Er sagte mir ich solte einen von Holz so machen, ich versetze Ihm darauf, daß ich um Brod arbeiten müßte, ich sey nicht so glüklich so in Philosofischer Ruhe zu leben wie Er, gleich versetze Er, Ach ich bin doch ein armer Mensch, und in der nehmlichen Minute schrieb Er mir folgenden Vers mit Bleistift auf ein Brett

Die Linien des Lebens sind verschieden
Wie Wege sind, und wie der Berge Gränzen.
Was Hir wir sind, kan dort ein Gott ergänzen
Mit Harmonien und ewigem Lohn und Frieden.

. . . .

An die Mutter

Verehrungswürdigste Mutter!

Mein Briefschreiben wird Ihnen nicht immer viel sein können, da ich das, was ich sage, so sehr, wie möglich, mit wenigen Worten sagen muß, und da ich jetzt keine andere Art zu sagen habe. Ich nehme mir die Freiheit, daß Sie sich meiner, wie gewöhnlich, mit Ihrer Gütigkeit annehmen, und die gute Gesinnungen, die ich Ihnen schuldig bin, nicht in Zweifel ziehn. Ich nenne mich

Ihren gehorsamen Sohn

Hölderlin

Hölderlin 43jährig in Tübingen.

An den Bruder

Teuerster Bruder!

Du wirst es gut aufnehmen, daß ich Dir einen Brief schreibe. Ich bin überzeugt, daß Du es glaubst, daß es ein wahres Vergnügen für mich ist, wenn ich weiß, daß es Dir gut geht und Du gesund bist. Wenn ich Dir nur sehr wenig schreibe, so nehme den Brief als ein Zeichen der Aufmerksamkeit von mir an. Ich merke, daß ich schließen muß. Ich empfehle mich Deinem wohlwollenden Angedenken und nenne mich

Deinen Dich schätzenden Bruder

Hölderlin

Wenn aus der Ferne . . .

Wenn aus der Ferne, da wir geschieden sind,
Ich dir noch kennbar bin, die Vergangenheit,
O du Teilhaber meiner Leiden!
Einiges Gute bezeichnen dir kann,

So sage, wie erwartet die Freundin dich?
In jenen Gärten, da nach entsetzlicher
Und dunkler Zeit wir uns gefunden?
Hier an den Strömen der heilgen Urwelt.

Das muß ich sagen, einiges Gutes war
In deinen Blicken, als in den Fernen du
Dich einmal fröhlich umgesehen
Immer verschlossener Mensch, mit finsterm

Aussehn. Wie flossen Stunden dahin, wie still
War meine Seele über der Wahrheit, daß
Ich so getrennt gewesen wäre?
Ja! ich gestand es, ich war die deine.

Wahrhaftig! wie du alles Bekannte mir
In mein Gedächtnis bringen und schreiben willst,
Mit Briefen, so ergeht es mir auch,
Daß ich Vergangenes alles sage.

Wars Frühling? war es Sommer? die Nachtigall
Mit süßem Liede lebte mit Vögeln die
Nicht ferne waren im Gebüsche
Und mit Gerüchen umgaben Bäum' uns.

Die klaren Gänge, niedres Gesträuch und Sand,
Auf dem wir traten, machten erfreulicher
Und lieblicher die Hyazinthe
Oder die Tulpe, Viole, Nelke.

Um Wänd und Mauern grünte der Epheu, grünt'
Ein selig Dunkel hoher Alleen. Oft
Des Abends, Morgens waren dort wir
Redeten manches und sahn uns froh an.

In meinen Armen lebte der Jüngling auf
Der, noch verlassen, aus den Gefilden kam,
Die er mir wies, mit einer Schwermut,
Aber die Namen der seltnen Orte

Und alles Schöne hatt' er behalten, das
An seligen Gestaden, auch mir sehr wert
Im heimatlichen Lande blühet
Oder verborgen, aus hoher Aussicht,

Allwo das Meer auch einer beschauen kann
Doch keiner sein will. Nehme vorlieb, und denk
An die, die noch vergnügt ist, darum.
Weil der entzückende Tag uns anschien,

Der mit Geständnis oder der Hände Druck,
Anhub, der uns vereinet. Ach! wehe mir,
Es waren schöne Tage. Aber
Traurige Dämmerung folgte nachher.

Du seiest so allein in der schönen Welt,
Behauptest du mir immer, Geliebter! das
Weißt aber du nicht, ...

Bruchstück

Das Angenehme dieser Welt hab ich genossen.
Der Jugend Freuden sind wie lang! wie lang!
verflossen.
April und Mai und Julius sind ferne,
Ich bin nichts mehr, ich lebe nicht mehr gerne.

Bruchstück

Die Schönheit ist den Kindern eigen,
Ist Gottes Ebenbild vielleicht,
Ihr Eigentum ist Ruh' und Schweigen,
Den Engeln auch zum Lob gereicht.

Höhere Menschheit

Den Menschen ist der Sinn ins Innere gegeben,
Daß sie als anerkannt das Beßre wählen,
Er gilt als Ziel, er ist das wahre Leben,
Von dem Sichgeistigen des Lebens Jahre zählen.

Frühling

Es kommt der neue Tag aus fernen Höhen herunter,
Der Morgen, der erwacht ist aus den Dämmerungen,
Er lacht die Menschheit an, geschmückt und munter,
Von Frieden ist die Menschheit sanft durchdrungen.
Ein neues Leben will der Zukunft sich enthüllen.
Mit Blüten scheint, dem Zeichen froh'rer Tage,
Das große Tal, die Erde, sich zu füllen;
Entfernt dagegen ist zur Frühlingszeit die Klage.

Mit Untertänigkeit

Den 3. März 1648 Scardanelli.

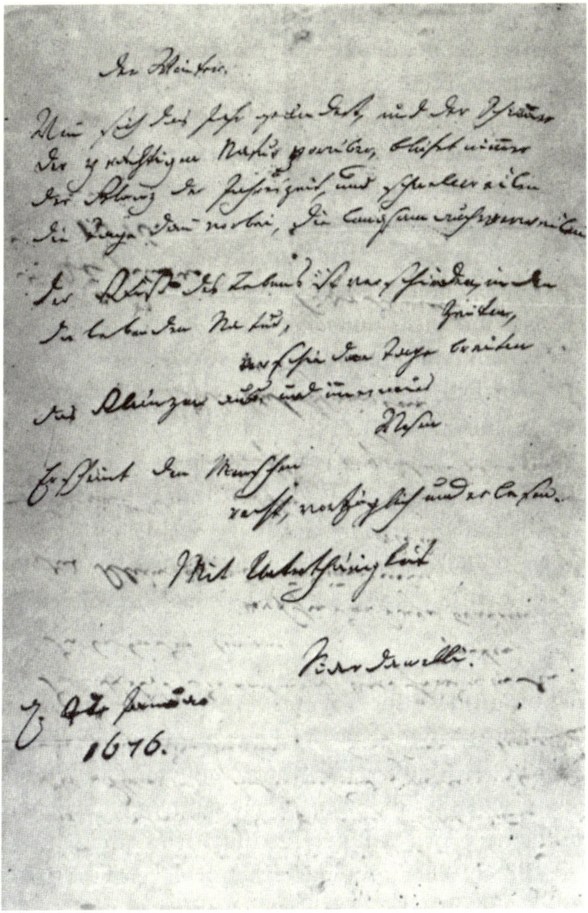

Der Winter.

Wenn sich das Jahr geändert, und der Schimmer
Der prächtigen Natur vorüber, blühet nimmer
Der Glanz der Jahreszeit, und schnelle eilen
Die Tage dann vorbei, die langsam sich verweilen.

Der Geist des Lebens ist verschieden in den Zeiten
Der lebenden Natur, verschiedne Tage breiten
Das Glänzen aus, und immerneues Wesen
Erscheint den Menschen recht, vorzüglich und erlesen.

Mit Unterthänigkeit

Scardanelli.

d. 24 Januar
1676.

Hölderlins mit »Scardanelli« signiertes Gedicht »Der Winter«.

Aus dem Aufsatz von Wilhelm Waiblinger: »Friedrich Hölderlins Leben, Dichtung und Wahnsinn« (1830)

... Tritt man nun in das Haus des Unglücklichen, so denkt man freilich keinen Dichter darin zu treffen, der so gerne mit Platon am Ilyssus wandelte; aber es ist auch nicht häßlich, sondern die Wohnung eines wohlhabenden Tischlers, eines Mannes, der eine für seinen Stand ungewöhnliche Bildung hat und sogar von Kant, Fichte, Schelling, Novalis, Tieck u. a. spricht. Man fragt nach dem Zimmer des Herrn Bibliothekars – so läßt er sich noch immer gern titulieren – und kommt auf eine kleine Türe zu. Schon hört man innen reden, man glaubt, daß dort Gesellschaft sei. Der brave Tischler sagt aber, er sei ganz allein und rede Tag und Nacht mit sich selbst.

Man besinnt sich, man zaudert anzupochen, man fühlt sich innerlich beunruhigt. Zuletzt klopft man an, und ein heftiges, lautes »Herein!« wird gehört. Man öffnet die Türe, und eine hagere Gestalt steht in der Mitte des Zimmers, welche sich aufs tiefste verneigt, nicht aufhören will, Komplimente zu machen, und dabei Manieren zeigt, die voll Grazie wären, wenn sie nicht etwas Krampfhaftes an sich hätten. Man bewundert das Profil, die hohe gedankenschwere Stirn, das freundliche, freilich erloschene, aber noch nicht seelenlose, liebe Auge; man sieht die verwüstenden Spuren der geistigen Krankheit in den Wagen, am Mund, an der Nase, über dem Auge, wo ein drückender, schmerzlicher Zug liegt, und gewahrt mit Bedauern und Trauer die konvulsivische Bewegung, die durch das ganze Gesicht sich zuweilen verbreitet, die ihm die Schultern in die Höhe treibt und besonders die Hände

Wilhelm Waiblinger (1804-1830), Selbstbildnis.

und Finger zucken macht. Er trägt ein einfaches Wams, in dessen Seitentaschen er gern die Hände steckt. Man sagt einige einleitende Worte, die mit den verbindlichsten Verbeugungen und einem Schwall von Worten empfangen werden, die ohne allen Sinn sind und den Fremden verwirren. Hölderlin fühlt jetzt, artig, wie er war und wie er der Form nach es noch ist, die Notwendigkeit; dem Gaste etwas Freundliches zu sagen, eine Frage an ihn zu richten. Er tut es; man vernimmt einige Worte, die verständlich sind, die aber meist unmöglich beantwortet werden können. Hölderlin selbst erwartet nicht im mindesten Antwort und verwirrt sich im Gegenteil aufs äußerste, wenn der Fremde sich bemüht, einen Gedanken zu verfolgen. Darüber später, wenn wir zu unsern eigenen Unterhaltungen mit ihm kommen; für jetzt nur die flüchtige Erscheinung. Der Fremde sieht sich »Eure Majestät«, »Eure Heiligkeit«, »gnädiger Herr Pater« betitelt. Allein Hölderlin ist äußerst unruhig; er empfängt solche Besuche sehr ungern und ist nachher immer verstörter als früher. Ich tat es deswegen jederzeit wider Willen, wenn mich jemand bat, ihn zu Hölderlin zu führen. Doch war mir dies noch lieber, als wenn man allein zu ihm ging. Denn alsdann war die Erscheinung für den Einsamen, von allem Menschenumgang Abgeschlossenen zu neu, zu störend, und der Fremde wußte ihn nicht zu behandeln. Hölderlin fing auch bald an, für den Besuch zu danken, sich abermals zu verbeugen, und es war alsdann gut, wenn man nicht länger verweilte.

Länger hielt sich auch keiner bei ihm auf. Selbst seine früheren Bekannten fanden eine solche Unterhaltung zu unheimlich, zu drückend, zu langweilig, zu sinnlos. Denn eben gegen sie war der Bibliothekar am wunderbarsten. So war einmal Friedrich Haug, der Epigrammatiker, bei ihm, der ihn von lange her kannte. Auch er wurde »Königliche Majestät« betitelt und »Herr Baron von Haug« geheißen. Wiewohl der alte Freund versicherte, daß er nicht geadelt sei, so ließ Hölderlin dennoch schlechterdings nicht ab, ihm jene vornehmen Titel zu spenden. Gegen ganz Fremde kehrt er absolute Sinnlosigkeit vor. Aber wir wollten zuerst nur zeigen, wie er sich äußerlich darstellt, und wir gehen nun ins genauere ein, zuvörderst bloß erzählend.

Anfänglich schrieb er viel und füllte alle Papiere an, die man ihm in die Hand gab. Es waren Briefe in Prosa oder in pindarischen freien Versmaßen, an die teure

Diotima gerichtet, häufiger noch Oden in Alkäen. Er hatte einen durchaus sonderbaren Stil angenommen. Der Inhalt ist: Erinnerung an die Vergangenheit, Kampf mit Gott, Feier der Griechen. Über die Gedankenfolge für jetzt noch nichts.

In der ersten Zeit bei dem Tischler hatte er noch sehr viele Anfälle von Raserei und Wut, so daß jener nötig hatte, seine derbe Faust anzuwenden und dem Wütenden tüchtig mit Schlägen zu imponieren. Einmal jagte H. ihm seine sämtlichen Gesellen aus dem Hause und schloß die Türe.

In Zorn und Konvulsionen geriet er gleich, wenn er jemand aus dem Klinikum sah. Indem er oft frei herumging, war er natürlich dem Spott heilloser Menschen ausgesetzt, deren es überall gibt und deren Bestialität auch ein so furchtbarer, durch das Unglück geheiligter geistiger Zufall ein Gegenstand des dummen Mutwillens ist. Das machte nun Hölderlin, wenn er's bemerkte, so wild, daß er mit Steinen und Kot nach ihnen warf; und dann war es ausgemacht, daß er noch einen Tag lang fortwütete. Mit tiefem Bedauern haben wir bemerken müssen, daß selbst Studierende tierisch genug waren, ihn zuweilen zu reizen und in Zorn zu jagen. Wir sagen nichts darüber, als daß von allen Bübereien, welche auf Universitäten die Faulheit hervorbringt, diese wohl eine der nichtswürdigsten ist.

Oft nahm die Frau des Tischlers oder eine der Töchter und Söhne den Armen in die Gärten und Weinberge hinaus, wo er sich alsdann auf einen Stein setzte und wartete, bis man wieder nach Hause ging. Es ist zu bemerken, daß man ganz wie mit einem Kinde mit ihm verfahren mußte, wenn man ihn nicht störrisch machen wollte. Wenn er so ausgeht, so muß man ihn zuvor anmahnen, sich zu waschen und zu säubern, indem seine Hände gewöhnlich schmutzig sind, weil er sich halbe Tage lang damit beschäftigt, Gras auszureißen. Wenn er alsdann angekleidet ist, so will er durchaus nicht vorausgehen. Seinen Hut, den er tief aufs Auge hinabdrückt, lupft er vor einem zweijährigen Kinde, wenn er anders nicht zu sehr in sich vertieft ist. Es ist sehr lobens- und erwähnenswert, daß die Leute in der Stadt, die ihn kennen, ihn nie ausspotten, sondern ruhig seines Weges gehen lassen, indem sie oft zu sich sagen: Ach, wie gescheit und gelehrt war dieser Herr, und jetzt ist er so närrisch. Allein läßt man ihn aber nicht ausgehen, sondern nur in dem Zwinger vor dem Hause herumwandeln.

Im Anfang kam er manchmal zu dem unlängst verstorbenen trefflichen Conz. Dieser fleißige und tätige Freund der alten Literatur hatte einen Garten vor dem Hirschauertore in Tübingen, wo er nach einer Gewohnheit von Jahrzehnten täglich eine Stunde vor Mittag seinen Gang hinrichtete. Ein Vierteljahrhundert hindurch sah man ihn um diese Zeit seinen schweren Körper hinaustragen und sofort am Tore halten, wo ihm der Torwart regelmäßig die Pfeife anzünden mußte. Alsdann ging der Dichter ruhig und langsam weiter und hielt sich einige Stunden draußen im Freien oder im Gartenhause auf. Als er den Äschylos übersetzte, kam Hölderlin, der damals noch mehr Feuer und Kräfte hatte, oftmals zu ihm hinaus. Er unterhielt sich alsdann mit Blumenpflücken, und wenn er einen tüchtigen Strauß beisammen hatte, so zerriß er ihn und steckte ihn in die Tasche. Conz gab ihm auch zuweilen ein Buch hin. Einmal, erzählte er mir, bückte sich Hölderlin über ihn her und las einige Verse aus dem Äschylos herunter. Sodann aber schrie er mit einem krampfigen Lachen: »Das versteh' ich nicht! Das ist Kamalattasprache«; denn zu Hölderlins Eigenheiten gehört auch die Bildung neuer Wörter.

Diese Besuche hörten mit der Zeit auf, je schwächer und dumpfer er wurde. Ich hatte Not, ihn zuweilen zu bewegen, daß er mit mir einen Spaziergang in den Conzschen Garten machte. Er hatte allerlei Ausreden; er sagte: »Ich habe keine Zeit, Eure Heiligkeit« – denn auch ich bekam alle Titel durchweg; »ich muß auf einen Besuch warten«; oder er brauchte eine ihm gewöhnliche, höchst sonderbare Form, indem er sagte: »Sie befehlen, daß ich hier bleibe.« Manchmal aber, wenn das Wetter schön und hell war, brachte ich ihn doch zum Anziehen, und wir gingen hinaus. Einmal an einem Frühlingstage war er höchlich erfreut über die reichen Blumenbüsche und die Fülle der Blüten. Er lobte die Schönheit des Gartens auf die artigste Weise. Sonst war er aber immer unvernünftiger, als wenn ich ihn allein bei mir hatte. Conz bemühte sich, ihn an Vergangenes zu erinnern, jedoch umsonst. Einmal sagte er: »Herr Hofrat Haug, dessen Sie sich noch gut erinnern werden, hat unlängst ein sehr schönes Gedicht gemacht.« Hölderlin, wie gewöhnlich ganz und gar unachtsam auf das, was man zu ihm spricht, versetzt: »Hat er eins gemacht?« so daß Conz herzlich darüber lachte. Wir gingen sodann nach Hause, und Hölderlin küßte beim Abschied auf der Straße Herrn Conz die Hand aufs eleganteste.

Der »Hölderlin-Turm« in Tübingen.

Sein Tag ist äußerst einfach. Des Morgens, besonders zur Sommerszeit, wo er überhaupt viel unruhiger und gequälter ist, erhebt er sich vor und mit der Sonne und verläßt sogleich das Haus, um im Zwinger spazieren zu gehen. Dieser Spaziergang währt meist vier bis fünf Stunden, so daß er müde wird. Gern unterhält er sich damit, daß er ein Schnupftuch in die Hand nimmt und auf die Zaunpfähle damit zuschlägt oder das Gras ausrauft. Was er findet, und sollte es nur ein Stück Eisen oder ein Leder sein, das steckt er ein und nimmt es mit. Dabei spricht er immer mit sich selbst, fragt sich und antwortet sich, bald mit ja, bald mit nein, häufig mit beidem; denn er verneint gern.

Alsdann geht er ins Haus und schreitet dort umher.

Man bringt ihm sein Essen aufs Zimmer, und er speist mit großem Appetit, liebt auch den Wein und würde so lange trinken, als man ihm gäbe. Ist er mit dem Essen zu Ende, so kann er keinen Augenblick länger das Geschirr in seinem Zimmer leiden, und er stellt es sogleich vor die Türschwelle auf den Boden. Er will durchaus nur drin haben, was sein ist; alles andere wird auf der Stelle vor die Tür gelegt. Der übrige Teil des Tages verfließt in Selbstgesprächen und Auf- und Abgehen in seinem Zimmerchen.

Womit er sich tagelang beschäftigen kann, das ist sein Hyperion. Hundertmal wenn ich zu ihm kam, hörte ich ihn schon außen mit lauter Stimme deklamieren. Sein Pathos ist groß, und Hyperion liegt beinahe immer aufgeschlagen da; er las mir oft daraus vor. Hatte er eine Stelle weg, so fing er an mit heftigem Gebärdenspiel zu rufen: »O schön, schön, Eure Majestät!« – dann las er wieder, dann konnte er plötzlich hinzusetzen: »Sehen Sie, gnädiger Herr, ein Komma!« Er las mir auch oft aus andern Büchern vor, die ich ihm in die Hand gab. Er verstand aber nichts, weil er zu zerstreut ist und nicht einmal einen eignen Gedanken, geschweige einen fremden verfolgen kann. Jedoch lobte er seiner gewöhnlichen Artigkeit zufolge das Buch immer über die Maßen.

Seine übrigen Bücher bestehen aus Klopstocks Oden, Gleim, Cronegk und dergleichen älteren Poeten. Klopstocks Oden liest er oft und zeigt sie gleich vor.

Ich sagte ihm unzähligemal, daß sein Hyperion wieder neu gedruckt worden und daß Uhland und Schwab seine Gedichte sammelten. Ich erhielt aber nie eine andere Antwort als eine tiefe Verbeugung und die Worte: »Sie sind sehr gnädig, Herr von Waiblinger! Ich bin Ihnen sehr verbunden, Eure Heiligkeit.«

Oft wollte ich, wenn er eine Frage auf diese Weise abschnitt, mit Gewalt auf eine vernünftige Antwort dringen, drehte meine Worte, ließ nicht ab, brachte immer wieder dasselbe in anderer Wendung vor und hörte erst auf, als er in heftige Bewegung geriet und einen fürchterlich kunterbunten, sinnlosen Wortschwall hervorbrachte.

Der Tischler verwunderte sich bald, daß ich so viel Gewalt über ihn ausüben konnte, daß er mit mir ging, sobald ich wollte, und daß er sich auch in meiner Abwesenheit so viel mit mir beschäftigte. Womit ich ihn am meisten vergnügte, das war ein hübsches Gartenhaus, das ich auf dem Österberge bewohnte, dasselbe, worin Wieland die Erstlinge seiner Muse niederschrieb. Hier hat man Aussicht über grüne, freundliche Täler, die am Schloßberg emporgelagerte Stadt, die Krümmung des Neckars, viele lachende Dörfer und die Kette der Alb. Es wird nun mehr als fünf Jahre, daß ich hier einen angenehmen Sommer verlebte, mitten im Grün, bei so erquickender Aussicht, beinahe ganz im Freien. Leider lastete damals ein so gefährlicher Druck auf meinem Geiste, daß selbst der Genuß dieser freundlichen Natur nicht imstande war, mich innerlich zu erheitern und zu stärken, und ich hier einen Roman schrieb, den ich bald darauf für wert hielt, verbrannt zu werden, und in dem nur weniges enthalten war, dessen ich mich nicht jetzt schäme. Doch kam später noch der Gesang der Kalonasora hier zustande, der, als er drei Jahre darauf gedruckt wurde, wenigstens dem Verfas-

Tübingen, 1835, vom Österberg aus. Im Vordergrund das Presselsche Gartenhaus.

ser den Beifall der gerühmtesten Kenner und Freunde der Poesie erwarb. Hier aber war es, wo ich Hölderlin jede Woche einmal hinaufführte. Oben angelangt und ins Zimmer eintretend, verneigte er sich jedesmal, indem er sich meiner Gunst und Gewogenheit aufs angelegentlichste empfahl. Höflichkeitsfloskeln bringt er allenthalben an, und es ist wirklich oft, als ob er damit geflissentlich jedermann recht fern von sich halten wollte. Hat er einen Grund, so ist es gewiß dieser; es ist aber vielleicht zu viel, allem und jedem eine tiefere Ursache zuschreiben zu wollen als die bloße Sonderbarkeit und Kuriosität.

Hölderlin öffnete sich das Fenster, setzte sich in seine Nähe und fing an, in recht verständigen Worten die Aussicht zu loben. Ich bemerkte es überhaupt, daß es besser mit ihm stand, wenn er im Freien war. Er sprach weniger mit sich selbst, und dies ist mir ein vollkommener Beweis, daß er klarer wurde, denn ich habe mich überzeugt, daß jenes unablässige Selbstgespräch nichts anderes als eine Folge der Unstetheit seines Denkens und der Ohnmacht ist, einen Gegenstand festzuhalten. Davon hernach. Ich versorgte ihn mit Schnupf- und Rauchtabak, an welchem er eine große Freude hatte. Mit einer Prise konnte ich ihn ganz erheitern, und wenn ich ihm nun gar eine Pfeife füllte und ihm Feuer machte, so lobte er den Tabak und die Maschine aufs lebhafteste und war vollkommen zufrieden. Er hörte auf zu sprechen, und wie er sich nun so am besten fühlte und es nicht gut war, ihn zu stören, so ließ ich ihn, indem ich etwas las.

Womit er viel zu schaffen hatte, das war das pantheistische Ein und All, mit großen griechischen Charakteren über seinem Arbeitstisch an die Wand geschrieben. Er sprach oft lange mit sich selbst, immer das geheimnisvolle, vielbedeutende Zeichen anschauend, und einmal sagte er: »Ich bin nun orthodox geworden, Eure Heiligkeit! Nein, nein! ich studiere gegenwärtig den dritten Band von Herrn Kant und beschäftige mich viel mit der neuen Philosophie.« Ich fragte ihn, ob er sich Schellings erinnere. Er sagte: »Ja, er hat mit mir zu gleicher Zeit studiert, Herr Baron!« – Ich sagte, daß er nun in Erlangen sei, und Hölderlin erwiderte: »Vorher ist er in München gewesen.« Er fragte, ob ich ihn schon gesprochen, und ich sagte ja . . .

Er erinnerte sich Matthissons, Schillers, Zollikofers, Lavaters, Heinses und vieler anderer, nur, wie ich schon bemerkt, Goethes nicht. Sein Gedächtnis zeigte noch Kraft und Dauer. Ich fand es einmal befremdend, daß er das Porträt Friedrichs des Großen an der Wand hängen hatte, und fragte ihn deshalb. Er sagte mir:

Der kranke Hölderlin. Zeichnung von Georg Schreiner, 1826.

»Das haben Sie schon einmal bemerkt, Herr Baron«; und ich erinnerte mich nun selbst, es wohl viele Monate vorher bemerkt zu haben. So erkennt er auch alle wieder, die er gesehen. Er vergaß nie, daß ich Dichter bin, und fragte mich unzählige Male, was ich gearbeitet hätte und ob ich fleißig gewesen sei. Dann konnte er aber freilich sogleich hinzusetzen: »Ich, mein Herr, bin nicht mehr von demselben Namen, ich heiße nun Killalusimeno. Oui, Eure Majestät: Sie sagen so, Sie behaupten so! es geschieht mir nichts.«

Dies letztere überhaupt hörte ich oft bei ihm. Es ist, als ob er sich dadurch versichern und beruhigen wollte, indem er sich immer den Gedanken vorhält: es geschieht mir nichts.

Ich gab ihm auch Papier zum Schreiben. Alsdann setzte er sich an den Schreibtisch und machte einige Verse, auch gereimte. Sie waren jedoch ohne Sinn, besonders die letzteren, übrigens metrisch richtig. Er erhob sich sodann und überreichte sie mir mit großen Komplimenten. Einmal schrieb er darunter: »Dero untertänigster Hölderlin«.

Eines Tages hatte ich ihm gesagt, daß auf den Abend Konzert sei. Ich hatte daran gedacht, ob es nicht möglich wäre, ihm diesen Genuß zu verschaffen. Allein man konnte es nicht wagen. Vielleicht hätte die Musik zu starken Eindruck auf ihn gemacht, auch war von der Ungezogenheit der Studenten zu befürchten. Genug, ich verließ mit ihm das Gartenhaus. Er war ganz in sich versunken und sprach keine Silbe. Als ich schon mit ihm in der Stadt war, sah er mich plötzlich an, als ob er aufwachte, und sagte: »Konzert.« Gewiß, daß er unterdessen daran gedacht.

Denn die Musik hat ihn noch nicht ganz verlassen. Er spielt noch richtig Klavier, aber höchst sonderbar. Wenn er darankommt, so bleibt er tagelang sitzen. Alsdann verfolgt er einen Gedanken, der kindisch simpel ist, und kann ihn viele hundertmal hindurchdrehen und dermaßen abspielen, daß man es nicht mehr aushalten kann. Zudem kommt noch ein schnelles Aufzucken von Krampf, das ihn nötigt, manchmal blitzschnell über die Tasten wegzufahren, und das unangenehme Klappern seiner langgewachsenen Nägel. Diese nämlich läßt er sich höchst ungern schneiden, und es sind eine Menge Kunstgriffe nötig, um ihn zu bewegen, wie man sie bei störrischen und eigensinnigen Kindern anwendet. Hat er eine Zeitlang gespielt, und ist seine

Seele ganz weich geworden, so fällt plötzlich sein Auge zu, sein Haupt richtet sich empor, er scheint vergehen und verschmachten zu wollen, und er beginnt zu singen. In welcher Sprache, das konnt ich nie erfahren, sooft ich es auch hörte; aber er tat es mit überschwenglichen Pathos, und es schauderte einen in allen Nerven, ihn so zu sehen und zu hören. Schwermut und Trauer war der Geist seines Gesanges; man erkannte einen ehemals guten Tenor.

Kinder liebt er sehr. Aber sie haben Angst vor ihm und fliehen ihn. Den Tod fürchtet er ausnehmend, wie er überhaupt sehr furchtsam ist. Bei seiner entsetzlichen Nervenschwäche ist er leicht zu erschrecken; er fährt beim kleinsten Geräusch zusammen. Wenn er in Bewegung, in Zorn oder nur in übler Laune ist, so zuckt sein ganzes Gesicht, seine Gebärden sind heftig, er dreht die Finger so krampfig zusammen, als ob keine Gelenke drin wären, und schreit auch wohl laut oder tobt in ungestümen Diskursen auf sich selbst. In einem solchen Moment muß man ihn allein lassen, bis sich die Wallung gelegt hat, sonst wird man am Arm hinausgeführt. Ist er ganz aufgebracht, so liegt er im Bett und steht einige Tage lang nicht mehr auf.

Einmal kam es ihm plötzlich in den Sinn, nach Frankfurt zu gehen. Man nahm ihm nun die Stiefel weg, und das erzürnte den Herrn Bibliothekar dergestalt, daß er fünf Tage im Bette blieb. Im Sommer plagt ihn die Unruhe oft so, daß er nächtelang im Hause auf- und abgeht.

Ich wollte ihm andere Bücher geben und dachte, den Homer, der ihm noch im Gedächtnis sei, werde er doch lesen. Ich brachte ihm eine Übersetzung, aber er nahm sie nicht an. Ich ließ sie beim Tischler und sagte diesem, er solle behaupten, daß sie ihm gehöre. Dennoch nahm sie Hölderlin nicht an. Der Grund davon ist nicht Stolz, sondern Furcht, sich zu beunruhigen, indem er sich mit etwas Fremdem einläßt. Nur das Gewohnte konnte ihn in Ruhe lassen. »Hyperion« und seine bestäubten alten Poeten; Homer war ihm seit zwanzig Jahren fremd geworden, und alles Neue störte ihn.

Ich lud ihn auch ein, mit mir in einen Garten zu gehen, wo eine Weinschenke war. Die Aussicht war hier sehr hübsch und man gänzlich unbeobachtet. Hölderlin trank männlich. Auch das Bier schmeckte ihm; er vertrug mehr als man glauben sollte. Ich sorgte aber, daß nie die Grenze überschritten wurde. Er fühlte sich ganz behaglich, wenn er so eine Pfeife rauchte; denn er sprach nicht mehr und verhielt sich ruhig.

Seiner alten Mutter schrieb er, aber man mußte ihn immer mahnen. Diese Briefe waren nicht unvernünftig; er gab sich Mühe, und sie wurden sogar klar, aber nur so, auch dem Stil nach, wie ein Kind schreibt, das noch nicht fertig denken und schreiben kann. Einer war einmal in der Tat gut, endete aber so: »Ich sehe, daß ich aufhören muß.« Hier verwickelte er sich schon, fühlte es selbst und schloß. Man kann diesen Zustand am besten mit der Störung im Denken vergleichen, die man bei Krankheiten, bei starkem Kopfweh, heftiger Schläfrigkeit und des Morgens nach einem allzu unmäßigen Abend beim Weine in sich gewahrt.

Mein Gartenhaus war ihm so teuer geworden, daß er nach Jahren, da ich es nicht mehr bewohnte, sich noch danach erkundigte und, wenn er mit der Tischlersfrau in einen in seiner Nähe gelegenen Weinberg ging, mehrere Male vor die Tür hinaufstieg und schlechterdings behauptete, daß hier Herr von Waiblinger wohne.

Die Natur, ein hübscher Spaziergang, der freie Himmel tat ihm immer gut. Ein Glück für ihn ist es, daß er von seinem Zimmerchen aus eine wirklich recht lachende Aussicht auf den Neckar, der sein Haus bespült, und auf ein liebliches Stück Wiesen- und Berglandschaft genießt. Davon gehen auch eine Menge klarer und wahrer Bilder in die Gedichte über, die er schreibt, wenn ihm der Tischler Papier gibt.

Merkwürdig ist, daß er nicht auf Gegenstände zu sprechen gebracht werden konnte, die ihn ehedem in besseren Tagen sehr in Anspruch genommen. Von Frankfurt, Diotima, von Griechenland, seinen Poesien und dergleichen ihm sonst so wichtigen Dingen redet er kein Wort; und wenn man auch geradezu fragt: Sie waren wohl schon lange nicht mehr in Frankfurt? so antwortet er bloß mit einer Verbeugung: »Oui, monsieur, Sie behaupten das«; und dann kommt eine Flut von Halbfranzösisch.

Eine ungemeine Freude hat man ihm damit gemacht, daß man ihm endlich in den letzten Jahren ein kleines Sofa in sein Zimmerchen tat. Das verkündete er mir mit einem kindischen Entzücken, als ich zu ihm kam, indem er mir die Hand küßte und sagte: »Ach, sehen Sie, gnädiger Herr, nun hab' ich ein Sofa.« Ich mußte auch gleich Platz nehmen, und Hölderlin traf ich eine Zeitlang nachher meist auf ihm an, wenn ich ihn besuchte.

Ich machte in der Zeit, da ich mit ihm umging, viele Reisen nach Italien, in die Schweiz und ins Tirol, und wenn ich zurückkam, so wußte er immer, wo ich gewesen, und äußerte sich besonders gern über die Schweiz, wo er die schöne Gegend von Zürich und St. Gallen lobte und von Herrn Lavater und Zollikofer sprach. Einmal sagte ich ihm, daß ich nun nach Rom gehe und so bald nicht mehr zurückkehren werde, und lud ihn scherzhaft ein, mein Reisegefährte zu sein. Er lächelte so liebenswürdig verständig, als nur ein Weiser lächeln kann, und sagte: »Ich muß zu Hause bleiben und kann nicht mehr reisen, gnädiger Herr!«

Zuweilen gab er Antworten, worüber man fast durchaus lachen mußte, zumal da er sie mit einer Miene gab, als ob er wirklich spottete. So fragte ich ihn einmal, wie alt er sei, und er versetzte lächelnd: »Siebzehn, Herr Baron.« Dies ist aber keine Ironie, sondern gänzliche Zerstreuung. Nie gibt er acht auf das, was man zu ihm spricht, weil er immer in sich selbst mit seinen unvollkommenen, unklaren Gedanken kämpft; und will man ihn nun plötzlich mit einer Frage aus diesem dumpfen Brüten herausreißen, so muß man mit dem nächsten zufrieden sein, was ihm auf die Zunge kommt. So ging ich einmal mit ihm über eine Wiese spazieren; ich ließ ihn lange in sich versenkt neben mir hergehen, als ich ihn schnell auf ein neugebautes Haus aufmerksam machte und sagte: »Sehen Sie, Herr Bibliothekar, dieses Gebäude haben Sie gewiß noch nicht bemerkt?« Hölderlin wachte plötzlich auf und sagte mir mit einem Ausdruck, als hänge das Wohl der Welt davon ab: »Oui, Eure Majestät.«

Von seinen schriftlichen Sachen und dem vielen, was er während seines traurigen Lebens geschrieben, besitze ich eine Menge in Deutschland und würde gern etwas davon mitteilen, wenn es mir möglich wäre. Ich erinnere mich nur einer Ode in alkäischem Versmaß, die mit folgenden rührend schönen Zeilen beginnt:

An Diotima

Wenn aus der Ferne, da wir geschieden sind,
ich dir noch kennbar bin, dir Vergangenheit,
o du Teilhaber meiner Schmerzen,
einiges Gute bezeichnen dir kann – – –

In der letzten Zeile sieht man schon, wie er den Gedanken nicht mehr erfassen konnte und wie es ihm gerade ging, wie einem angehenden oder schlechten Dichter, der sich nicht ins klare darüber bringen kann, was er sagen will, und nicht Meister genug darüber ist, um es so stark auszudrücken, als er es empfindet.

In seinen Briefen ist durchgehends der Inhalt ein Kampf und ein Anringen gegen die Gottheit oder das Schicksal, wie er sie gern nennt. Eine Stelle lautet folgendermaßen: »Himmlische Gottheit, wie war es unter uns, da ich dir noch verschiedene Schlachten und einige nicht unbedeutende Siege abgewann!«

Ein schreckliches, geheimnisvolles Wort fand ich einmal in seinen Papieren. Nach vielen Ruhmwürdigen, was er von griechischen Heroen und alter Götterschönheit sagt, beginnt er: »Nun versteh' ich den Menschen erst, da ich fern von ihm und in der Einsamkeit lebe!«

Naturanschauungen sind ihm noch vollkommen klar. Es ist ein großer, erhebender Gedanke, daß die heilige, all-lebendige Mutter Natur, die Hölderlin mit seiner gesundesten, schwungvollsten, frischesten Poesie feierte, auch da, wo ihm die Welt des bloßen Gedankens in einem unseligen Wirrwarr unterging und es ihm nicht mehr gegeben war, etwas rein Abgezogenes konsequent zu verfolgen, noch von ihm verstanden wird. Das beweist sein Benehmen im Freien, der Eindruck und die wohltätige, beruhigende Wirkung, welche die Natur auf ihn äußert, und besonders manche schöne Bilder, die er sich frischweg aus ihr holte, indem er von seinem Fenster aus den Frühling kommen und gehen sah. So malte er in einem Verse auf eine homerisch anschauliche Weise, wie Schafe über einen Steg wandern. Das sah er oft vom Fenster. Er kam auf einen ganz sublimen Gedanken, indem er die silbernen Regentropfen von seinem Dache fallen sah.

Der Zusammenhang wird aber freilich vergebens gesucht, und bemüht er sich, etwas Abstraktes zu sagen, so verwirrt er sich, wird lahm und hilft sich am Ende bloß mit einer ungewöhnlichen Wortfügung.

Der größte Irrtum, in den manche flüchtige Beobachter dieses verwirrten Seelenzustandes gefallen sind, ist der, daß sie glauben, Hölderlin habe die fixe Idee, mit nichts als Königen, Päpsten und vornehmen Herren umzugehen, weil er jedermann und auch den Tischlern jene hohen Titel gibt. Allein das ist ganz falsch; Hölderlin ist ohne eine durchgehends ihn beherrschende fixe Idee. Er ist mehr in einem Zustand der Schwäche als der Narrheit, und alles, was er sinnlos vorbringt, ist eine Folge jener geistigen und körperlichen Erschöpfung. Erklären wir uns deutlicher.

Hölderlin ist unfähig geworden, einen Gedanken festzuhalten, ihn klar zu machen, ihn zu verfolgen, einen andern ihm analogen anzuknüpfen und so in regelmäßiger Reihenfolge durch Mittelglieder auch das Entfernte zu verbinden. Sein Leben ist, wie wir gesehen, ein ganz inneres, und dies ist gewiß eine der Hauptursachen, daß er in diesen Zustand der Abstumpfung versunken, aus dem sich herauszuarbeiten ihm schon seine physische Erschlaffung und die unglaubliche Schwäche seiner Nerven unmöglich macht. Es fällt ihm etwas ein, sei es eine Erinnerung, sei es vielleicht eine Bemerkung, die ihm ein Gegenstand der Außenwelt erweckt, er fängt an, zu denken. Aber nun mangelt ihm alle Ruhe, alles Stete und Feste, um zu erfassen, was nur wie im Dunst in ihm werden wollte. Er sollte ausbilden, und es fehlt die Kraft, auch nur einen Begriff in seine Merkmale zu zerlegen. Er will bejahen; aber wie es ihm nicht um die Wahrheit zu tun ist, denn diese kann nur das Produkt eines gesunden, geordneten Denkens sein, so verneint er im Augenblick, denn die gesamte Welt der Geister ist ihm Schein und Nebel, und sein ganzes Wesen ist ein entschiedener, freilich schrecklicher Idealismus geworden. Sagt er z. B. zu sich selbst: die Menschen sind glücklich, so mangelt es ihm an Halt und Klarheit, um sich zu fragen, warum und wie; er fühlt eine dumpfe widerstrebende Empfindung in sich, er widerruft und sagt: Die Menschen sind unglücklich, ohne sich darum zu bekümmern, warum und wie sie es sind. Diesen unglückseligen Widerstreit, der seine Gedanken schon im Werden zernichtet, konnte ich unzählige Male bemerken, weil er gewöhnlich laut denkt. Geriet er auch wirklich so weit mit dem Festhalten eines Begriffs oder einer Idee, so schwindelte ihm sogleich der Kopf, er verwirrte sich nur desto stärker, es zuckte eine konvulsivische Bewegung durch

Hölderlin, 72jährig, Bleistiftzeichnung von Louise Keller.

seine Stirne, er schüttelte mit dem Haupt und rief: »Nein! nein!« Und um sich aus diesem Schwindel, der ihn allzusehr beunruhigt, herauszuretten, verfiel er nun alsobald in ein Delirium und sagte Worte ohne Sinn und Bedeutung, gleichsam als ob sein Geist, allzu angestrengt durch jene zu lange Funktion des Denkens, sich erholen sollte, während der Mund Worte aussprach, bei denen jener nichts zu tun hatte. Dies wird ferner auch klar aus seinen Papieren. Es ist ihm noch gegeben, einen Satz hinzuschreiben, der etwa das Thema sein soll, das er ausführen will. Dieser Satz ist klar und richtig, wiewohl er meist doch nur eine Erinnerung ist. Allein, wenn er ihn durchführen, ausarbeiten, entwickeln soll, so daß es darauf ankommt, zu zeigen, wieweit er imstande sei, jene noch gebliebene Erinnerung durchzudenken und den neu ergriffenen Gedanken gleichsam wieder zu erzeugen, so fehlt es ihm sogleich; statt eines Fadens, der das Vielfache verknüpfen sollte, gehen ihrer so viele durcheinander und verlieren sich mithin in einem wüsten Gespinst, wie in einer Spinnenwebe. Er wird sogleich matt; er kommt von einem aufs andere und spricht nun endlich mit derselben Mühseligkeit seine Worte aus, mit der ein im Denken und Schreiben noch ungeübtes Kind sich anstrengt, um sich schriftlich zu erklären. Nun aber sind ihm, wie wir eben sagten, noch eine Menge sublimer metaphysischer Gedanken im Kopf, es ist ihm ferner noch ein gewisser Sinn für poetischen Anstand, für originellen Ausdruck geblieben, und er äußert sich sofort dunkel und höchst abenteuerlich, gleich unfähig, seine dunstigen, aufgestiegenen Geistesblasen festzuhalten oder jenen Erinnerungen eine neue Wendung oder eine klare Konsistenz zu geben, als auf der andern Seite bemüht, durch eine noch in seiner Macht gebliebene, ungewöhnliche Form und Ausdrucksweise wie mit Absicht seine Verlegenheit zu verdecken.

Zu dieser Art Poesien gehören selbst schon einige Stücke, welche in der Sammlung seiner Gedichte stehen. Wiewohl sie des Schönen, Frischen und Klaren viel enthalten, ja sogar helle, schwungvolle Stellen zeigen, so findet man doch hier und da Untiefen, welche wie schattige Flecken auf einer glatten, sonnigen Wasserfläche aussehen. Hier hatte sich Hölderlins Geist, dessen Leiden eben zu jener Zeit begannen, wo er diese Gedichte schrieb, schon verwickelt, und ist nicht mehr imstande, den Stoff ganz zu bemeistern. Es wäre daher

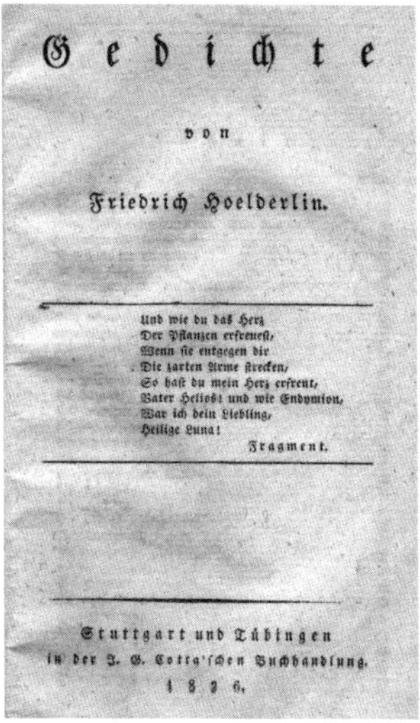
Gedichte

von

Friedrich Hoelderlin.

Und wie du das Herz
Der Pflanzen erfreuest,
Wenn sie entgegen dir
Die zarten Arme strecken,
So hast du mein Herz erfreut,
Vater Helios! und wie Endymion,
War ich dein Liebling,
Heilige Luna!

Fragment.

Stuttgart und Tübingen
in der J. G. Cotta'schen Buchhandlung.
1826.

Titelblatt der Erstausgabe der Gedichte Hölderlins, die von Gustav Schwab, Ludwig Uhland und Justinus Kerner besorgt wurde.

gut gewesen, wenn die Herausgeber, Uhland und Schwab, die sonst mit so vieler Sorgfalt und Mühe auswählten, diese Stücke entweder weggelassen oder wenigstens für solche, die mit Hölderlins Zustande unbekannt sind, mit einer Bemerkung versehen hätten. Die zartfühlenden Herausgeber hielt wohl eine Rücksicht für den noch lebenden Dichter ab, der übrigens für die Erscheinung seiner Gedichte gar kein Interesse zeigte.

Auf diese Art ist er immer mit sich selbst beschäftigt, wenn er nicht etwa in einem Zustand völliger Stumpfheit ist. Kommt er nun mit einem Menschen zusammen, so erscheinen die verschiedensten Motive, die ihn so unzugänglich und unverständlich machen. Fürs erste ist er gewöhnlich dergestalt in sich versenkt, daß er nicht die mindeste Aufmerksamkeit auf das hat, was außer ihm ist. Es ist eine unermeßliche Kluft zwischen ihm und der ganzen Menschheit; er ist entschieden aus ihr herausgetreten; es findet keine Verbindung mehr mit ihr statt, als etwa die der bloßen Erinnerung, der bloßen Angewöhnung des Bedürfnisses und des nie ganz zu ertötenden Instinkts. Er erschrak z. B. einmal aufs äußerste, als er ein Kind in einer gefährlichen Stellung am Fenster sah, lief schnell hin und nahm es weg. Diese scheinbar menschliche Teilnahme am Menschlichen ist von seinem einst so feinfühlenden, so aufgeschlossenen warmen Gemüte zurückgeblieben; aber auch nichts anderes als dieser instinktmäßige Trieb. Es wäre ihm gleichgültig, wenn man ihm sagte, die Griechen seien bis auf den letzten Sprößling ausgerottet, oder sie hätten vollkommen obgesiegt und beständen nun als selbständiger Staat; ja, er würde es nicht einmal in sich aufnehmen, denn es liegt ihm zu fern, ist zu fremd, stört ihn zu sehr. So würde er, wenn man ihm gesagt hätte, ich sei gestorben, mit großem Affekt gerufen haben: »Herr Jesus, ist er gestorben?« aber er hätte im ersten Moment nichts gefühlt und nichts gedacht, jene scheinbar teilnehmenden Worte wären bloß Form gewesen, die er immer beobachten möchte, und erst später, wenn er nach und nach Eingang in ihr gefunden hätte, würde er von meinem Tode gesprochen haben; weiter übrigens gewiß nichts, denn er kann sich anderer schlechterdings nicht mehr annehmen. Schon diese unablässige Zerstreuung, diese Beschäftigung mit sich selbst, dieser totale Mangel an Teilnahme und Interesse für das, was außer ihm vorgeht, diese seine

Abneigung und Unfähigkeit, eine andere Individualität zu erfassen, anzuerkennen, zu verstehen, gelten lassen zu wollen, schon diese Gründe machen eine genaue Kommunikation mit ihm unmöglich.

Nun ist nicht zu vergessen, daß noch eine starke Eitelkeit und eine Art von Stolz und Selbstgefühl in ihm zurückgeblieben. In seiner zwanzigjährigen Einsamkeit fand er nur Nahrung: weil er von aller Welt abgeschieden lebte, so gewöhnte er sich daran, sie nicht mehr nötig zu haben; weil keine Möglichkeit einer frohen Berührung mit ihr vorhanden war, so tröstete und beruhigte er sich selbst mit stolzen Vorspiegelungen, und er hielt sich, wie früher in der offenen, halb anerkennenden äußeren Welt durch Tätigkeit und Wirken, so nun in seinem abgeschlossenen Leben, wo er sich selbst Ich und Nicht-Ich, Welt und Mensch, erste und zweite Person war, für etwas Hohes oder Höchstes. Diese große Meinung von sich ist aber durch die liebenswürdige Grazie und die unverkennbare Güte seiner Natur verdeckt; Erziehung, angeborener, natürlicher Anstand, ein Sinn für Schicklichkeit, der jetzt nur hie und da durch Geistesabwesenheit und Zerstreuung unbemerkbar wird, Umgang mit trefflichen Männern aller Art und selbst mit Leuten von hohem Stande ließen sie nie hervortreten, und Hölderlin benahm sich daher mit einer Bescheidenheit, mit der er sich viele Herzen gewann. Alle diese Formen der Höflichkeit und Artigkeit sind ihm so angewöhnt, daß er sie jetzt noch gegen jedermann beobachtet. Allein wie er bei so zerstörtem geistigen Leben, bei so langer Abgeschiedenheit auf die absurdesten Dinge kommen muß, so übertreibt er auch jene Konvenienzen und Zeremonien und nennt die Leute bald Majestät, bald Heiligkeit, bald Baron und bald Pater. Es ist dabei nicht zu vergessen, daß er bei Hofe war, als seine Raserei gewaltsam und entschieden ausbrach, und daß wohl auch etwas Stolz und Eitelkeit mitunter ihr Spiel haben können so wie seine auffallende Neigung, sich jedermann in einer unübersteigbaren Ferne zu halten. Aber daß er wirklich mit Königen umzugehen glaubt, daran ist nicht zu denken; denn wie ich oben bemerkte, er ist kein Narr, hat keine fixe Idee, und sein Zustand ist nur der einer Geistesschwäche, welche durch ein zerstörtes Nervensystem zu einer unheilbaren Krankheit geworden ist.

Wie er alles meidet, was ihn plagt, was ihm die Denkfunktion in noch größere Verwirrung bringt, so erinnert er sich auch weniger gern an die wichtigeren Gegenstände seines früheren Lebens, die seine Krankheit veranlaßt haben. Kommt er aber darauf, so wird er entsetzlich unruhig, er tobt, er schreit, er geht nächtelang umher, er wird unsinniger als gewöhnlich und läßt nicht eher nach, bis seine allzu geschwächte physische Natur ihre Erhaltungsrechte ausübt. Ist er erzürnt und gereizt, wie zum Beispiel damals, als es ihm in den Kopf kam, plötzlich nach Frankfurt zu gehen, so sucht er aus Bitterkeit sich sein Zimmerchen, auf das er die ganze weite Welt reduziert hat, auf einen noch kleineren Raum zu reduzieren, als wie wenn er dann sicherer, unangefochtener wäre und den Schmerz besser aushalten könnte. Dann legt er sich zu Bette.

Das viele Sinnlose, was er zu sich selbst und anderen spricht, ist die Folge seiner Art, sich zu unterhalten. Er ist allein, er hat Langeweile, er muß sprechen. Er sagt etwas, das vernünftig ist, er kann es nicht weiter ausbilden, es kommt ihm etwas anderes in den Sinn, und das wird Schlag auf Schlag von einem dritten und vierten verdrängt und zernichtet. Jetzt kommt eine schreckliche Konfusion heraus, er fühlt sich übel darin, er redet Unsinn, plaudert Bedeutungsloses, während sein Geist wieder ausruht. Ist er mit anderen zusammen, so glaubt er artig und gesellig sein zu müssen, er fragt also, sagt etwas, aber ohne alles Interesse an dem Fremden, sowie ohne Interesse an dem, was dieser gegen ihn äußert. Er ist unterdessen so mit sich selbst verwickelt, daß er den zweiten gleich annulliert und mit sich selbst spricht. Befindet er sich nun in der Verlegenheit, antworten zu müssen, so mag er nicht denken, er versteht nicht, was man ihm sagt, weil er es nicht beachtet, und er fertigt demnach den Gesellschafter mit Unsinn ab.

Die unzähligen närrischen Kuriositäten sind größtenteils eine leicht erklärliche Ausgeburt seines Einsiedlerlebens. Kommen ja sogenannte vernünftige Menschen, die viele Jahre lang sich zurückziehen, besonders wenn sie nichts arbeiten, auf Dinge, die kaum einem ausgemachten Narren anstehen würden; um wieviel mehr ein Unglücklicher, der nach einer Jugend voll Hoffnungen und Freuden, voll Schönheit und Reichtum durch eine unglückselige Kombination der Umstände, ein allzu reizbares geistiges Wesen und einen allzu straff gespannten Geist ganze Jahrzehnte fern von jeder Berührung mit der Welt lebt und nichts mehr besitzt, um sich seine Zeit zu vertreiben, als das zerstörte Uhrwerk seines Denkvermögens.

Sollen wir nun unsere Antwort auf eine Frage geben, die sich uns so unwiderstehlich bei der Betrachtung des herzerschütternden Schicksals dieses einst so viel ver-

Hölderlin um 1840, Wachsrelief von W. Neubert.

heißenden Geistes aufdrängt, ob er nämlich noch genesen, ob er erwachen und zum vollkommenen Gebrauch seiner geistigen Kräfte gelangen werde, so müssen wir mit dem tiefsten Schmerz gestehen, daß uns eine solche Veränderung seines psychischen Lebens zwar wünschenswert, aber nicht glaubwürdig ist. Hölderlins körperliche Verfassung ist dergestalt zerstört, daß er andere Nerven bekommen müßte, um den Geist von seinen Fesseln zu befreien. Das aber, was wir hoffen und selbst nach manchen Erfahrungen glauben, ist eine momentane Genesung, die dem Unglücklichen kurz vor der Ablösung der für ihn so schrecklich gewordenen Verbindung zwischen Leib und Seele vielleicht zuteil werden wird. Aber gewiß könnte dies nur ein Augenblick sein, und nur der letzte. Als ich Deutschland verließ, hatte Hölderlin schon bedeutend abgenommen, er war erschöpfter als gewöhnlich und auch stiller. Vor sechs Jahren hatte sein Auge noch Feuer und Kraft, und sein Gesicht noch Leben und Wärme. Es wurde aber zuletzt auch matter und abgelebter. Es ist nun lange her, daß ich nichts mehr von ihm hörte. Er hat sein Leben nun auf 57 Jahre gebracht, von denen ihm nur die ersten drei Jahrzehnte nicht verloren gehen sollten. Keiner Seele ist der Abschied von einem Körper mehr zu wünschen, der ihre Tätigkeit, ihre schönsten Kräfte, ihren kühnsten Flug hemmt, als jener allzu fein und verletzbar gewebten, die der Sturm des Verhängnisses zerrissen. Hoffen wir darum, daß jener einzige und letzte Augenblick dem edeln, nun aus unserer Gesellschaft getretenen Freunde werde und daß ihm vor der Wanderung in ein anderes Leben das schwermütige Rätsel des vergangenen noch klar und die Hoffnung des zukünftigen neu lebendig werde!

Aus der Biographie von Chr. Th. Schwab

... Im Winter auf 1843 war Hölderlin einigemal unwohl, erholte sich jedoch immer schnell, sodaß man sein Ende noch für ziemlich weit entfernt hielt. In den ersten Tagen des Juni besuchte ich ihn und fand ihn fast wie sonst. Kurze Zeit darauf fühlte er sich plötzlich des Abends sehr unwohl, ging, um sich zu erleichtern, zum offenen Fenster und sah lange in die schöne Mondnacht hinaus, was ihn etwas zu beruhigen schien, indessen nahm seine Mattigkeit zu, und er legte sich ins Bett. Hier fühlte er bald den Tod herannahen, faltete die Hände und betete, man hörte ihn nur wenige Worte

Hölderlins Grab auf dem Tübinger Friedhof.

sprechen und darunter nichts, was auf ein Erwachen seines Geistes schließen ließ. Er starb morgens um 4 Uhr, noch ehe der Arzt herbeigekommen war, den 7. Juni 1843. Die Sektion zeigte eine ausgebildete Brustwassersucht als Ursache seines Todes, außerdem eine bedeutende Herzverknöcherung und Hirnwassersucht. Daß das letztere Übel die Folge einer einst vorhergegangenen Entzündung der Gehirnsorgane sei, das wurde als Vermutung ausgesprochen; in wie weit diese gegründet sei, darüber habe ich kein Urteil, aber den ersten Ursprung von Hölderlins Geisteskrankheit wird man auf jeden Fall in psychischen Gründen suchen müssen. Diejenigen, welche gewöhnlich um den Unglücklichen gewesen waren, weinten um ihn wie um einen Bruder; aber wenn man das gebrechliche Alter seiner guten Pflegemutter betrachtete, die nur noch eins ihrer Kinder bei sich hatte, so schien es eine gütige Fügung, daß er ihnen entrissen worden war, ehe die Umstände eine Veränderung seiner Lage notwendig machten. Ein voller Lorbeerkranz schmückte das Haupt des Toten. Seiner Leiche folgten, trotz eingetretenen Unwetters, außer den Verwandten viele Studierende und mehrere Professoren. Der Verfasser dieser Biographie sprach einige Worte am Grabe. Als der Sarg niedergelassen war, erhellte sich der trübe Himmel, und die Sonne goß ihre freundlichsten Strahlen über das offene Grab. Es war ein Fest der Befreiung, das die Natur mit uns feierte; der hohe Genius, dessen Hülle hier bestattet wurde, war der hemmenden Nacht entflohen, und aus den Hallen des Jenseits winkte ihm die unvergängliche Jugend des Himmels. Durch die Pforte des Todes war er zur Freiheit gegangen, in ein Leben, wo er, vergessen der Knechtsgestalt und der Leiden, sich selbst wieder finden sollte. Solche Gefühle waren es, die mich damals bewegten, mit ihnen schließe ich auch diese Zeilen und bemerke nur noch, daß der Bruder des Dichters ihm ein einfaches Denkmal an seiner Ruhestätte setzen ließ.

HERMANN HESSE ÜBER HÖLDERLIN

Das nachfolgende Mosaik aus Buchbesprechungen, Briefen und autobiographischen Berichten ist ein erster Versuch, mit einer Auswahl der uns bisher zugänglichen Selbstzeugnisse die Beziehung Hermann Hesses zu Hölderlin zu dokumentieren. Seine noch immer weitgehend unbekannte Hölderlin-Erzählung »Im Presselschen Gartenhaus« (1913) schließt sich an. Mit ihr und dem Namen des Hölderlin-Freundes Sinclair, den Hesse im Ersten Weltkrieg als Pseudonym für seine politischen Aufsätze und kurz danach auch für seinen »Demian« benützte, läßt sich Hölderlins Spur auch in den Dichtungen Hermann Hesses verfolgen.

Seit hundert Jahren gab es einen deutschen Dichter, der die Besten immer wieder an sich zog, einen heimlichen Liebling und König der idealistischen Jugend, der aber niemals von den Vielen gekannt war: Hölderlin. Sein Werk, ein kleiner Band Gedichte, teils von hymnisch großem Schwung, teils von zartester lyrischer Versunkenheit, klang merkwürdig schön, erregend und tragisch zusammen mit seinem Leben, das sich nach einer kurzen strahlenden Jugend in Wirrnis und Wahnsinn, aber auch in eine überpersönliche und mythische Atmosphäre verlor, er war das Urbild des vom Gott auserwählten und vom Gott geschlagenen Dichters, aufglänzend in übermenschlicher Reinheit, voll Adel und schmerzlicher Schönheit, des Dichters, der am »normalen Leben« zerbrechen muß und das Gedächtnis einer kurzen leuchtenden Geistesblüte hinterließ, wie es sonst nur die früh Gestorbenen begleitet.

Und nun, in den letzten paar Jahren, ist dieser Hölderlin von der deutschen Jugend neu entdeckt worden, hat sein Mahnruf an die Deutschen neue, verstärkte Bedeutung gewonnen, und noch einmal strahlte das Gestirn dieses schönen Fremdlings mächtig auf, allerdings in einer Zeit und Luft, welche jede Begeisterung leicht zur Mode macht. Es gab auch tatsächlich eine Hölderlin-Mode, und der gar nicht leicht zugängliche Dichter liegt heute auf den Tischen mancher Damen neben den Reden Buddhas und den Feuilletons von Tagore. Schon ist diese Mode nahezu wieder verblüht, und geblieben ist uns davon ein Gutes: daß auch die Philologen und die Verleger sich um Hölderlin bemüht haben, so daß es jetzt gute und schöne Ausgaben seines Werkes und seiner Briefe gibt. Mit Anerkennung genannt seien hier zwei neue Hölderlin-Ausgaben, die große fünfbändige, mit allen Briefen, die Zinkernagel im Insel-Verlag herausgibt und die bald vollendet sein wird, und eine in vier handlichen Bänden beim Verlag Lichtenstein in Weimar.

Ist auch Hölderlin, wie ich glaube, von denen nicht ganz verstanden worden, die ihn in den letzten Jahren etwas lärmend auf den Schild gehoben haben, so war es doch keineswegs ein Zufall, daß man sich seiner gerade jetzt erinnerte, in der aufgewühlten eschatologischen Stimmung des geschlagenen Deutschland. Es war nicht nur die Ekstatik seiner flammenden Hymnen, welche in der Revolutionszeit gelegentlich etwas Manifestartiges gewannen; es war vor allem die Person des Dichters, der Hauch von edler Geistigkeit und adligem Übermenschentum, was in dieser Zeit einer tiefen Korruption und eines hoffnungslosen Verkauftseins an materielle Nöte so tief wirkte. Denn Hölderlin ist nicht nur ein Dichter, und sein Werk und Wesen ist mit dem seines geschriebenen Werkes nicht identisch, er ist mehr, er ist der Vertreter eines heldischen Typus.

In einem seiner sehr merkwürdigen Aufsätze steht ein Gedanke, in welchem der Dichter sein eigenes Schicksal zu ahnen und sich selbst im Tiefsten zu erkennen scheint. Da steht: »Es kommt alles darauf an, daß die Vortrefflichern das Inferieure, die Schönern das Barbarische nicht zu sehr von sich ausschließen, sich aber auch nicht zu sehr damit vermischen, daß sie die Distanz, die zwischen ihnen und den andern ist, bestimmt und leidenschaftslos erkennen, und aus dieser Erkenntnis wirken und dulden. Isolieren sie sich zu sehr, so ist die Wirksamkeit verloren, und sie gehen in ihrer Einsamkeit unter.« Da hat Hölderlin, der wahrhaft zu den »Schönern« gehörte, eine tiefe Einsicht gehabt. Man darf diesen Satz von der Distanz und seine Forderung nicht nur so auffassen, als solle der edlere Mensch sich von den gemeineren Mitmenschen nicht allzu rigoros isolieren, seine eigentliche Tiefe zeigt der Satz erst, wenn wir ihn auch nach innen verstehen, als die Forderung, der Edle müsse nicht nur in der Umwelt, sondern auch in sich selbst, in der eigenen Seele das Gemeinere, das naturhaft Naive anzuerkennen und zu schonen wissen. Wir tun mit dieser Deutung Hölderlins Gedanken gewiß nicht Gewalt an, denn das Problem war ihm zeitlebens tief bewußt und wurde viele Male von ihm ausgesprochen; er kannte seine Gefahr, seine einseitige Zugehörigkeit zur Klasse der »Sentimentalischen«, wie Schiller sagte, und er hat unter dem Mangel an Naivität beständig gelitten.

In die Sprache der heutigen Psychologie übersetzt, würde Hölderlins Forderung also etwa so lauten: Der Edle stelle sein Triebleben nicht allzu einseitig unter die Herrschaft des triebfeindlichen Geistes, denn jedes Stück unseres Trieblebens, dessen Sublimierung nicht gelingt, bringt uns auf dem Wege der »Verdrängung« schwere Leiden. Dies war Hölderlins individuelles Problem, und er ist ihm erlegen. Er hat eine Geistigkeit in sich hochgezüchtet, welche seiner Natur Gewalt antat; sein Ideal war, alles Gemeine hinter sich zu lassen, aber er hat nicht die unerhörte Zähigkeit Schillers besessen, welcher in ganz ähnlicher Lage ein Höchstbeispiel geistiger Willenszucht gegeben und sich dabei restlos verzehrt und verbraucht hat. Durch und durch »sentimentalisch« wie Schiller, hat sein Verehrer und Schüler Hölderlin sich an der Forderung aufgerieben, die er sich selbst gestellt hat, er hat ein Beispiel von Vergeistigung angestrebt, das im Versuch mißglückte. Und wenn wir Hölderlins Dichtung betrachten, so finden wir, daß gerade jene Schillersche Geistigkeit, so edel sie ihm auch zu Gesicht steht, im Grunde seinem Wesen doch aufgezwungen war. Denn das, was wir in dieser herrlichen Dichtung als einzig und unnachahmlich verehren, ist weder ihre bewußte Meisterschaft, so hoch sie auch sei, noch ist es ihr »Inhalt« an Gedanken, sondern es ist die ganz einzige, vom Schillerschen Vorbilde oft nahezu erdrückte Unterströmung von Musik, von rhythmischem und klanglichem Geheimnis. Diese wunderbare geheimnisvoll schöpferische Unterströmung, im Unterbewußten wohnend, liegt in vielen Gedichten Hölderlins geradezu im Streit mit seinem bewußt gepflegten Dichterideal, und an der Vergewaltigung dieser heimlichen und heiligen Schöpferkraft ist er zugrunde gegangen. Hölderlin hat sich, im edelsten Streben, aber dem tiefsten Wert seines Wesens zum Schaden, unter Schillers Einfluß beinahe schon zum Intellektuellen entwickelt.

Diese Gedanken zur Individualpsychologie des Dichters erschöpfen jedoch Hölderlins Problem durchaus nicht. Sein Schicksal ist vor allem ein Heldenschicksal, und diese sind überindividuell. Eben darum sehen wir so oft große, begnadete Menschen an Widerständen zugrunde gehen, mit welchen der Kleine spielend fertig wird, und der gesunde Durchschnittsverstand hat es leicht, die Begnadeten als Psychopathen zu erklären, sei es nun mit oder ohne psychoanalytischen Apparat. Gewiß sind jene Helden unter anderm auch Psychopathen. Aber weit darüber hinaus sind sie Helden, sind ehrwürdige und gefährliche Versuche des Menschentums, sich zu veredeln, und ihr Schicksal steht in der heldischen, in der tragischen Atmosphäre, auch wenn ein solcher Held zufällig nicht auf erschrekkende Weise endet. Hölderlin war es beschieden, dies tragische Schicksal des Begnadeten denkmalhaft darzustellen. Die Tragik, die etwa in Schillers Leben mit nicht kleinerer Gewalt strömt, ist bei Hölderlin zu ei-

nem unerhört deutlichen, einem unerhört ergreifenden Ausdruck gekommen. Das unterscheidet ihn, einen echten Heros, für das Gefühl eines jeden von allen Dichtern, deren Wesen und Bild in ihrem Werk uns ohne Rest ausgedrückt scheint.
(Überarbeitete und erweiterte Fassung des Vorworts zu diesem Band für Hesses 1928 erschienene Sammlung »Betrachtungen«)

Wo die Romantik krank wird, und das ist sie mehrmals geworden, da wird sie allzu unerquicklich – wie viel höher steht der kranke Klassiker Hölderlin, als der kranke Romantiker Lenau! –
(Aus einem Brief Hesses vom 29. 5. 1895 an Theodor Rümelin)

Dieser Tage las ich ›In die Nacht‹.* Sie können sich denken, mit welcher Teilnahme, denn nicht nur kenne ich Tübingen und verehre Hölderlin gewissermaßen aus der Nähe, sondern ich war auch selber Klosterschüler in Maulbronn. Es war die Zeit meiner wildesten Stürme, zwischen Knaben- und Jünglingsalter, und auf diese mächtigen Klostermauern und Kreuzgänge häuft meine Erinnerung allen unwiederbringlichen Glanz, der jener Zeit der ersten Ideale und Sehnsucht eigen ist. Wie voll genoß ich da die sich erschließenden Wunder Homers, wie lebte ich mich in die gotische Kühle der herrlichen steinernen Räume ein und litt doch zugleich unter der Klausur! Damals wußte ich noch nicht, daß das Ziel meiner brennenden Sehnsucht nirgends mit

* Carl Müller-Rastatt, »In die Nacht! Ein Dichterleben« Eugen Diederichs Verlag, Leipzig, 1898.

Händen zu greifen sei, ich sah die »Welt« in lockenden Farben liegen und schob alles Elend auf die strenge Verbannung in den Klostermauern. Es war der erste wichtige Schritt meines Lebens, als ich damals, voll glühenden Durstes nach Licht, Schönheit, Freiheit, aus dem Kloster entfloh, und ich leide noch heute unter dieser knabenhaften Geniereise. Was ich fand, das lohnte wahrlich diese verzweifelte Sehnsucht nicht. Dort liegt nun, im Schatten der Linden, mit den Bogenfenstern, Kreuzgängen und Kapellen, weltabgeschieden ein Stück meiner Jugend unerlöst und blickt mit Vorwurf mich an.
(Aus einem Brief Hesses vom 24. 4. 1899 an Helene Voigt-Diederichs)

Ich weiß Kleines von Großem soweit zu unterscheiden, daß ich mich neben Hölderlin als kleinen Stümper fühle, aber ich liebe ihn, neben Novalis, Eichendorff und Mörike unter den Lyrikern vor allen. Ein Zeugnis davon lege ich Ihnen bei:

Ode an Hölderlin

Freund meiner Jugend, zu dir kehr ich voll Dankbarkeit
Manchen Abend zurück, wenn im Fliedergebüsch
Des entschlummerten Gartens
Nur der rauschende Brunnen noch tönt.

Keiner kennt dich, o Freund; weit hat die neuere Zeit
Sich von Griechenlands stillen Zaubern entfernt,
Ohne Gebet und entgöttert
Wandelt nüchtern das Volk im Staub.

Aber der heimlichen Schar innig Versunkener,
Denen der Gott die Seele mit Sehnsucht schlug,
Ihr erklingen die Lieder
Deiner göttlichen Harfe noch heut.

Sehnlich wenden wir uns, vom Tag Ermüdete,
Der ambrosischen Nacht deiner Gesänge zu,
Deren wehender Fittich
Uns beschattet mit goldenem Traum.

Ach, und glühender brennt, wenn dein Lied uns entzückt,
Schmerzlicher brennt nach der Vorzeit seligem Land,
Nach den Tempeln der Griechen
Unser ewiges Heimweh auf.

(Aus einem Brief Hesses vom Sept. 1913 an Erwin Ackerknecht)

In diesem ergreifenden kleinen Buch sind die wichtigsten Zeugnisse aus der Krankheitszeit Hölderlins zusammengestellt: einige seiner Gedichte aus der Zeit seiner Umnachtung, Briefe Hölderlins, Briefe seiner Freunde, seiner Mutter, Sinclairs, der Aufsatz Waiblingers über Hölderlin, und andres. Herrlich die Gedichte, erschütternd des Dichters Briefe, rührend die der Mutter –: »Ich sende dir anbei ein Wämsele und 4 Paar Strümpf als einen Beweis meiner Liebe und Andenken.«
(»Der kranke Hölderlin«, herausgegeben von Erich Tummler, München, 1921; Hinweis Hesses in »Vivos voco«, Leipzig, Mai 1921)

Man muß in der deutschen Vergangenheit etwas weiter zurücksteigen als bloß bis in die klassisch-idealistische Zeit, in welcher von würdigen und zum Teil genialen Männern die Fundamente zu dem geschaffen wurden, was heute als offiziell-deutsche Staatsbeamtengesinnung entartet und antiquiert ist, sondern man muß ein älteres, früheres, ein Deutschland der mittelalterlichen Dome und Dichtung aufsuchen. Und im späteren Deutschland muß man neben Wagner auch Bach und gar Mozart, neben Kant auch Schopenhauer und Nietzsche, neben Schiller auch Goethe, Hölderlin und Jean Paul kennen und anerkennen. Dann kann man ein Mann und ein Deutscher bleiben und doch die Weltgedanken der Menschenliebe und der Menschenvernunft mitdenken und verwirklichen helfen. Mit der Gesinnung jener Briefschreiber, mit dem einseitigen, idealistisch-ideologischen Deutschtum, das nur Kant, Schiller, Fichte, Wagner kennt, geht es freilich nicht. Dies einseitige, verbohrte Deutschtum, das von vielen Kanzeln und Kathedern gelehrt wurde, das mit dem Kriege nicht zusammengebrochen scheint, muß einem unendlich weiteren, elastischeren Deutschtum Platz machen, wenn Deutschland nicht bis in Ewigkeit zwischen den Völkern der Welt einsam, verärgert und weinerlich sitzen bleiben soll.
(Aus »Haßbriefe«, Zusammenfassende Entgegnung Hesses auf Briefe nationalistischer Studenten in »Vivos voco«, Leipzig, Juli 1921)

Gott sei Dank, endlich eine befriedigende Ausgabe der Gedichte des größten deutschen Lyrikers! Sie existieren seit mehr als hundert Jahren; eine vollständige

kritische Ausgabe aber gibt es bis heute noch nicht. Hier ist, in der Ausgabe des Jenenser Verlages Erich Lichtenstein, auf Grund von Hellingraths verdienstvollen Forschungen, ein Buch geschaffen, das uns Hölderlins Gedichte in nahezu vollständiger Sammlung und in einer überaus durchdachten, schönen, klugen Anordnung darbietet, in reinen, unverdorbenen Texten. Und glücklicherweise ist das Buch auch als Buch, als Leistung von Setzer, Drucker und Buchbinder, von vornehmer, einfacher Würde und Schönheit. Es gibt keine andere so gute, so befriedigende Ausgabe, sie sei von Herzen willkommen geheißen! Und mit hundert anderen Zeichen deutet auch sie darauf hin, daß Hölderlins Zeit zu kommen beginnt, daß die Herzen der deutschen Jugend ihm endlich offen stehen.
(»Gedichte von Friedrich Hölderlin«, Verlag E. Lichtenstein, Jena, Rezension Hesses in der »National-Zeitung«, Basel vom 11. 3. 1922)

Als ich kürzlich Hölderlins Gedichte in Lichtensteins Ausgabe anzeigte, stand jener schöne Band noch für sich allein. Nun hat der Herausgeber sich entschlossen, die übrigen Werke Hölderlins nach denselben Grundsätzen und in derselben einfach-schönen Ausstattung herauszugeben. Zunächst erschienen Hyperion und Empedokles zusammen in einem Bande. Zwei spätere Bände werden folgen, dann wird Lichtensteins Ausgabe der schönste volkstümliche Hölderlin sein (die textkritisch-wissenschaftlich beste Ausgabe ist die von Zinkernagel). Es ist ein besonderer Vorzug bei Lichtenstein, daß er zwar nicht für Philologen, sondern für die eigentlichen Leser Hölderlins arbeitet, also auf philologische Allüren (Nebeneinander verschiedener Textvarianten usw.) verzichtet, daß er aber den Text mit größter, ehrfürchtiger Sorgfalt behandelt, was bekanntlich sich bei »Klassikerausgaben« keineswegs von selber versteht.

Bemerkenswert ist in Lichtensteins kurzem Vorwort ein Satz: »Der beginnenden Popularisierung Hölderlins, deren Anzeichen nicht mehr zu verkennen sind, stehen wir befremdet und mißtrauisch gegenüber. Zwar sollte diese einsame Stimme in Deutschland zu allererst gehört werden, aber wir zweifeln, ob ihre reine unbedingte Sprache der Menge schon vernehmbar ist.« Gewiß, auch wir zweifeln daran sehr, indessen begrüßen wir trotzdem diese beginnende Popularisierung eines der größten und unbekanntesten deutschen Dichter mit Freude. Er wird in zehntausend Hände kommen, welche nichts mit ihm anzufangen wissen, aber er teilt dieses Los mit der Bibel, mit Goethe, mit Nietzsche, mit hundert Dichtern. Für die, welche fähig sind, seine kristallene Stimme wirklich aufzunehmen, ist zwar eine wirkliche Popularisierung Hölderlins undenkbar, aber ebenso eine Entweihung durch allzuviele Leser.
(»Hölderlins Hyperion und Empedokles«, herausgegeben von E. Lichtenstein, Weimar, 1922. Rezension Hesses in der »National-Zeitung«, Basel v. 2. 5. 1922)

Diese wunderschöne Hölderlin-Ausgabe, deren beide erste Bände ich früher hier anzeigte, ist nun mit zwei weiteren Bänden vollständig geworden. Der eine enthält die Übersetzungen und Aufsätze, der andere die Briefe. Es ist eine Freude, das Werk dieses reinen Dich-

ters, dieses lang verkannten Sehers, in Lichtensteins Ausgabe in diesen schönen würdigen Bänden, in dieser Ordnung und sorgfältigen Textgestaltung zu besitzen und zu lesen. Im Band der Übersetzungen leuchten besonders Pindars Hymnen hervor, mit ihrer plastischen, satten Sprachkraft, und die Antigone des Sophokles. Und ergreifend blickt aus den Familien- und Freundesbriefen die irdische Gestalt des Dichters uns an, in ihrer so eigenen, so wunderbaren Atmosphäre von reiner Beseeltheit und stillem Leiden. – Dem Herausgeber sei für diese würdige Leistung Dank gesagt!
(»Hölderlins Werke«, herausgegeben von Erich Lichtenstein, Weimar; Rezension Hesses in der »National-Zeitung«, Basel, vom 31. 8. 1923)

Ich glaube nicht, daß heute viele Literaten leben, in deren Mund ein Urteil über Eichendorff, oder Hölderlin, oder Novalis nicht Blasphemie wäre. Ich meine hier haben wir nicht zu urteilen und zu wägen, sondern zu verehren und dankbar zu sein.
(Aus einem Brief Hesses vom 24. 2. 1924 an Carl Seelig)

Aus »Die Nürnberger Reise«:
Ich schlug den Mantelkragen hoch, steckte eine Zigarre an und schlenderte los. Die Hauptstraße kannte ich schon, und sie schien mir dem Ideal eines abendlichen Schwabenstädtchens nicht sehr nahezukommen, darum schlug ich mich in die erste Seitengasse, stolperte über einiges Gerümpel und einen niedern rasigen Abhang hinab, und plötzlich war der Mond wieder da und spiegelte sich in einem wunderbaren stillen, nächtigen Gewässer, und spitze Giebel stachen in den blei-

chen Himmel, weit und breit kein Mensch, hinter einem Hofzaun ein bellender Hund. Langsam ging ich gaßauf und gaßab, über eine Brücke und wieder zurück, kühl duftete das Wasser herauf, die spitzen Giebel waren wie in meinem Heimatstädtchen, und während ich der Heimat dachte und meines törichten Lebens und einsamen Alterns, kam zwischen Dächerschluchten wieder der Mond herauf, schon weiß und klein, und in diesem Augenblick besuchte mich eine Erinnerung aus der Knabenzeit. Es fiel mir der Augenblick wieder ein, der mich vielleicht zum Dichter hat werden lassen (obwohl ich auch vorher schon Verse gemacht hatte). Dies war so: in unserm Schullesebuch, das wir als zwölfjährige Lateinschüler hatten, standen die üblichen Gedichte und Geschichten, die Anekdoten von Friedrich dem Großen und Eberhard im Barte, und alle las ich gern, aber mitten zwischen diesen Sachen stand etwas anderes, etwas Wunderbares, ganz und gar Verzaubertes, das Schönste, was mir je im Leben begegnet war. Es war ein Gedicht von Hölderlin, das Fragment »Die Nacht«. Oh, diese wenigen Verse, wie oft habe ich sie damals gelesen, und wie wunderbar und heimlich Glut und auch Bangigkeit weckend war dies Gefühl: das ist Dichtung! Das ist ein Dichter! Wie klang da, für mein Ohr zum erstenmal, die Sprache meiner Mutter und meines Vates so tief, so heilig, so gewaltig, wie schlug aus diesen unglaublichen Versen, die für mich Knaben ohne eigentlichen Inhalt waren, die Magie des Sehertums, das Geheimnis der Dichtung mir entgegen!

– die Nacht kommt,
Voll mit Sternen, und wohl wenig bekümmert um uns
Glänzt die Erstaunende dort, die Fremdlingin unter
den Menschen,
Über Gebirgeshöhn traurig und prächtig herauf.

Nie mehr, so viel und so begeistert ich auch als Jüngling las, haben Dichterworte mich so völlig bezaubert, wie diese damals den Knaben. Und später, als Zwanzigjähriger, als ich zum erstenmal im Zarathustra las und ähnlich bezaubert war, fiel alsbald jenes Hölderlingedicht im Lesebuch und jenes erste Erstaunen meiner Knabenseele vor der Kunst mir wieder ein ... *(1927)*

Es gibt Fälle, wo der edlere Mensch sich gegen die Brutalität des Schicksals und der Masse überhaupt nicht anders retten kann als durch den Einbau einer Isolierschicht gegen die Welt, diese Schicht nennt das Volk dann Wahnsinn; der größte, auf eine Art vorbildliche Fall dieser Art war Hölderlin. Der hat als er bis zum Unerträglichen belastet und gereizt war, sich der Welt auf eine geradezu geniale Weise zu entziehen verstanden, und hinter seiner Isolierschicht hat er, wie man zum Teil erst in neuerer Zeit entdeckte, nicht bloß je und je schöne Verse gemacht, sondern sogar eine richtige menschliche wie dichterische Entwicklung erlebt.
(Aus einem Brief Hesses, ca. 1941, an Edmund Natter)

HERMANN HESSE
IM PRESSELSCHEN GARTENHAUS

Eine Erzählung aus dem alten Tübingen

ES WAR IN DEN ZWANZIGER JAHREN DES VORIGEN Jahrhunderts, und wenn die Weltläufte damals andere waren als heute, so schien doch die Sonne und lief der Wind nicht anders über das grüne, friedevolle Tal des Neckars als heute und gestern. Ein schöner, freudiger Frühsommertag war über die Alb heraufgestiegen und stand festlich über der Stadt Tübingen, über Schloß und Weinbergen, Neckar und Ammer, über Stift und Stiftskirche, spiegelte sich im frischen, blanken Flusse und schickte spielende, zarte Wolkenschatten über das grellsonnige Pflaster des Marktplatzes.

Im theologischen Stift war die lärmende Jugend soeben vom Mittagstisch aufgestanden. In plaudernden, lachenden, streitenden Gruppen schlenderten die Studenten durch die alten hallenden Gänge und über den gepflasterten Hof, den eine zackige Schattenlinie in der Quere teilte. Freundespaare standen in Fenstern und offenen Stubentüren beieinander; aus frohen, ernsten, heiteren oder träumerischen Jünglingsgesichtern leuchtete der schöne warme Sonnentag wider, und in ahnungsvoll durchglühter Jugend strahlte da manche noch so knabenhafte Stirn, deren Träume noch heute lebendig sind und deren Namen heute wieder von dankbaren und schwärmerischen Jünglingen verehrt werden.

An einem Korridorfenster, gegen den Neckar hinausgelehnt, stand der junge Student Eduard Mörike und blickte zufrieden in die grüne, mittägliche Gegend hinüber; ein Schwalbenpaar schwang sich jauchzend in launisch spielerischen Bogen durch die sonnige Luft vorbei, und der junge Mensch lächelte gedankenlos mit den eigenwillig hübschen, gekräuselten Lippen.

Dem etwa Zwanzigjährigen, den seine Freunde einer unerschöpflichen frohsprudelnden Laune wegen liebten, begegnete es nicht selten, daß in frohen, guten Augenblicken ihm plötzlich die ganze Umgebung zu einem verzauberten Bilde erstarrte, in dem er mit staunenden Augen stand und die rätselhafte Schönheit der Welt wie eine Mahnung und beinahe wie einen feinen heimlichen Schmerz empfand. Wie eine bereitstehende Salzlösung oder ein kaltes, stilles Wintergewässer nur einer leisen Berührung bedarf, um plötzlich in Kristallen zusammenzuschießen und gebannt zu erstarren, so war mit jenem Schwalbenfluge dem jungen Dichtergemüt plötzlich der Neckar, die grüne Zeile der stillen Baumwipfel und die schwachdunstige Berglandschaft dahinter zu einem verklärten und geläuterten Bild erstarrt, das mit der erhobenen, feierlich-milden Stimme einer höheren, dichterischen Wirklichkeit zu seinen zarten Sinnen sprach. Schöner und herzlicher spielte nun das frühe Licht in den schweren, laubigen Wipfeln, seelischer und bedeutsamer floß die Kette der Berge in die verschleierte Ferne hinüber, geistiger lächelte vom Ufer Gras und Gebüsch herauf, und dunkler, mächtiger redete der strömende Fluß wie aus urwelthaften Götterträumen her, als werbe Baumgrün und Gebirge, Flußrauschen und Wolkenzug dringlich um Erlösung und ewigen Fortbestand in der Seele des Dichters.

Noch verstand der befangene Jüngling die flehenden Stimmen nicht ganz, noch ruhte der innere Beruf, ein verklärender Spiegel für die Schönheit der Welt zu sein, erst halb bewußt in den Ahnungen dieser schönen, heiter-nachdenklichen Stirn, und noch war das Wissen um eine vereinsamende Auszeichnung nicht mit seinen Schmerzen in des Dichters Seele gedrungen. Wohl floh er oft aus solchen geisterhaft gebannten Stunden plötzlich mit ausbrechendem Weh und Trostbedürfnis wie ein erschrecktes Kind zu seinen Freunden, verlangte in nervöser Einsamkeit heftig nach Musik und Gespräch und innigster Geselligkeit, doch war noch die unter hundert Launen verborgene Schwermut und das in allen Freuden weiterdürstende Ungenügen seinem Bewußtsein fremd geblieben. Und noch lächelte Mund und Auge in ungebrochener Lebensfrische, und von jenen geheimen Zügen der Gebundenheit und Lebensscheu, die wir im Bilde des geliebten Dichters kennen, war noch keiner in das reine Gesicht gekommen, es sei denn als ein flüchtig vorübergleitender Schatten.

Indem er stand und schaute und mit zarten, witternden Sinnen den jungen Sommertag einsog, für Augenblicke ganz allein und abgerückt und außerhalb der Zeit, kam ein Student in lärmender Wildheit die Treppe herabgerannt. Er sah den Versunkenen stehen, kam mit stürmischen Sätzen einhergesprungen und schlug dem Träumer heftig beide Hände auf die schmalen Schultern.

Erschrocken und aus tiefen Träumen gerüttelt, wendete Mörike sich um, Abwehr und einen Schatten von Beleidigung im Gesicht, die großen, milden Augen noch vom Glanz der kurzen Entrückung überflogen. Doch alsbald lächelte er wieder, griff eine der um seinen Hals gelegten Hände und hielt sie fest.

»Waiblinger! Ich hätte mir's denken können. Was machst du? Wo rennst du wieder hin?«

Wilhelm Waiblinger blitzte ihn aus hellblauen Augen an, und sein voller, aufgeworfener Mund verzog sich schmollend wie ein verwöhnter und etwas blasierter Weibermund.

»Wohin?« rief er in seiner heftigen und rastlosen Art. »Wohin soll ich denn fliehen, von euch prädestinierten Pfaffenbäuchen weg, wenn nicht zu meinem chinesischen Refugium draußen im Weinberg, oder vielleicht lieber gleich in irgendeine Kneipe, um meine Seele mit Bier und Wein zu überschwemmen, bis nur die höchsten Gebirge noch aus dem Dreck und Schlamm hinausragen? O Meerigel, du wärst ja noch der einzige, mit dem ich gehen könnte, aber weißt du, am Ende bist vielleicht auch du bloß so ein Heimtücker und fauler Philister. Nein, ich habe niemand mehr hier in dieser Hölle, ich habe keinen Freund, es wird nächstens gar keiner mehr mit mir gehen wollen! Bin ich nicht ein Hanswurst, ein räudiger Egoist und wüster Saufbold? Bin ich nicht ein Verräter, der die Seelen seiner Freunde verkauft, jede arme Seele für einen Dukaten an den Verleger Franckh in Stuttgart?«

Mörike lächelte und sah dem Freunde in das erregte, wilde Gesicht, das ihm so vertraut und so merkwürdig war mit seiner Mischung von brutaler Offenheit und pathetischer Schauspielerei. Die langen, wehenden Locken, mit denen Waiblinger in Tübingen aufgetreten war und die ihm so viel Ruhm und Spott eingebracht hatten, waren seit einiger Zeit gefallen. Er hatte sie sich in einer gerührten Stunde von der Frau eines Bekannten mit der Schere abschneiden lassen.

»Ja, Waiblinger«, sagte Mörike langsam, »du machst es einem eigentlich nicht leicht. Deine Locken hast du damals geopfert, aber daß du dir vorgenommen hast, vor Mittag kein Bier mehr zu trinken, das hast du, scheint's, wieder vergessen.

Mit einer übertriebenen Gebärde der Verachtung sah der andere ihn an und warf den Athletenkopf zurück.

»Ach du! Jetzt fängst auch du noch das Predigen an! Das ist gerade, was mir noch gefehlt hat. Es ist ein Elend. Ich aber sage dir, du Gesalbter des Herrn, du wirst eines Tages in einer stinkigen Landpfarre sitzen und wirst sieben Jahre um die saure Tochter deines Brotherrn dienen und einen Bauch dabei bekommen und wirst das Gedächtnis deiner besseren Tage verkaufen um ein Linsengericht und wirst deinen Jugendfreund verleugnen um einer Gehaltsaufbesserung willen. Denn siehe, es wird eine Schande und Todsünde sein, für den Freund des Waiblinger zu gelten, und sein Name soll ausgetilgt werden im Gedächtnis der Guten und Frommen. Meerigel, du bist ein Heimlichtuer, und es ist mein Fluch, daß ich dein Freund sein muß, denn auch du hältst mich für einen Verworfenen, und wenn ich in der Verzweiflung meiner Seele zu dir komme und mich an dein Herz werfe, dann wirfst du mir vor, daß ich Bier getrunken habe! Nein, ich habe nur noch einen Freund, einen einzigen, und zu dem will ich gehen. Der ist meinesgleichen, und das Hemd hängt ihm aus den Hosen, und er ist seit zwanzig Jahren so verrückt, wie ich es bald auch sein werde.«

Er hiel inne, nestelte heftig an seinem lang herabhängenden Halstuch, das er unter die Weste stopfte, und fuhr plötzlich viel sanfter und beinahe bittend fort: »Du, ich will zum Hölderlin gehen. Gelt, du kommst mit?«

Mörike zeigte mit der Hand durchs offene Fenster, mit einer unbestimmten, weiten Gebärde. »Da guck einmal hinaus! Das ist so schön, wie das alles im Frieden liegt und in der Sonne atmet. So hat es der Hölderlin auch einmal gesehen, wie er seine Ode vom Neckartal gedichtet hat. Ja, ich komme mit, natürlich.«

Er ging voran, Waiblinger aber blieb einen Augenblick stehen und blickte hinaus, als habe wirklich erst Mörike ihm die Schönheit des vertrauten Bildes gezeigt. Dann legte er im Nacheilen dem Freunde die Hand auf den Arm und nickte mehrmals nachdenklich, und sein unstetes Gesicht war still und gespannt geworden.

»Bist du mir bös?« fragte er kurz.

Mörike lachte nur und ging weiter.

»Ja, es ist schön da draußen«, fuhr Waiblinger fort, »und da hat der Hölderlin vielleicht seine schönsten Sachen gedichtet, wie er anfing, das Griechenland seiner Seele in der Heimat zu suchen. Du verstehst das auch besser als ich, du kannst so ein Stück Schönheit ganz still aufnehmen und wegtragen und dann einmal wieder ausstrahlen. Das kann ich nicht, noch nicht, ich kann nicht so ruhig und still und so verflucht geduldig sein. Vielleicht einmal später, wenn ich kühl und ausgetobt und alt geworden bin.«

Sie traten auf den Stiftshof hinaus und überschritten die Schattengrenze. Waiblinger nahm den Hut vom Kopf und atmete begierig die warme Sonnenluft. An alten, stillen Häusern vorbei, deren grüne Holzläden auf der Mittagsseite gegen die Hitze geschlossen waren, gingen sie die Gasse hinab bis zum Hause des Schreinermeisters Zimmer, wo eine saubergeschichtete Ladung von frischen tannenen Brettern in der blanken Wärme glänzte und duftete. Die Haustür stand offen, und alles war still, der Meister hielt noch Mittagspause.

Als die Jünglinge ins Haus traten und sich zur Treppe wandten, die zu des wahnsinnigen Dichters Erkerzimmer hinaufführte, öffnete sich in dem dunklen Hausflur eine Türe, aus einem durchsonnten Wohnraum her drang weiches Licht in Strahlenbündeln heraus, und darin erschien ein junges Mädchen, die Tochter des Schreiners.

»Grüß Gott, Jungfer Lotte!« sagte Mörike freundlich.

Sie schaute einen Augenblick lichtblind in den schattigen Raum, dann kam sie näher. »Grüß Gott, ihr Herren! Ach, Sie sind's? Grüß Gott, Herr Waiblinger! Ja, er ist droben.«

»Wir wollen ihn mit spazieren nehmen, wenn wir dürfen?« sagte Waiblinger mit einer einschmeichelnden Stimme, die er gegen alle jungen und hübschen Mädchen im Gebrauch hatte.

»Das ist recht, bei dem schönen Wetter. Gehen die Herren wieder ins Presselsche Gartenhaus?«

»Jawohl, Jungfer Lotte. Kann ihn vielleicht später jemand dort abholen? Ich frage nur. Wenn's nicht gut geht, bringen wir ihn selber wieder her. Man kommt immer gern zu Ihnen ins Haus, Jungfer.«

»Ei was! Nein, ich komme dann schon und hole ihn. Daß er nur nicht zu lange in der heißen Sonne bleibt, das tut ihm nicht gut.«

»Danke, ich will daran denken. Also auf Wiedersehen!«

Sie verschwand, und mit ihr floh die Lichtflut hinter die Stubentür zurück. Die beiden Studenten stiegen die Treppe hinauf und fanden die Tür zu Hölderlins Zimmer halb offenstehen. Mit der leichten Scheu und Befangenheit, die er trotz wiederholter Besuche jedesmal vor dieser Schwelle empfand, näherte Mörike sich langsam. Waiblinger ging rascher voraus und pochte an den Türpfosten, und da keine Antwort herauskam, schob er die leise in den Angeln reibende Türe behutsam weiter auf, und beide traten ein.

Sie sahen in dem sehr einfachen, aber hübschen und lichten Raume, dessen Fenster auf den Neckar gingen, die hohe Gestalt des Unglücklichen in ein Fenster gelehnt, auf den unmittelbar unter dem Erker dahinströmenden Fluß blickend. Hölderlin stand ohne Rock in Hemdsärmeln, den schlanken Hals bloß, das Haupt leicht gegen den Fluß hinabgebeugt. Nahe beim Fenster stand sein Schreibtisch; Gänsefedern staken in einem Behältnis, eine lag quer über mehrere beschriebene Papiere hinweggelegt. Ein schwacher Luftzug lief vom Fenster her und raschelte in den Blättern.

Bei dem Geräusch wendete der Dichter sich um, er nahm die Eingetretenen wahr und blickte ihnen aus seinen schönen, reinen Augen entgegen, indem sein Blick zuerst auf Mörike fiel, den er nicht zu erkennen schien.

Verlegen machte dieser einen kleinen Bückling und sagte schüchtern: »Guten Tag, Herr Bibliothekar! Wie geht es Ihnen?«

Der Dichter schlug den Blick zu Boden, ließ die noch auf dem Fenstersims ruhende Hand sinken und verneigte sich sehr tief, indem er unverständliche demütige Worte murmelte. Wieder und wieder verneigte er sich in schauerlich mechanischer Ergebenheit, bückte sein schönes, schwach ergrautes Haupt tief hinab und legte die Hände über der Brust zusammen.

Waiblinger trat vor, legte ihm die Hand auf den Arm und sagte: »Lassen Sie's gut sein, verehrter Herr Bibliothekar!«

Nochmals bückte Hölderlin sich tief und murmelte halblaut: »Ja, Königliche Majestät. Wie Eure Majestät befehlen.«

Und indem er Waiblinger in die Augen sah, erkannte er ihn, der sein Freund und häufiger Besucher war; er hörte auf, seine Verbeugungen zu machen, ließ sich die Hand schütteln und wurde ruhig.

»Wir wollen spazierengehen!« rief der Student ihm zu, der diesem Kranken gegenüber etwas von seinem reizbar ungleichen Wesen verlor und im Umgang mit dem verehrten Schatten eine ihm sonst kaum eigene Güte und sanfte Überlegenheit zeigte, wie er denn überhaupt zu keinem Menschen in einem so gleichmäßigen und liebenden Verhältnis lebte wie zu dem geisteskranken Dichter, der mehr als dreißig Jahre älter war und den er bald sanft und schonend wie ein gutes Kind, bald ernst und verehrend wie einen edlen Freund anzufassen wußte.

Mit Verwunderung und verlegener Rührung sah

nun der Studiosus Mörike zu, wie sein ungestümer und hochfahrender Freund sich mit seltsam zarter Teilnahme und mit einer gewissen Übung und Geschicklichkeit des kranken Menschen annahm.

Waiblinger schien sich in Hölderlins Zimmer genau auszukennen. Von einem Nagel hinter der Tür brachte er des Wahnsinnigen Gehrock, aus einer Schublade sein wollenes Halstuch hervor und half dem folgsamen Kranken in seine Kleider wie eine Mutter dem Kinde. Er wischte mit seinem Taschentuch den Staub von Hölderlins Knien, er suchte dessen großen schwarzen Hut hervor und bürstete ihn sorglich rein, und dazwischen redete er ihm zu und ermunterte ihn beständig: »So, so, Herr Bibliothekar, jetzt haben wir's gleich, jawohl. So, so ist's recht, so ist's gut. Dann gehen wir an die Luft hinaus und zu den Bäumen und Blumen, es ist schön Wetter heut. So, jetzt noch den Hut auf, s'il vous plaît.« Worauf der alte Dichter nichts erwiderte als etwa einmal in höflich zerstreutem Tone die Worte: »Euer Gnaden befehlen es. Je vous remercie mille fois, Herr von Waiblinger.« Er ließ sich betreuen und hielt willig stand, und sein ehrwürdiges Gesicht mit den nur teilweise zerstörten adlig schönen Zügen schien bald voll zerstreuter Gleichgültigkeit, bald in einer heimlich belustigten hohen Überlegenheit zuzuschauen.

Mörike war unterdessen an den Schreibtisch getreten und las, ohne das Blatt jedoch in die Hände zu nehmen, stehend in einem der offenliegenden Manuskripte. In metrisch tadellosen, wohlgebauten Versen stand da ein Stück von des zerstörten Dichtergeistes Schattenleben aufgezeichnet: flüchtige, oft von Unsinn unterbrochene Gedanken und sanfte Klagen, dazwischen

Bilder voll reiner Anschaulichkeit, in einer empfindlichen, feingepflegten Sprache voll Musik, aber immer wieder gestört und vernichtet durch plötzlich hineingeflossene Worte und Sätze eines harmlos ledernen Kanzleistils.

»So, jetzt können wir ja gehen«, rief Waiblinger, als sie fertig waren, und Hölderlin folgte ihm willig, nicht ohne noch im Gehen zu wiederholen: »Der Herr Baron befehlen. Euer Gnaden untertänig zu Diensten.«

Hager und groß schritt Friedrich Hölderlin hinter Waiblinger her die Treppen hinab, über den umzäunten Hof und durch die Gasse, den großen Hut bis dicht über die Augen herabgezogen, leise vor sich hinmurmelnd und scheinbar ohne einen Blick für die Welt. Bei der Neckarbrücke aber, wo zwei kleine barfüßige Büblein kauerten und mit einer toten Eidechse spielten, blieb die schlanke, würdevolle Gestalt einen Augenblick stehen, um vor den beiden Kindern tief den Hut zu ziehen. Mörike ging neben ihm, und da und dort blickte man aus Fenstern und Haustüren dem grotesken kleinen Zuge nach, jedoch ohne viel Erregung und Neugierde, denn jedermann kannte den verrückten Dichter und wußte von seinem Schicksal.

Sie stiegen an hübschen buschigen Gartenhängen und Weinbergmäuerchen vorbei den sonnigen Österberg hinan. Voraus ging stattlich die kraftvolle Gestalt Waiblingers, welcher längst aus Erfahrung wußte, daß Hölderlin niemals vorangehe und einer Führung bedürfe. Dieser schritt langsam und ernsthaft, den Blick meist am Boden, und neben ihm ging der zarte Mörike her, gleich seinem Kameraden schwarz gekleidet. In den Ritzen der Rebbergmauern blühte da und dort blauroter Storchschnabel und weiße Schafgarbe, davon riß Hölderlin zuweilen einige Stengel ab und nahm sie mit sich. Die Hitze schien ihn nicht anzufechten, und als sie oben haltmachten, blickte er befriedigt um sich.

Hier stand das chinesische Gartenhäuschen des Oberhelfers Pressel, das im Sommer stets an Studenten abgetreten wurde und jetzt schon seit längerer Zeit, solange es die Witterung erlaubte, tagsüber von Waiblinger bewohnt wurde. Dieser zog einen großen geschmiedeten Schlüssel aus der Tasche, stieg die paar Steinstufen zum Eingang empor, schloß die Türe auf und wandte sich mit einer feierlich einladenden Gebärde an den Gast: »Treten Sie ein, Herr Bibliothekar, und seien Sie willkommen!«

Der Dichter nahm seinen Hut ab, stieg hinan und trat in das kleine putzige Häuschen, das er längst kannte und liebte. Kaum war auch Waiblinger hereingekommen, so wandte sich Hölderlin an diesen mit einer tiefen, respektvollen Verbeugung und sprach mit mehr Lebhaftigkeit als sonst: »Euer Gnaden haben befohlen. Ich empfehle mich Ihnen, Herr Baron. Eure Herrlichkeit wird mich in dero Schutz nehmen. Votre très humble serviteur.«

Darauf trat er vor den Schreibtisch und starrte mit angelegentlichem Interesse nach der Wand empor, wo Waiblinger in großen griechischen Schriftzeichen den geheimnisvollen Spruch »Ein und All« angebracht hatte. Vor diesen Zeichen verweilte er minutenlang in gespannter Nachdenklichkeit. Mörike, in der leisen Hoffnung, ihn jetzt einem Gespräch zugänglich zu finden, näherte sich ihm und fragte behutsam: »Sie scheinen diesen Spruch zu kennen, Herr Bibliothekar?«

Dieser wich aber alsbald zurück und verschanzte sich in sein undurchdringliches Hofzeremoniell. »Majestät«, sagte er mit großer Feierlichkeit, »dieses kann und darf ich nicht beantworten.«

Er trug den unordentlich zusammengerafften Blumenstrauß noch in der Hand, den er nun langsam mit den Fingern zerpflückte und in die Taschen seines Rokkes stopfte. Währenddessen war er an das breite, niedere Fenster getreten, das über den lichten Weinberg und die tieferliegenden Gärten hinweg eine weite stille Aussicht auf das Flußtal und auf die hohen Berge der Alb darbot. In den Anblick der hellen, friedevollen Sommerlandschaft versunken, blieb er stehen, tief die reine, von Sonnenschein und Rebenblüte erfüllte Luft atmend, und an seinen entspannten und beglückten Mienen war zu merken, daß diesem schönen Bilde seine Seele noch in der alten Zartheit und heiligen Empfänglichkeit offenstehe und Antwort gebe.

Waiblinger nahm ihm den Hut aus der Hand und sprach ihm zu, sich aufs Gesims des Fensters zu setzen, was er sogleich tat. Darauf erhielt erst Hölderlin, dann Mörike vom Hausherrn eine wohlzubereitete Tabakspfeife überreicht, und nun saß der kranke Dichter begnügt und zufrieden rauchend, schwieg und blickte ruhig in das sommerliche Tal hinaus. Sein rastloses Murmeln war verstummt, und vielleicht hatte sein ermüdeter Geist zu den hohen Sternbildern seiner Erinnerung zurückgefunden, unter welchen er einst die kurze herrliche Blüte seines Lebens gefeiert und deren Namen seit zwei Jahrzehnten niemand mehr ihn hatte nennen hören.

Schweigend hatten die Freunde eine Weile den

Rauch aus ihren Pfeifen gesogen und dem stillen Manne am Fenster zugeschaut. Dann erhob sich Waiblinger, nahm ein Schreibheft zu Händen, das auf dem Tische lag, und begann mit feierlicher Stimme zu reden: »Verehrter Gast, es ist Ihnen wohl bekannt, daß wir drei ein Kollegium von Dichtern vorstellen, wenn auch keiner von uns jungen Anfängern sich mit dem Dichter des unsterblichen ›Hyperion‹ vergleichen darf. Was könnte nun natürlicher und schöner sein, als daß ein jeder von uns etwas von seinen Gedichten oder Gedanken vortrage? In diesem Hefte hier habe ich allerlei aus Ihren neueren Schriften gesammelt, Herr Bibliothekar, und ich bitte Sie herzlich, lesen Sie uns etwas daraus vor!«

Er gab Hölderlin das Schreibheft in die Hand, das dieser sogleich wiederzuerkennen schien. Er stand auf, begann in dem kleinen Raum hin und wider zu schreiten, und plötzlich hob er mit lauter Stimme und mit einer gewissen ergreifenden Leidenschaftlichkeit an, folgendes vorzulesen: »Wenn einer in den Spiegel siehet, ein Mann, und siehet darin sein Bild wie abgemalt: es gleicht dem Manne. Augen hat des Menschen Bild, hingegen Licht der Mond. Der König Ödipus hat ein Auge zuviel vielleicht. Die Leiden dieses Mannes, sie scheinen unbeschreiblich, unaussprechlich, unausdrücklich. Wenn das Schauspiel ein solches darstellt, kommt's daher. Wie ist mir's aber, gedenk ich deiner jetzt? Wie Bäche reißt das Ende von etwas mich dahin, welches sich wie Asien ausdehnet. Natürlich, dieses Leiden, das hat Ödipus. Natürlich ist's darum. Hat auch Herkules gelitten? Wohl. Die Dioskuren in ihrer Freundschaft, haben sie Leiden nicht auch getragen?

Nämlich, wie Herkules mit Gott streiten, das ist Leiden. Doch das ist auch ein Leiden, wenn mit Sommerflecken ist bedeckt ein Mensch, mit manchen Flecken ganz überdeckt zu sein! Das tut die schöne Sonne. Die Jünglinge führt sie die Bahn mit Reizen ihrer Strahlen wie mit Rosen. Die Leiden scheinen so, die Ödipus getragen, als wie ein armer Mann klagt, daß ihm etwas fehle. Sohn Laios', armer Fremdling in Griechenland! Leben ist Tod, und Tod ist auch ein Leben . . .«

Während des Lesens hatte sein Pathos sich noch immer gesteigert, und die Studenten waren den seltsamen, zuweilen tief und schrecklich bedeutsam lautenden Worten nicht ohne Bangigkeit und geheimen Schauder gefolgt.

»Wir danken Ihnen!« sagte Mörike. »Wann haben Sie das geschrieben?«

Allein der Kranke liebte es nicht, gefragt zu werden, er ging nicht darauf ein. Statt dessen hielt er dem Jüngling das Schreibheft vor die Augen. »Sehen Sie, Hoheit, hier steht ein Semikolon. Euer Hoheit Wunsch ist mir Befehl. Non, votre Altesse, die Gedichte bedürfen des Kommas und des Punktes. Euer Gnaden befehlen, daß ich mich zurückziehe.« Damit setzte er sich wieder ins Fenster, begann an der erloschenen Pfeife zu saugen und richtete seinen Blick auf den fernen Roßberg, über dem eine lange, schmale Wolke mit goldenen Rändern stand.

»Du hast doch auch etwas zum Vorlesen?« fragte Waiblinger seinen Freund.

Mörike schüttelte den Kopf und fuhr mit den Fingern durch sein blondes, frauenhaft zartes Haar. In seinem kleinen Stehpult verborgen, bewahrte er daheim in seiner Stiftsstube seit kurzem zwei neue Gedichte auf, welche »An Peregrina« überschrieben waren und von denen keiner seiner Freunde wußte. Wohl wußten einige von ihnen um die sonderbare romantische Liebe, deren schönes Zeugnis jene Lieder waren; vor Waiblinger aber hatte er nie davon gesprochen.

»Du bist doch ein Querkopf!« rief Waiblinger enttäuscht. »Warum hältst du dich eigentlich vor mir so verborgen? Von deinen Gedichten höre ich nichts mehr, und hier oben hat man den Herrn auch seit Wochen nimmer gesehen! Der Louis Bauer macht es geradeso. Ihr seid verfluchte Feiglinge, ihr Tugendhelden!«

Mörike wiegte unruhig seinen Kopf hin und wider. »Wir wollen uns lieber vor dem da nicht zanken«, sagte er leise mit einer Gebärde gegen das Fenster. »Was indessen den Tugendhelden betrifft, da hast du dich getäuscht. Mein Werter, ich habe letzte Woche wieder einmal acht Stunden im Karzer gesessen. Das sollte mich bei dir rehabilitieren. Und nächstens kann ich dir auch wieder etwas vorlesen.«

Waiblinger hatte seinen Hemdkragen weit aufgeknöpft und den Rock ausgezogen, seine mächtige, dunkelbehaarte Brust schaute durch den Hemdspalt. »Du bist ein Diplomat!« rief er feindselig, und alles, woran er seit Wochen litt und womit er nicht fertig wurde, stieg wieder mit neu ausbrechender Heftigkeit in ihm auf. »Man weiß nie, wie man bei dir steht. Aber ich will es jetzt wissen, du. Warum weichet ihr mir alle aus? Warum kommt keiner mehr zu mir in den Weinberg da heraus? Warum läuft mir der Gfrörer davon, wenn ich ihn anreden will? Ach, ich weiß ja alles! Angst habt ihr, elende lumpige Stiftlerangst! Ihr seid genau wie die Ratten, die ein Schiff vor dem Untergang verlassen! Denn daß ich nächstens einmal aus dem Stift hinausgeworfen werde, das wißt ihr ja besser als ich selber. Ich bin gezeichnet wie ein Baum, der gefällt werden soll, und ihr zieht euch zurück und seht zu, die Hände in den Taschen, wie lang ich's wohl noch treibe. Und wenn sie mich dann absägen, dann seid ihr die Schlauen und könnet sagen: Haben wir's nicht schon lang gesagt? Wenn der Bürgersmann einen rechten Spaß haben soll, dann muß einer gehenkt werden, und der bin diesmal ich. Und du, du stehst auch bei denen drüben, und von dir ist es nicht recht, du bist doch bei Gott mehr wert als die ganze Rotte. Du und ich, wir könnten miteinander das ganze Pack in die Luft sprengen. Aber nein, du hast deinen Bauer und deinen Hartlaub, die laufen dir nach und bilden sich ein, sie wären auch so eine Art von Genies, wenn sie sich an deinem Feuer wärmen. Und ich kann allein herumlaufen und an mir selber ersticken, bis ich kaputt gehe! Es ist nur gut, daß ich den Hölderlin habe. Ich glaube, dem haben sie auch seinerzeit im Tübinger Stift das Rückgrat gebrochen.«

»Ja, da muß ich beinahe lachen«, fing Mörike besänftigend an. »Du schimpfst, ich käme nimmer zu dir ins Gartenhaus. Aber wo sitzen wir denn gerade jetzt? Und ich bin auch ein paarmal schon den Österberg heraufgestiegen, aber der Waiblinger war nicht da, der Waiblinger hatte in der Beckei und beim Lammwirt und in andern Kneipen zu tun. Vielleicht hat er auch hier drinnen gesessen und hat bloß nicht auftun mögen, wie ich geklopft habe, so wie er's einmal dem Ludwig Uhland auch gemacht hat.« Er streckte dem Kameraden die

Hand hinüber. »Sieh, Wilhelm, du weißt, daß ich nicht immer mit dir einverstanden sein kann – du bist es ja selber nicht. Aber wenn du meinst, ich habe dich nimmer gern, oder wenn du gar behauptest, mir sei mein Plätzlein im Stift zu lieb und ich habe Angst, für deinen Freund zu gelten, dann muß ich einfach lachen. Lieber soll man mich acht Tage in den Karzer stecken, als daß ich an einem Freunde den Judas mache. Weißt du's jetzt?«

Waiblinger drückte die hingebotene Hand so heftig, daß sein Freund schmerzlich den Mund verzog. Stürmisch fiel er ihm um den Hals, der sich seiner kaum erwehren konnte, und plötzlich hatte er die Augen voll Tränen stehen, und seine umschlagende Stimme klang hoch und knabenhaft. »Ich weiß ja,«, rief er schluchzend, »ach, ich weiß, ich bin deiner gar nicht wert. Das dumme Saufen hat mich heruntergebracht. Du weißt ja nicht, wie elend ich bin, du kennst das alles nicht, was ich durchmache und was mich noch tötet, du kennst das Weib nicht, diese wunderbare, rätselhafte Frau, an der ich mich verblute.«

»Ich kenne sie schon!« meinte Eduard trocken, und er dachte, mit einer kleinen Erbitterung gegen den Freund, an seine eigenen Schmerzen um Peregrina.

»Du kennst sie nicht, sag ich, wenn du sie auch schon gesehen hast und ihren Namen weißt. Du, ist sie nicht wahnsinnig schön? Kann sie denn etwas dafür, daß sie eine Jüdin ist, und könnte sie so rasend schön sein, wenn sie's nicht wäre? Ich verbrenne an ihr, ich kann nicht lesen mehr, nicht schlafen, nicht dichten; erst seit ich ihren Busen geküßt und an ihrem Hals geweint habe, weiß ich, was Schicksal ist.«

»Schicksal ist immer Liebe«, sagte Mörike leise und

dachte mehr an Peregrina als an den Freund, dessen stürmende Selbstentblößung ihm quälend war.

»Ach, du«, rief jener schmerzlich und sank in seinen Sitz zurück, »du bist ein Heiliger! Du stehst überall nur wie ein Wächter dabei und hast überall nur teil am Schönen und Zarten und nicht am Giftigen und Häßlichen. Du bist so ein stiller guter Stern, aber ich, ich bin eine wilde nutzlose Fackel und verbrenne in der Nacht. Und ich will es auch so, ich will verflackern und verbrennen, es ist gut so und ist nicht schade um mich. Wenn ich nur vorher noch einmal etwas Gutes und Großes schaffen könnte, nur ein einziges edles, reifes Werk. Es ist ja alles nichts, was ich gemacht habe, alles schwach und eitel und in mir selbst befangen! Der hat es gekonnt, der dort drüben im Fenster. Der hat seinen ›Hyperion‹ hingestellt, ein Sternbild und ein Denkmal seiner großen Seele! Und du kannst es auch, du wirst in aller Stille große und gute Werke schaffen, du Unheimlicher, dem ich nie ganz ins Herz sehen kann! Oh, ich kenne sie alle durch und durch, die Freunde, den Pfizer in Stuttgart und den Bauer und alle miteinander, ich habe sie durchschaut und ausgeleert und verbraucht – wie Nüsse, wie Nüsse! Nur du hast immer standgehalten, nur du hast dein Geheimnis in dir bewahrt. Dich kenn ich noch immer nicht, dich kann ich nicht aufknacken und verbrauchen! Mit mir geht es schon abwärts, und du stehst noch im Anfang. Mir wird es gehen wie unserm Hölderlin, und die Kinder werden mich auslachen. Aber ich habe keinen ›Hyperion‹ gedichtet!«

Mörike war sehr ernst geworden. »Du hast den ›Phaeton‹ gedichtet«, sagte er zart.

»Den ›Phaeton‹! Da wollte ich griechisch sein, und wie verlogen, wie widerlich ist das Zeug geworden! Sprich mir nimmer vom ›Phaeton‹! Dir kann ich's nicht glauben, wenn du ihn noch lobst, du stehst so hoch über dieser Spottgeburt! Nein, er ist nichts wert, und ich bin ein Stümper, ein jammervoller Stümper! Es geht mir immer so, ich fange eine Dichtung in heller Freude an, und es blüht und sprudelt in mir und läßt mich Tag und Nacht nicht los, bis ich den Strich unters letzte Kapitel gemacht habe. Dann meine ich, wunder was ich geleistet hätte, und nach einer Weile, wenn ich's wieder ansehe, ist alles fad und grau oder alles grell und falsch und übertrieben. Ich weiß, bei dir ist das ganz anders, du machst wenig und brauchst Zeit dazu, aber dann ist es auch gut und kann sich sehen lassen. Bei mir wird aus jedem Einfall immer gleich ein Buch, und ich muß sagen, es gibt nichts Herrlicheres, als so sich hinzustürmen und auszugießen, im Rausch und Feuer des Schaffens. Aber nachher, nachher! Da steht der Satan da und grinst und zeigt den Pferdefuß, und die Begeisterung war Schwindel, und der edle Rausch war Einbildung! Es ist ein Fluch!«

»Du mußt nicht so reden«, fing Mörike gütig an, die Stimme voll von Trost. »Wir sind ja noch fast Kinder, du und ich, wir dürfen noch jeden Tag das wegwerfen, was wir gestern gemacht und schön gefunden haben. Wir müssen noch probieren und lernen und warten. Der Goethe hat auch Sachen geschrieben, von denen er nichts mehr wissen will.«

»Natürlich, der Goethe!« rief Waiblinger gereizt. »Das ist auch so ein Ritter von der Geduld, vom Abwarten und Zusammensparen! Ich mag ihn nicht!«

Plötzlich hielt er inne, und beide Jünglinge schauten verwundert auf. Hölderlin hatte seinen Fensterplatz verlassen, durch die laute, heftige Unterhaltung beunruhigt, nun stand er und schaute Mörike an; sein Gesicht zuckte unruhig, und seine hagere, lange Figur sah bedürftig und leidend aus.

Da beide betroffen schwiegen, neigte sich Hölderlin über Mörikes Stuhl, berührte ihn vorsichtig an der Schulter und sagte mit sonderbar hohler Stimme: »Nein, Euer Gnaden, der Herr von Goethe in Weimar, der Herr von Goethe – ich kann und darf mich darüber nicht äußern.«

Das gespenstische Dazwischentreten des Wahnsinnigen und sein scheinbares Eingehen auf ihr Gespräch, was bei ihm äußerst selten war, hatte die Freunde unheimlich berührt und beinahe erschreckt.

Jetzt fing Hölderlin wieder an, durch die kleine Stube zu wandern, traurig und geängstigt hin und her zu wandern wie ein gefangener großer Vogel, und unverständliche Worte vor sich hinzusagen.

»Wir hatten ihn ganz vergessen!« rief Waiblinger voll Reue und war wie verwandelt. Wieder nahm er sich des Dichters wie ein sanfter Pfleger an, führte ihn ans Fenster zurück, lobte die Aussicht und die herrliche Luft, brachte die am Boden liegende Pfeife wieder in Ordnung, tröstete und begütigte mütterlich. Und wieder gewann Mörike den anspruchsvollen und unbequemen Freund, da er ihn so herzlich und gütevoll bemüht sah, von neuem seltsam lieb und machte sich stille Vorwürfe, ihn seit langem wirklich vernachlässigt zu haben. Er kannte Waiblingers phantastische Übertreibungssucht und das unheimlich rasche Auf und Nieder seiner Stimmungen, aber was Mörike von jener gefährlichen Jüdin durch Hörensagen wußte, war freilich bedenklich, und des Freundes voriger Ausbruch hatte ihn ernstlich geängstigt. Der zarte und empfindliche Mörike hatte in Waiblinger stets ein Urbild unverwüstlichen Jugendübermuts und üppig schwellender Kraft gesehen; nun aber machte der von Trunk und seelischer Selbstzerstörung beschädigte und entstellte Mensch auch ihm einen beklemmenden Eindruck, als gehe er verzweifelnd auf einem abschüssigen Pfade tiefer und tiefer einem unholden Schicksal entgegen. Auch die seltsame Vertrautheit, ja Freundschaft des Freundes mit dem Geisteskranken erschien ihm heute in einer unheimlichen Bedeutsamkeit.

Friedlich saß indessen der Freund neben seinem armen Gast im Fenster, der strotzend junge neben dem ergrauten und erloschenen Manne; die tiefer gerückte Sonne strahlte wärmer und farbiger am Gebirge wider, im Tal fuhr ein langes Floß aus Tannenstämmen den Fluß abwärts, Studenten saßen darauf, schwangen blitzende Trinkkelche im Sonnenlicht und sangen ein kräftig frohes Lied, daß es bis in diese stille Höhe heraufschallte.

Mörike trat zu den beiden und blickte mit hinaus. Schön und milde lag die geliebte Gegend zu seinen Füßen, mit blanken Lichtern blitzte der Neckar herauf, und mit der satten lauen Luft wehte Gesang und ungebärdige Jugendlust wie mit warmem Lebensatem herauf. Warum saßen sie hier so arm und beraubt, diese Dichter des Überschwanges, der alte und der junge, und warum stand er selber, von schwankenden Freundschaften und von einer beschämend hoffnungslosen Liebe erschüttert, so unbefriedigt und traurig daneben? War das nur seine Empfindlichkeit und Schwäche, daß er drüben Stimmungen so oft unterlag? Oder war es wirklich das Schicksal der Dichter, daß ihnen keine Sonne scheinen konnte, deren Schatten sie nicht in der eigenen Seele sammeln mußten?

Mitleidig dachte er dem Leben Hölderlins nach, der einst nicht nur ein Dichter, sondern auch ein begabter Philolog und hochgesinnter Erzieher gewesen war, mit Schiller im Verkehr gestanden und als Hofmeister im Hause der Frau von Kalb gelebt hatte. Hölderlin war, gerade wie Mörike auch, ein Zögling des theologischen Stifts gewesen und hätte Pfarrer werden sollen, und dagegen hatte er sich gesträubt, wie auch Mörike sich dagegen zu sträuben gedachte. Seinen Willen nun hatte jener durchgesetzt, aber er hatte die besten Kräfte dabei verbraucht! Und wie hatte die Welt den untreu gewordenen Stiftler, den zartherzigen, schüchternen Dichter empfangen! Nichts war ihm geworden als Armut, Demütigung, Hunger, Heimatlosigkeit, bis er aufgerieben war und der jahrzehntelangen Krankheit verfiel, welche weniger ein Wahnsinn zu sein schien als eine tiefe Ermüdung und hoffnungslose Resignation des verbrauchten Geistes und Herzens. Da saß er nun mit der göttlichen Stirn und den noch immer ergreifend rein blickenden Augen, das Gespenst seiner selbst, in eine taube, entwicklungslose Kindheit zurückgesunken; und wenn er noch Bogen Papiers vollschrieb, aus denen zuweilen ein wahrhaft schöner Vers wie ein helles Auge aufblickte, so war es doch nichts mehr als das Spiel eines Kindes mit bunten Mosaiksteinen.

Wie Mörike so ergriffen und nachsinnend hinter den

beiden stand, wendete Hölderlin sich ihm zu und schaute eine Weile starr und suchend in das feinzügige, überaus zart belebte, etwas weiche Jünglingsgesicht, dessen Stirn und Augen voll von Geist und voll von seelischer Kindheit waren. Vielleicht fühlte der Alte, wie ähnlich dieser Junge ihm selbst sei; vielleicht erinnerte ihn die Reinheit und beseelte Helligkeit dieser Stirn und der tiefe, noch keines zartesten Hauches beraubte Jünglingstraum in diesen herrlichen Augen an seine eigene Jugend; doch ist es zweifelhaft, ob nicht auch diese einfache Gedankenfolge schon zu ermüdend für sein Denken war, vielleicht ruhte sein unergründlicher ernster Blick nur in rein sinnlichem Vergnügen auf dem Gesicht des Studenten.

Während sie alle drei eine Weile schwiegen und jeder den Nachhall der vorigen lebhaften Aussprache in sich fortschwingen fühlte, kam den Weinberg herauf die Jungfer Lotte Zimmer gestiegen. Waiblinger sah sie von weitem und schaute dem Herankommen der kräftigen Mädchengestalt mit stillem Vergnügen zu, und als sie näher kam und ihm, der sie mit lautem Zuruf begrüßte, mit Lächeln zunickte, tat er einen Sprung durchs niedere Fenster und ging ihr die letzten Schritte entgegen.

»Es ist mir eine Ehre«, rief er überschwenglich und wies einladend die Steinstufen hinauf, »es ist mir eine Ehre, in dieser Klause auch einmal ein so hübsches Fräulein begrüßen zu dürfen. Kommen Sie herein, werte Jungfer Lotte, drei Dichter werden zu Ihren Füßen knien.«

Das Mädchen lachte, und ihr gesundes Gesicht glühte rot vom raschen Bergansteigen. Sie blieb auf der kleinen Treppe stehen und hörte dem Getöne des Studenten belustigt zu, schüttelte dann aber kurz den blonden Kopf. »Bleiben Sie lieber stehen, Herr Waiblinger, ich bin ans Knien nicht gewöhnt. Und geben Sie mir meinen Dichter heraus, ich habe genug an dem einen.«

»Aber Sie werden doch wenigstens einen Augenblick hereinkommen! Es ist ein Tempel, Fräulein, und keine Räuberhöhle. Sind Sie denn gar nicht neugierig?«

»Ich kann's aushalten, Herr Waiblinger. Eigentlich hab ich mir einen Tempel immer anders vorgestellt.«

»So? Und wie denn?«

»Ja, das weiß ich nicht. Jedenfalls feierlicher und ohne Tabaksrauch, wissen Sie. Nein, geben Sie sich keine Mühe mehr, es ist ja doch nicht Ihr Ernst. Ich komme nicht hinein, ich muß gleich wieder umkehren. Bringen Sie mir nur den Hölderlin heraus, bitte, daß ich ihn heimbringen kann.«

Nach einigen weiteren Scherzen und Umständlichkeiten ging er denn hinein und winkte dem Kranken zum Aufbruch, gab ihm seinen Hut in die Hand und führte ihn zur Tür. Hölderlin schien ungern wegzugehen, man sah es seinem Blick und seinen zögernden Bewegungen an, doch sagte er kein Wort der Bitte oder des Bedauerns.

Mit der tadellosen Artigkeit, hinter welcher er seit so vielen Jahren sich vor aller Welt verschanzte und verborgen hielt, wendete er sich mit Blick und Verneigung erst an Mörike, dann an Waiblinger, schritt folgsam zur Tür und wandte sich dort mit einer letzten Verbeugung um: »Empfehle mich Euer Exzellenz ganz ergebenst. Euer Exzellenz haben befohlen. Ergebenster Diener, dero Herrschaften.«

Freundlich nahm ihn draußen Lotte Zimmer bei der Hand und führte ihn hinweg, und die zwei Studenten blieben auf den Stufen stehen und sahen den Hinweggehenden nach, wie sie zwischen den Reben den Berg hinabgingen und rasch kleiner wurden, der lange feierliche Mann an der Hand seiner Pflegerin. Ihr blaues Kleid und sein großer schwarzer Hut waren noch lange zu sehen.

Mörike sah, wie sein Freund mit traurigen Blicken dem entschwindenden Unglücklichen folgte. Ihm lag daran, den empfindlichen und erregten Menschen erheiternd zu zerstreuen; auch wollte er selbst es vermeiden, in der Rührung einer unbewachten Stunde etwa allzuviel von seinem Inneren zu enthüllen, denn Waiblinger hatte seit Monaten aufgehört, sein unbedingter Vertrauter zu sein. Mörike, der an einsamen Tagen stundenlang einer grundlosen Wehmut nachhängen konnte, liebte es nicht und hütete sich davor, diese Seite seines komplizierten Wesens andern zu zeigen, am wenigsten diesem Freunde, der selber so gern in einer fast widerlichen Preisgabe seines Innersten zu schwelgen liebte.

Kurz entschlossen, den Bann zu brechen und sich selbst samt dem Kameraden auf die heitere Seite des Lebens hinüberzuretten, schlug er sich klatschend aufs Knie, setzte ein geheimnisvolles Gesicht auf und sagte im Ton schlecht geheuchelter Gleichgültigkeit: »Übrigens, dieser Tage habe ich einen alten Bekannten wiedergetroffen.«

Waiblinger sah ihn an und sah sein bewegliches Gesicht vom leise zuckenden Wetterleuchten hervorbrechenden Humors überflogen, die gekräuselten Mundwinkel spielten wie probend in sarkastischen Faltungen, die magern Wangen spannten sich über den starken Backenknochen in spitzbübischer Laune, und die eingekniffenen Augen schienen vor verhaltener Munterkeit zu knistern.

»Ja, wen denn?« fragte Waiblinger in froher Spannung. »Komm, wir wollen hineingehen.«

Im Stübchen zog Mörike die Fensterladen halb zu, daß sie in wohlig warmer Dämmerung saßen. Er ging elastisch hin und her, plötzlich blieb er vor Waiblinger stehen, lachte lustig auf und fing an: »Ja, weiß Gott, der Mann nannte sich Vogeldunst, Museumsdirektor Joachim Andreas Vogeldunst aus Samarkand, und er behauptete, auf einer wichtigen, äußerst wichtigen, folgenreichen Geschäftsreise zu sein. Er kam von Stuttgart mit Empfehlungen von Schwab und Matthisson – unmöglich, ihn abzuweisen! –, und er wollte noch am selben Abend mit Extrapost nach Zürich weiterreisen, wo er von hochstehenden Gönnern mit Ungeduld erwartet werde. Nur der Ruf dieses entzückenden Musensitzes, sagte er, und der spezielle Ruhm und Glanz des theologischen Stifts, dieser ehrwürdigen Pflanzstätte der exzellentesten Geister, habe ihn veranlassen können, seine eilige Reise für wenige Stunden zu unterbrechen, und er bereue es nicht, nein, wahrlich, er hoffe es nie zu bereuen, obwohl seine Freunde in Zürich, Mailand und Paris ihm keine Stunde des Zuspätkommens verzeihen würden. In der Tat, Tübingen sei ganz charmant, und vornehmlich so gegen Abend in den Alleen am Neckar herrsche ein geradezu ravissantes Helldunkel von einer höchst pittoresken Delikatesse, sozusagen romantisch-poetisch. Der Emir von Belutschistan, von dem er beauftragt sei, die Abbildungen aller schönen Städte Europas in Kupferstich zu sammeln und Seiner Hoheit mitzubringen, er werde entzückt sein, und wo denn ein guter Kupferstecher wohne, un bon graveur sur cuivre, aber versteht sich, ein Meister, ein rechter Künstler voll Esprit und Gemüt. Ja, ob es übrigens hier warme Quellen gebe? Nicht? Er glaube doch davon gehört zu haben – oder nein, das sei in Baden-Baden, das müsse ja von hier ganz nahe sein. Und ob der Dichter Schubart noch lebe – er meine jenen Unglücklichen, der von Friedrich dem Gütigen an die Hottentotten verkauft worden sei und dort die afrikanische Nationalhymne gedichtet habe. Oh, er sei gestorben? Hélas! der Beklagenswerte! Indessen war mir doch ganz sonderbar zumute, wie der Kerl seine Suada herunterrasselte und dazu mit den langen, dünnen Fingern an seinen silbernen Rockknöpfen drehte. Du hast ihn schon gesehen, dacht' ich immer, diesen Direktorem Vogeldunst mit seinen warmen Quellen und seinen langen, dünnen Spinnenfingern! Da holt der Mann eine Dose aus seinem blauen, langen Tuchrock, der ihm hinten bis an die Schuhe hinabhing, eine hölzerne gedrechselte Dose, und wie er sie aufschraubt und in den gespenstischen Händen dreht und eine Prise nimmt und dazu in seiner heillos aufgeregten Vergnügtheit so hell und hoch zu meckern beginnt, und wie er dann so süß und äußerst angenehm zu lächeln weiß und mit den Fingernägeln auf der Dose den Pariser Marsch trommelt, da ist mir's wie im Traum, und ich quäle mich und rätsele herum wie ein Kandidat im Examen, wenn's brenzlig wird, daß ihm der Schweiß ausbricht und die Brillengläser anlaufen. Der Herr Joachim Andreas Vogeldunst aus Samarkand ließ mir aber keinen Augenblick zum Nachdenken, ordentlich als wisse er, wie mir zumute sei, und habe seine tückische Freude daran und wolle mich ja noch recht lange schmoren lassen. Von Stuttgart erzählte er, und von den amönen Gedichten des Herrn Matthisson, die er ihm selber eigenhändig vorgelesen habe und welchen eine gewisse interessant-pikante Bleichsüchtigkeit von Kennern nicht abzusprechen sei, und im gleichen Atem fragt er aufs angelegentlichste, ob die direkte Postroute von hier nach Zürich nicht über Blaubeuren führe, er habe nämlich von einem Stück Blei gehört, das dort irgendwo liegen müsse und das vortrefflich in seine erstklassige Sammlung von Sehenswürdigkeiten passen möchte. Den Bodensee gedenke er dann auch aufzusuchen, um dort en passant am Grabe des Herrn Doktor Mesmer seine Andacht zu verrichten. Von dem tierischen Magnetismus nämlich sei er ein alter, treuer Anhänger, wie er denn auch dem Professor Schelling die Bekanntschaft mit dem Geiste der universi verdanke und überhaupt ein aufrichtiger Freund der Bildung dürfe genannt werden. Wenigstens habe er die Phantasiestücke von Hoffmann ins Persische übersetzt und lasse alle seine Kleider in Paris arbeiten, sei auch vom seligen Pascha von Assuan mit einem wertvollen Orden dekoriert worden. Er stelle einen Stern dar, dessen Zacken von Krokodilzähnen gebildet werden, und früher habe er ihn gern auf der Brust getragen, einst aber einer Berliner Hofdame damit beim Tanzen den Hals verwundet, weshalb er auf das Tragen dieser hübschen Dekoration seitdem resigniert habe. Aber indem er das sagt, fährt sich der Herr Museumsdirektor mit der flachen Hand sacht über den Scheitel, und das tat das Männlein so kosend und zephirhaft, daß ich um ein Haar laut hätte hinauslachen müssen. Denn jetzt kannte ich ihn – wer war's?«

»Wispel!« rief Waiblinger entzückt aus.

»Richtig geraten. Es war Wispel. Aber er hatte sich verändert, das muß ich sagen. Ganz leise begann ich also meine Entdeckung anzudeuten und sagte vorerst, mir sei, ich habe ihn schon früher einmal gesehen. Er lächelt. Er sei zum erstenmal in seinem Leben in diesem charmanten Lande und in dieser entzückenden Stadt, deren Bild in Kupferstich mitzunehmen er übrigens ja nicht vergessen dürfe, aber obschon er sehr bedaure, sich nicht erinnern zu können, möchte es ja doch immerhin wohl möglich sein, daß ich ihn schon gesehen hätte. In Berlin vielleicht? Oder am Ende in Petersburg? Nein? Oder in Venedig? Auf Korfu? Nicht? Ja, dann tue es ihm leid, es müsse wohl ein angenehmer Irrtum des Herrn Magisters sein. Nein, sagte ich, jetzt eben fällt mir's ein, es ist in Orplid gewesen. Er stutzt einen Augenblick. Orplid? Ja, richtig, da sei er auch einmal gewesen, als Gesellschafter bei dem alten König Ulmon, der aber leider inzwischen gestorben sein solle. – Da kennen Sie vielleicht auch unser Freund Wispel? frage ich jetzt und sehe ihm gerade in die Augen. Ich kann schwören, er war's, aber meinst du, er hätte mit einer Wimper gezuckt? Nichts dergleichen! Wi – Wips – Wipf – sagt er nachdenklich und tut, als könne er den wildfremden Namen absolut nicht aussprechen.«

»Großartig!« jubelte Waiblinger. »Das sieht ihm gleich, dem Windbeutel, dem Vogeldunst! Aber was hat er denn eigentlich von dir gewollt?«

»Ach, nichts Besonderes«, lachte Mörike, »ich erzähl dir's dann. Aber jetzt muß ich einen Augenblick hinausgehen.«

Er stieß den Laden wieder auf, golden lag der Abend draußen und die Berge blau im Duft.

Er ging hinaus, kam aber schon nach einer Minute wieder zur Tür herein, vollkommen verwandelt, das Gesicht seltsam schlaff mit süßlich zugespitztem Munde, die Augen leer und rastlos, das Haar ein wenig in die Stirn herabgestrichen, was ihn ungemein veränderte, mit schwebenden, vogelartigen Bewegungen der Arme und Hände, mit auswärts gespreizten Füßen auf den Zehenspitzen hüpfend, ganz Wispel. Dazu hatte er eine hohe, seltsam fade, flatterhafte Stimme angenommen.

»Schönen guten Abend, Herr Magister!« fing er an und machte ein weltmännisches Kompliment, den Hut mit den Fingerspitzen der Linken am Rande haltend. »Schönen guten Abend, ich habe die Ehre und das Vergnügen, mich Ihnen als den Museumsdirektor Vogeldunst aus Samarkand vorzustellen. Sie erlauben wohl, daß ich mich ein wenig bei Ihnen umsehe? Ein angenehmer Aufenthalt hier oben, en effet, erlauben Sie mir, Ihnen zu diesem deliziösen Tuskulum zu gratulieren.«

»Was führt Ihn denn her, Wispel?« fragte nun Waiblinger.

»Vogeldunst, bitte, Direktor Vogeldunst. Auch muß ich ergebenst bitten, mich nicht mir Er anzureden, nicht meiner unbedeutenden Person wegen, sondern aus Respekt vor den diversen hohen und distinguierten Herrschaften, in deren Dienst zu stehen ich die Ehre habe.«

»Also, Herr Direktor, womit kann ich dienen?«

»Sie sind der Herr Magister Waiblinger?«

»Jawohl.«

»Sehr gut. Sie sind Dichter. Sie sind ein poetisches Genie. Oh, bitte, keine überflüssige Bescheidenheit! Man ist von Ihren Meriten unterrichtet. Ich kenne Ihre unsterblichen Werke, mein Herr. Drei Tage im ›Phaeton‹ oder die Griechenlieder in der Unterwelt. Wie? Nein, bemühen Sie sich nicht, ich bin vollkommen unterrichtet.«

»Also weiter, zum Teufel, Sie Direktor in der Oberwelt!«

»Der Herr Magister gehören in das Tübinger Stift? Da möchte ich ganz ergebenst recherchieren, ob der Herr denn dort auch zufrieden ist?«

»Zufrieden? Im Stift? Mann, da müßt' ich ja ein Vieh sein. Indessen hat die Sache zwei Seiten: die Herren vom Stift sind nämlich mit mir ebensowenig zufrieden wie ich mit ihnen.«

»Sehr gut, très bien, Verehrtester! Ganz wie ich es mir gewünscht habe. Ich bin nämlich in der aimablen Lage, dem Herrn Magister eine recht angenehme Verbesserung seiner Umstände offerieren zu können.«

»Oh, sehr verbunden. Darf ich fragen –?«

Mörike-Wispel trat einen kleinen Schritt zurück, setzte vorsichtig seinen Hut auf ein Bücherbrett nieder, führte mit den Armen die sublimsten Flugbewegungen aus und flötete im höchsten Diskant, doch geheimnisvoll gedämpften Tons: »Sie sehen in mir, Verehrter, einen bescheidenen Mann, einen Mann von wenig Verdiensten vielleicht, aber einen Mann, mein Herr, der das Seine ohne Ruhmredigkeit zu tun weiß und der schon die höchsten Herrschaften zu dero Zufriedenheit bedient hat. Erlauben Sie mir, mich ganz kurz zu fassen, wie es einem Manne geziemt, dessen Zeit überaus kostbar ist. Ich trage die schmeichelhaftesten Empfehlungsbriefe von den Herren Matthisson und Schwab in meiner Tasche. Es handelt sich um eine nicht unwichtige Angelegenheit. Hören Sie, und achten Sie wohl auf meine Worte! Ich suche einen Ersatz für Friedrich Schiller.«

»Für Schiller! Ja, mein werter Mann –«

»Sie werden mich verstehen, ja, ich schmeichle mir, Sie werden mich billigen. Hören Sie! Zu den hervorragenden Männern, denen ich gelegentlich meine schwachen Dienste widme, gehört der Herr Lord Fox in London, einer der distinguiertesten und reichsten Männer von England, Pair von Großbritanien, Freund und Vertrauter Seiner Majestät des Königs, Schwager des Ministers der Finanzen, Pate des Prinzen Jakob von Cumberland, Besitzer der Grafschaften –«

»Ja, ja, schon recht. Und was ist's mit diesem Herrn Lord?«

»Der Lord weiß meine Talente zu schätzen, ja, ich darf mich seinen Freund nennen, Herr Magister. Es war einmal auf einer Hofjagd in Wales, da stellte er mich dem Baron Castlewood vor mit den wahrhaft jovialen Worten: Dieser Mann ist ein Juwel, lieber Baron! Ein andermal, als die Prinzessin Viktoria gerade zur Welt gekommen war – ich war damals von Spanien zurückgekehrt –«

»Gut, gut, aber fahren Sie fort! Der Lord Fox –«

»Der Lord Fox ist ein ungewöhnlicher Mann, Herr Magister. Ich hatte damals die Ehre, ihn in seinem eignen Wagen zur Jagd begleiten zu dürfen. Es war eine Fuchsjagd, mein Herr, und der Fuchs wird in England zu Pferde gejagt, es ist das Lieblingsvergnügen des Adels, vous savez. Auch der berühmte Lord Chesterfield soll ein großer Fuchsjäger gewesen sein, ebenso Lord Bolingbroke. Er starb an Blutvergiftung.«

Kommen Sie doch zur Sache, Herr!«

»Ich bin stets bei der Sache. Eine Fuchsjagd ist sogar eine ganz charmante Sache, wenn schon vielleicht eine russische Büffeljagd noch interessanter sein mag. Ich habe einer solchen Büffeljagd im Ural beigewohnt. Aber, um mich kurz zu fassen, die großen Herren in England haben sonderbare und, je vous assure, kostspielige Passionen. Ich kannte einen Herrn von der Ostindischen Kompagnie, der tat nichts anderes, als daß er wegen eines Schmerzes im linken Knie alle Ärzte von ganz Europa zu sich kommen ließ. Ich empfahl ihm damals den Leibarzt des Kurfürsten von Braunschweig – nun habe ich seinen Namen vergessen –«

»Welchen Namen? Des Kurfürsten?«

»Nein, des Leibarztes. Ich bin untröstlich, ich hätte es niemals für möglich gehalten; es ist in der Tat selten, daß mein Gedächtnis mich im Stiche läßt. Er war ein sehr geschickter Mensch, der sein Handwerk verstand. Übrigens hat er dem Herrn in England doch nicht helfen können, und er behauptete nachher, die Schmerzen jenes Mannes seien überhaupt nicht zu heilen, da sie lediglich in seiner Einbildung bestünden. Immerhin, der Engländer war unzufrieden, es war für mich ein rechter embarras. – Aber Sie haben mich unterbrochen. Also, es handelt sich darum, einen Ersatz für Friedrich Schiller zu finden. Der Lord Fox will nämlich einen deutschen Dichter in seiner Sammlung haben. Ich selbst habe ihn dazu überredet, und warum soll er nicht? Er besitzt einen tibetanischen Priester, einen japanischen Schwerttänzer, einen Zauberer aus dem Mondgebirge und zwei echte Hexen aus Salamanca. Sie wissen, ich bin gewissermaßen selbst ein Stück von einem homme de lettres, und da ich mancherlei Reisen mache und vielerlei Bekanntschaften habe, konnte ich die vielleicht nicht ganz uninteressante Beobachtung machen, daß sehr viele von den deutschen Dichtern Schwaben sind und daß sehr viele von diesen schwäbischen Dichtern dem theologischen Stift angehören und daß sehr viele von ihnen wenig mit ihren Glücksumständen zufrieden zu sein scheinen. Eh bien! da dachte ich mir, ich könnte dem Lord Fox einen schwäbischen Dichter besorgen. Er bezahlt die Reise und gibt zweitausend Taler jährlich. Es ist nicht eben viel, aber man kann davon leben. Meine Erkundigungen im Auslande haben zu dem Resultat geführt, daß Friedrich Schiller der berühmteste schwäbische Dichter ist, und ich bin nach Jena gereist, um ihm meine Reverenz zu machen. Leider erfuhr ich, daß Herr Schiller schon vor längerer Zeit gestorben sei. Lord Fox will aber einen lebendigen Dichter haben, vous comprenez –«

Mitten im Satz hielt Mörike plötzlich inne. Von der Stadt herauf schlug die Stiftskirchenuhr, die Sonne stand schon tief. Es war sieben Uhr.

»Oh weh, das gibt wieder eine Note!« rief Mörike ein wenig bekümmert. »Wir kommen nimmer rechtzeitig ins Stift heim, und ich habe eben erst im Karzer gesessen.«

»Ach was«, meinte Waiblinger ärgerlich, »es ist bloß

schade um den Wispel. Die dumme Kirchenuhr! Komm, wir fangen noch einmal an!«

Aber Mörike schüttelte den Kopf; er war plötzlich ernüchtert. Bedächtig strich er seine Haare zurecht und schloß einen Augenblick die Augen; sein Gesicht sah müde aus. »Kommst du mit?« fragte er dann. »Wenn ich beim Torwart ein bißchen bettle, läßt er uns vielleicht doch noch hinein.«

Waiblinger stand unschlüssig. Jene schöne Jüdin, sein böses Schicksal, erwartete ihn auf den Abend. Er hatte sie seit einer Stunde ganz vergessen, seit langem war ihm nicht so wohl gewesen. Einstweilen begann er die Läden zu schließen, Mörike half mit, dann traten sie beide aus dem dunkelgewordenen Gartenhaus in den warmen Abend, der auf den steinernen Treppenstufen rötlich glühte.

Nun verschloß Waiblinger die Tür von außen. »Nein«, sagte er, während er den Schlüssel abzog, »ich bleibe heute abend draußen. Aber ich begleite dich noch in die Stadt. Es ist hübsch gewesen heute nachmittag, ich war schon lange nimmer so vergnügt. Weißt du, es geht mir schlecht, und du mußt mir's nicht nachtragen, wenn ich dich vielleicht ein wenig angeschrien habe. Es gilt alles mir selber, auch was etwa an dich adressiert war, und wenn du schlecht von mir denkst, so kannst du doch gewiß nicht schlechter von mir denken, als ich's selber tue.«

Sie gingen im Abendlicht bergabwärts der Stadt entgegen, die mit rauchenden Kaminen und schrägbesonnten Dächern bescheiden und eng um die mächtig ragende Stiftskirche her gedrängt lag.

»Du, komm lieber mit ins Stift!« fing Mörike nach

einer langen Pause bittend an. »Es ist nicht wegen des Torwarts. Aber wir könnten dann den Abend etwas miteinander lesen, im ›Hyperion‹ oder im Shakespeare, es wäre hübsch.«

»Ja, es wäre hübsch«, seufzte Waiblinger. »Aber ich habe schon eine Verabredung; es geht nicht. Wir wollen bald wieder einmal zusammen hier draußen sein, dann mußt du auch deine Gedichte mitbringen. Es sind doch gute Zeiten gewesen, wie der Louis Bauer und der Gfrörer noch kamen und wie wir da im Gartenhaus unsere Kindereien getrieben haben! Wer weiß, wie oft wir noch beieinander sein können, gar lang kann's nimmer dauern. Für mich ist in Tübingen keine Luft und kein Boden mehr.«

»So mußt du nicht denken. Du hast jetzt eine Zeitlang ein bißchen wüst gelebt und dir Feinde gemacht; das kann alles wieder anders werden.«

Seine Stimme klang leicht und tröstlich, aber der Freund schüttelte überzeugt den mächtigen Kopf, und sein eigenwilliges, etwas gedunsenes Gesicht wurde bitter.

»Sag selber: was hätte ich schließlich davon, wenn sie mich wirklich im Stift behielten? Am Ende müßte ich mein Examen machen und Pfarrer werden oder etwa Schulmeister. Vikar Waiblinger! Pfarrverweser Waiblinger! Ich weiß ja nicht, was einmal aus mir werden soll, aber das nicht, das ganz gewiß nicht! Zu lernen ist hier auch nicht gerade viel, unsere Professoren sind ja Leimsieder, der Haug vielleicht ausgenommen. Nein, ich lasse es jetzt vollends darauf ankommen! Ich muß es auf eigenen Füßen probieren, wie der arme Hölderlin seinerzeit auch, und ich bin stärker als er. Ich bin nicht so rein und nobel wie er, leider, aber ich habe mehr Kraft und ein heißeres Blut. Am besten wär's, ich ginge gleich jetzt davon, freiwillig, man kann nicht jung genug anfangen, wenn man sich sein eigenes Leben erobern will. Aber du weißt ja, was mich in Tübingen hält – an dieser Liebe will ich groß werden oder zugrunde gehen!«

Er schwieg plötzlich, als habe er zuviel gesagt, und an der nächsten Ecke bot er dem andern die Hand.

»Also gute Nacht, Mörike, und einen Gruß an den Wispel!« »Den will ich ausrichten.«

Sie hatten sich die Hände geschüttelt, da wandte Mörike sich noch einmal zurück. Er blickte dem Freunde voll in die Augen und sagte mit ungewöhnlich ernsthaftem Ton: »Du darfst nicht vergessen, was für Gaben du hast! Glaub mir, man muß auf viel verzichten können, wenn man groß werden und etwas Rechtes schaffen will.«

Damit ging er, und sein Freund blieb stehen und sah ihm nach, wie der schmächtige Jüngling nun mit plötzlicher Hast gegen die Bursagasse und das Stift hineilte. Waiblinger, der sonst keine Ermahnungen vertrug, war für diese Worte unendlich dankbar, denn er fühlte wohl ihren heimlichsten, köstlichsten Sinn: daß Mörike an ihn glaube. Das war für ihn, der so oft an sich selbst irre ward, ein Trost und eine tiefe Mahnung.

Langsam ging er weiter, nach dem Hause seiner schönen Jüdin, der fatalen Schwester des Professors Michaelis.

Zur selben Stunde ging Friedrich Hölderlin in seinem Erkerzimmer rastlos auf und nieder. Er hatte seine Abendsuppe verzehrt und den Teller, wie es seine Gewohnheit war, vor die Tür auf den Boden gestellt. Er mochte nichts in seiner Klause dulden, was nicht sein Eigentum war, und zur Enge seines in sich zurückgezogenen Daseins gehörte nicht Teller noch Glas, nicht Bild noch Buch.

Der Nachmittag klang stark in ihm nach: das geliebte stille Häuschen im Weinberg, die weite, sommersatte Landschaft, Flußblinken und Studentengesang, Anblick und Gespräch der beiden jungen Menschen, namentlich jenes schönen, zarten, dessen Namen er nicht wußte. Unruhe trieb ihn, ob er schon müde war, immer wieder auf und ab, hin und her, und manchmal blieb er am Fenster stehen und schaute verloren in den Abend.

Wieder einmal hatte er heute die Stimme des Lebens vernommen, und sie klang fremd und aufreizend in seiner Schattenwelt nach. Jugend und Schönheit, geistiges Gespräch und ferne Gedankenwelten hatten zu ihm gesprochen, zu ihm, der einst Schillers Gast und ein Geladener an der Tafel der Götter gewesen war. Aber er war müde, er vermochte nicht mehr dem vielstimmigen Gesange des Lebens zu folgen. Er vermochte nur noch die dünne, vereinzelte Melodie seiner eigenen Vergangenheit zu hören, und die war nichts als unendliche Sehnsucht ohne Erfüllung gewesen. Er war alt, er war alt und müde.

Beim letzten Lichte des hinsterbenden Tages nahm der kranke Mann nochmals die Feder zur Hand, und unter wirre, klanglose Verse, mit denen ein daliegender Bogen groben Papiers bedeckt war, schrieb er mit seiner schönen, eleganten Handschrift diese kurze, traurige Klage:

Das Angenehme dieser Welt hab ich genossen,
der Jugend Freuden sind wie lang! wie lang!
verflossen.
April und Mai und Julius sind ferne,
ich bin nichts mehr, ich lebe nicht mehr gerne.

Nicht lange nach dieser Zeit mußte Wilhelm Waiblinger das Stift und Tübingen verlassen. Ihm war beschieden, das Glück und das Elend der Freiheit in raschen durstigen Zügen zu trinken und früh zu verlodern. Er wanderte nach Italien aus und hat die Heimat und die Freunde nicht wiedergesehen. Arm und verlassen, ist er als ein gemiedener Abenteurer in Rom erloschen und verschollen.

Mörike blieb im Stift, konnte sich am Ende seiner Studienzeit aber nicht entschließen, Pfarrer zu werden. Nach mißglückten Versuchen in der Welt und hoffnungslosen Kämpfen mußte er endlich doch zu Kreuze kriechen. Aber wie er niemals ein ganzer Pfarrer wurde, so ist ihm nie ein ganzes Leben und Glück zuteil geworden. Unter Schmerzen beschied er sich und formte in erdarbten guten Stunden seine unverwelklichen Gedichte.

Friedrich Hölderlin blieb in seinem Tübinger Erkerzimmer und hat noch gegen zwanzig Jahre in seiner toten Dämmerung dahingelebt.

ZEITTAFEL

1770 20. März. Johann Christian Friedrich Hölderlin als Sohn des Klosterhofmeisters Heinrich Friedrich Hölderlin und seiner Ehefrau Johanna Christiane geb. Heyn in Lauffen am Neckar geboren.

1772 Tod des Vaters im Alter von 36 Jahren.
15. August. Hölderlins Schwester Heinrike geboren, später verheiratet mit dem Klosterprofessor Christian Breunlin in Blaubeuren.

1774 Hölderlins Mutter geht eine zweite Ehe mit dem Kammerrat und Bürgermeister Gock in Nürtingen ein, wohin sie mit ihren Kindern zieht.

1776 29. Oktober. Carl Gock, Hölderlins Halbbruder, in Nürtingen geboren.

1779 8. März. Der zweite schwere Verlust trifft die Mutter: ihr zweiter Ehemann stirbt an einer Lungenentzündung. Der junge Friedrich Hölderlin besucht in diesen Jahren die Lateinschule in Nürtingen. Früh steht der Entschluß der Familie, der Sohn solle Pfarrer werden, fest.

1784 Herbst. Hölderlin wird für zwei Jahre auf die niedere Klosterschule in Denkendorf geschickt.

1786 20. Oktober. Er tritt in die höhere Klosterschule in Maulbronn ein. Freundschaft mit Immanuel Nast, Franz Karl Hiemer, Christian Ludwig Bilfinger u. a. Er lernt die Werke Klopstocks, Schubarts, Schillers sowie den »Ossian« kennen. Zahlreiche Gedichte entstehen.

1787 Hölderlin begegnet Louise Nast, der Tochter des Maulbronner Klosterverwalters. Das Verlöbnis wird im Frühjahr 1790 gelöst.

1788 2.-6. Juni. Reise von Maulbronn in die Pfalz (Bruchsal, Speyer, Schwetzingen, Heidelberg, Mannheim).
Herbst. Abgang von der Klosterschule Maulbronn.
21. Oktober. Eintritt in das Tübinger Stift.

1788/89 Beginn des Freundschafts- und Dichterbundes zwischen Hölderlin, Ludwig Neuffer und Rudolf Magenau. Höhepunkt im Jahre 1790. In Tübingen Einfluß Schillers. Die sog. Tübinger Hymnen entstehen.

1789 Bekanntschaft mit Gotthold Friedrich Stäudlin, dem »Oberpriester der schwäbischen Musen«. Auch Schubart lernt Hölderlin persönlich kennen.
14. Juli. Beginn der Französischen Revolution.

1790 September. Magisterexamen in Tübingen. Hölderlin setzt dort seine Studien im Stift fort.
Herbst. Er lernt Elise Lebret kennen.
April. Kurze Reise in die Schweiz mit zwei Freunden. Besuch Lavaters in Zürich.

1791 September. In Stäudlins Musenalmanach für 1792 werden die ersten Gedichte Hölderlins veröffentlicht. Auch im folgenden Jahr liefert er Beiträge.
Neuffer und Magenau scheiden aus dem Stift aus.
10. Oktober. Christian Daniel Schubart in Stuttgart gestorben.

1792 Sommer. Begegnung mit einer Unbekannten, der »holden Gestalt«.

1793 September. Entlassung aus dem Tübinger Stift.
Ende September. Der in Ludwigsburg weilende Schiller bietet Hölderlin eine Hofmeisterstelle bei Charlotte von Kalb in Waltershausen bei Jena an, die dieser annimmt.
6. Dezember. Theologisches Konsistorialexamen in Stuttgart absolviert.
20. Dezember. Abreise von Stuttgart über Nürnberg, Erlangen, Bamberg, Coburg nach Waltershausen. wo er am 28. Dezember eintrifft und seine Stellung bei Frau von Kalb übernimmt.

1794 Mai. Fichtes erste Vorlesungen in Jena. Schiller kehrt mit seiner Familie nach Jena zurück. Im Sommer Beginn der Freundschaft zwischen Schiller und Goethe.
Anfang November. Hölderlin begibt sich mit seinem Zögling, dessen Erziehung äußerst unerfreulich ist, nach Jena. Vorlesungen bei Fichte belegt. Umgang mit Schiller, dessen Gast Hölderlin in diesem Winter häufig ist. Lernt auch Goethe und Herder persönlich kennen.
Das *Fragment von Hyperion* erscheint in Schillers »Thalia«.

1795 Anfang Januar. Goethes »Wilhelm Meister« erscheint. Schillers »Horen« werden herausgegeben.
16. Januar. Das Dienstverhältnis mit Charlotte von Kalb wird gelöst.
Ende März. Von Jena Exkursion nach Lützen, Halle, Dessau und Leipzig.
25. April. Tod Rosine Stäudlins, der Braut Neuffers.
Ende Mai. Flucht aus Jena. Rückkehr in die Heimat nach Nürtingen, wo Hölderlin einen unglücklichen Sommer verbringt.
28. Dezember. Ankunft in Frankfurt.

1796 Anfang Januar. Hölderlin tritt seine neue Hauslehrerstelle bei der Familie Gontard an. Liebe zu Susette Gontard, der Hausherrin.

10. Juli. Wegen des Krieges verläßt Susette mit ihren Kindern in Begleitung Hölderlins und Wilhelm Heinses Frankfurt. Reise nach Kassel, von dort nach Bad Driburg in Westfalen, wo man bis zum Oktober blieb.

September. Hölderlins väterlicher Freund Gotthold Stäudlin sucht den Tod im Rhein.

1797 Ostern. Der erste Band des *Hyperion* erscheint bei Cotta [Bd. 2 erscheint 1799].

August. Hölderlins *Wanderer* in den »Horen« veröffentlicht.

22. August. Hölderlin besucht den in Frankfurt weilenden Goethe.

1798 Mitte September. Er verläßt das Haus Gontard und siedelt, um in der Nähe Susettens zu bleiben, nach Homburg über, wo Isaak Sinclair, sein Freund, sich seiner annimmt. Arbeit am *Empedokles*. Journal-Plan [Iduna]. Philosophische Aufsätze entstehen.

November. Hölderlin begleitet Sinclair auf den Rastatter Kongreß.

1799 April bis Juli. Böhlendorff in Homburg.

1800 Anfang Juni. Heimkehr in die Heimat. Sommer und Herbst verbringt Hölderlin im Kreise der Freunde in Stuttgart.

1801 Friede von Lunéville.

Anfang Januar. Hölderlin verläßt abermals die Heimat, um in der Fremde sein Brot als Hofmeister zu verdienen. Er tritt seine Stelle bei der Familie Gonzenbach in Hauptwyl bei St. Gallen an.

Anfang April. Nach dem Scheitern auch dieser Tätigkeit Rückkehr nach Nürtingen. Versuche, in Jena Vorlesungen halten zu können, gehen fehl.

Die großen Elegien und Hymnen entstehen.

10. Dezember. Hölderlin begibt sich auf seine letzte Wanderschaft, diesmal nach Frankreich.

1802 28. Januar. Nach einer gefährlichen Fußreise über die hohe Auvergne trifft Hölderlin in Bordeaux ein, wo er Hauslehrer in der Familie des Konsuls Daniel Meyer wird. Nach einigen Monaten muß er auch diesen Posten aufgeben.

Mitte Juni. Hölderlin trifft, in bedenklicher geistiger Verfassung, in Nürtingen ein.

22. Juni. Tod Susettens in Frankfurt.

Herbst. Reise nach Regensburg zum Fürstenkongreß.
1803 Lebt im mütterlichen Haus in Nürtingen.
1804 April. Die Sophokles-Übersetzung erscheint bei Friedrich Wilmans in Frankfurt.
Juni. Sinclair holt den kranken Freund nach Homburg, wo er zwei Jahre lebt.
1805 9. Mai. Tod Schillers.
1806 September. Sinclair liefert den Freund in der Autenriethschen Klinik in Tübingen ein.
1807 Der kranke Hölderlin wird in Pflege zu dem Schreinermeister Zimmer in Tübingen gegeben, wo er bis zu seinem Tode hindämmert.
1815 29. April. Tod Sinclairs in Wien.
1826 Die schwäbischen Dichter Gustav Schwab, Ludwig Uhland und Justinus Kerner sammeln die Gedichte Hölderlins zu einer ersten Ausgabe.
1828 17. Februar. Tod der Mutter.
1839 29. Juli. Der Jugendfreund Neuffer gestorben.
1843 7. Juni. Friedrich Hölderlin in Tübingen gestorben.

Friedrich Schiller
Die Räuber
Der Verbrecher aus verlorener Ehre
Johann Peter Hebel
Kalendergeschichten
Hermann Kurz
Erzählungen
Theodor Heuss
Eduard Mörike
Friedrich Theodor Vischer
Essays
Heinrich Hansjakob
Erzählungen, Erinnerungen
Ottilie Wildermuth
Schwäbische Pfarrhäuser
Tony Schumacher
Was ich als Kind erlebt
Latente Talente
Badener, Schwaben, Franken
EINE KLEINE LANDESBIBLIOTHEK
Reingeschmeckt
Essen und Trinken in Baden und Württemberg
Jörg Wickram
Das Rollwagenbüchlein
Wilhelm Hauff
Eine Werkauswahl
Ludwig Uhland
Gedichte und Reden
Carl Julius Weber
Demokritos
Victor von Scheffel
Ein Lesebuch
Wilhelm Waiblinger
Erzählungen und Briefe
Freundschaft
Berthold Auerbach
Dorfgeschichten
Hermann Hesse
Jugendland
Erzählungen
Friedrich Hölderlin
Dokumente seines Lebens
Tagebuchblätter, Aufzeichnungen, Briefe
Annette von Droste-Hülshoff
Am Bodensee
Meersburger Gedichte
Gustav Schwab
Landschaftsbilder
Isolde Kurz
Erzählungen und Erinnerungen
Justinus Kerner
KLÖPFER&MEYER